U0550882

神曲

III
天國篇

La Divina Commedia
Paradiso

Dante Alighieri
但丁・阿利吉耶里
|
著

圖——古斯塔夫・多雷｜田德望——譯

第一章

萬物原動者的榮光[1]照徹宇宙，在一部分反光較強，在另一部分較弱[2]。我去過接受其光最多的天上[3]，見過一些事物；對於這些事物，從那裡下來的人既無從、也無力描述[4]；因為心智一接近其欲望的目的，便深入其中，以致記憶無法追憶[5]。儘管如此，這神聖王國的事物，但凡我能珍藏心中的那些，現在將成為我詩篇的題材[6]。

啊，卓越的阿波羅呀，為了這最後的工作，且讓我成為符合你授予你心愛的月桂所要求、充滿你靈感的器皿吧[7]。此前，帕耳納索斯山的一峰對我已足矣，但現在為了走進這尚未進入的競技場，我需要此山的雙峰[8]。進入我的胸膛，如同你戰勝瑪爾希阿斯，將他從他肢體的鞘裡抽出時那樣，替我唱歌吧[9]。

啊，神的力量呀，若是你給予我莫大援助，讓我能表現出這幸福的王國在我腦海中留下的影子，你將看到我來到你心愛的樹下，將其樹葉戴在頭上，詩篇的題材和你的援助將讓我配得戴上這些葉子[10]。父親哪，如今罕見採摘此葉慶祝凱撒或詩人的勝利之事——這是人意志的過錯和恥辱，所以，珀紐斯之女的葉子無論何時使人渴望它，都會在喜悅的德爾菲之神心中生出欣喜[11]。在我之後或許有人將以更佳的聲音祈禱，讓契拉峰回應[12]。

世界之燈從不同的出口升起，為人類照明；但它從四個圓圈交叉成三個十字處的那個出口出來時，便走上最佳的運行軌道，與最佳的星座同在，而且更能以自己的方式揉合世界之蠟，打上印記。差不多從這個出口升起的太陽已使那裡成為清晨，令這邊轉成黃昏[13]；當它將那半球全變成一片白亮、這半球全變成一片黑暗時[14]，我看見貝雅特麗齊轉向她的左方，凝望太陽；鷹從未這樣定睛望它[15]。正如第二條光線通常來自第一條光線，又向上升起，好似急於返家的遊子，同樣地，她的動作經由眼睛傳入我的想像，產生我的動作，我以超越凡人的能力凝望太陽[16]。在那裡，我們的官能可做到許多在這裡做不到的事，因為那地方本是作為人類原本的住處而創造[17]。我沒有忍受太陽的刺眼很久，但也不短，便看到它光芒四射，如同燒紅的鐵從火中抽出那般；忽然，白晝似乎再加上白晝，好似全能者加上了另一個太陽，裝飾天空[18]。

貝雅特麗齊站著，全神貫注凝望永恆運轉的諸天；我的目光也離開了太陽，注視著她。在注視的同時，我內心起了變化，好似格勞科斯嘗了仙草，變成海中諸神的同伴那樣[19]。超凡入聖的變化無法以文字表達；因此，就讓將蒙受神恩得以體驗如此變化者暫且滿足於這個事例吧[20]。啊，主宰諸天的愛呀，你以你的光使我上升，你知道，我是否只是你最後創造的那部分自我在飛升[21]。你透過諸天對你的渴望，令它們永恆運轉[22]，當它們以那運轉發出、經你調節和調配的和聲，吸引我注意時，我發現那時天空極大部分被太陽的火焰點燃，雨霖或河流也未曾造出如此廣闊的湖面。新奇的聲音和浩大光輝在我心中燃起急欲得知那成因的欲望，那欲望如此強烈，我未曾有過[23]。於是，如同我自己洞見我內心的貝雅特麗齊，為了平復我激動的心情，不待我問，便開口說：「你因為錯誤的想像而讓自己頭腦遲鈍，因而不解自己若是拋棄如此想像便能理解的原因。你不如你以為的那樣還在地球上，而是正在返回你本來的地方；雷電逃離它的原本所在，都不曾這麼迅速[24]。」

這些含笑說出的短語若是解除了我的第一個疑問，我卻陷入了另一個疑問的新網。我說：「關於那件令我大感驚異的事，我已如願滿足；但此刻我詫異的是，我怎麼會超越這些輕的物體而上升呢[25]。」

於是，在一聲憐憫的嘆息後，她面帶人母俯看神志昏迷、胡言亂語的兒子時的表情，眼光轉向我說：「萬事萬物之間皆有秩序，這是使得宇宙相似上帝的形式。在這秩序中，高級創造物看到永恆智能的足跡，而這永恆智能是上述宇宙秩序力求企及的目標[26]。在這秩序中，所有創造物皆依其不同的命運，而有不同傾向，因為有的距離其本源較近，有的較遠；因此，宇宙萬物在其汪洋上，被各自的天賦本能帶往不同港口[27]。這種本能使得火向月天上升[28]；這種本能是靈魂必有一死的創造物心中的動力[29]；這種本能使得地球黏合凝聚在一起[30]。這弓弦上的箭不僅射向那些無智力的創造物，也射向那些有心智和愛的創造物[31]。安排這一切的天命以其光使那重天永遠靜止不動，而運轉速度最快的那重天，就在這重天的懷抱中轉動著[32]；那根射什麼都會射中喜悅目標的弓弦的力量，此刻正將我們帶往天命指定的那地方[33]。誠然，正如藝術品形式因材料不適用，而常不符藝術家的意向，同樣的，受到本能朝前推進的人，因為有轉向別處的可能，有時會偏離這條正途；正如我們能看到雲層中的火落下[34]，同樣的，這種自然傾向會將被虛妄物欲引入歧途者推向塵世。我的見解若是正確，對於你的上升，你不應比對溪水從高山落至山麓更感驚奇；若是你已去除障礙[35]，卻仍滯留下界，那才是像地上的烈火靜止不動一樣的奇事。」

於是，她的目光復又轉向上天。

1 「原動者」：即亞里斯多德所說的「第一原動力」（參看《煉獄篇》第二十五章注19）。他使用這個哲學名詞來指上帝，因為他認為上帝是所有運動的來源，但其自身不動。

2 意謂由於宇宙各部分接受上帝之光的能力不同，其反射的光也就有較強和較弱的差異。

3 指上帝所在的淨火天。

4 「無從」：因為他已忘記所見的事物；「無力」：因為他就算記得，也缺乏描寫那些事物的能力。

5 意謂「心智一接近其欲望的目的」即上帝，由於上帝是絕對真理，因此人的求知欲以祂為終極目標。心智在接近上帝那一瞬間會深入其中，以至於事後無法追憶所見。

6 意謂但丁雖然從淨火天返回人間後，將無從也無力追述在淨火天見到的一切，但在從地上樂園上升至十重天的歷程中所見的天國事物，只要是他當時銘記於心的，如今都已是這第三部曲的題材。這段序詩說明了《天國篇》的題材和主題。

7 要完成這異常艱巨的最後工作，但丁自覺能力薄弱，因而向詩神阿波羅祈求援助。詩句大意是：請你賜我充分靈感，讓我寫出的詩足以達到獲授桂冠的水平。「心愛的月桂」：典故是阿波羅初戀的對象是珀紐斯（Peneus）河神的女兒達芙涅。他不斷追求，達芙涅最後被追到珀紐斯河邊時向父親呼救，於是河神將她變成一棵月桂樹。詩句中的「月桂」是指桂冠。

8 帕耳納索斯山有兩峰，一名契拉峰（Cyrrha），一名尼薩峰，前者是阿波羅的居所，後者則是九位繆斯的住處（參看《煉獄篇》第二十二章注15）。「走進這尚未進入的競技場」：意謂迎接這個仍未開始、極其艱鉅的寫作任務。詩句大意是：此前九位繆斯的援助對我而言已經足夠，但現在就要寫難度最大的《天國篇》了，我需要阿波羅和九位繆斯共同的援助。

9 意謂請求你用你在和瑪爾希阿斯比賽音樂時所表現的強大力量替我唱歌。瑪爾希阿斯（Marsyas）是半人半羊的森林之神，曾向阿波羅挑戰比賽音樂。阿波羅得勝後剝了他的皮，以懲罰他的狂妄（見《變形記》卷六）。

10 大意是：如果你賜予我援助，讓我能描繪出天國在我心中留下的模糊印象，待此詩篇發表後，我將被授予桂冠，因為《天國篇》的崇高題材和你的援助，讓我值得這個榮譽。

11 「凱撒」泛指皇帝。「珀紐斯之女的葉子」：即月桂樹葉，這裡則指用月桂葉編成的桂冠。「德爾菲之神」指阿波羅，因為阿波羅最著名的神殿，就在古希臘帕耳納索斯山西南坡的小城德爾菲內。詩句大意是：如今已極少舉行授予詩人桂冠的慶典了。因此，只要有人渴望獲得頭戴桂冠的榮耀，都會令詩神阿波羅心喜。

12 意謂微小的創舉往往會為偉大的成就開路；或許在我之後會有更好的詩人向詩神阿波羅求援，得到他的應允。

13 「世界之燈」指太陽。但丁在這些詩句中描述季節。太陽天天從地平線上特定的一點位升起，這些每天都不同的點位叫做「出口」。最佳的出口，是三月二十一日春分的日出處。這就是「四個圓圈交叉成三個十字處的那個出口」。它就是三大天球圈與地平圈交叉、各自和它形成十字的那一點。這三大天球圈是赤道圈、黃道圈和晝夜平分圈；後者是一個穿過北天極和南天極、在白羊座和天秤座與黃道圈相交的大圓圈。當太陽從這一點升起時，「便走上最佳的運行軌道，與最佳的星座同在」，也就是與白羊座在一起。太陽在白羊宮時，對地球的影響最良好。但丁從地上樂園升上天國那天，太陽已經「差不多」過了那個「出口」：那天，是三月二十一日之後的數日（精確來說，是一三〇〇年四月十三日星期三），但太陽仍在白羊宮，因此詩中說「差不多從這個出口升起的太陽已使那裡（伊甸園）成為清晨，令這邊（北半球大陸）成為黃昏」。（葛蘭堅的注釋）

14 指正午。這裡點明了但丁隨著貝雅特麗齊從地上樂園朝天國飛升的時刻。

15 古時和中世紀認為，鳥類當中唯獨老鷹的眼睛能直視太陽。

16 「第一條光線」：即入射光線；「第二條光線」：即反射光線。在這個明喻中，貝雅特麗齊的目光就相當於第一條光線，而但丁的則相當於第二條光線。詩句意謂她凝望太陽的動作通過我的眼睛，傳入我的想像，也就是心中，讓我做出相同的動作。

17 「那地方」指地上樂園、伊甸園。這是上帝原本為亞當、夏娃和其後代所造的住處。但丁在煉獄滌淨了罪之後來到地上樂園，意味他已達到亞當和夏娃在犯罪之前的那般純淨清白狀態，因此能夠超越凡人的能力，凝望太陽。

18 但丁不知不覺間已隨貝雅特麗齊離開地球，以不可思議的高速朝天國飛升，離太陽越來越近，因而覺得天空極其光輝燦爛。

19 漁夫格勞科斯（Glaucus）原為凡人，有一天，他坐在一片從未有人到過的草地上數算魚獲。忽然，魚在草上扭動，隨即活生生跑回海裡。他心想這片草必定具有奇效，於是也嘗了一些，頓時對大海心生嚮往，於是立刻跳入海中，成為一名海神（見《變形記》卷八）。

20 詩句意謂，超凡入聖的經歷無法以文字描述，因此就讓蒙受上帝恩澤、日後將得享天國之福的人，暫且滿足於格勞科斯的事例，未來再親自去體驗這種變化吧。

21 「你最後創造的那部分自我」：指靈魂。在胎兒的植物性靈魂和感性靈魂形成之後，上帝就將理性靈魂賦予他，接著理性靈魂會吸收植物性靈魂和感性靈魂，成為單一的靈魂（詳見《煉獄篇》第二十五章注19）。詩句意謂，我不知道我是否只是靈魂在飛升。《新約．哥林多後書》第十二章說：「他（聖保羅）前十四年被提到第三層天上去，或在身內，我不知道，或在身外，我也不知道，只有上帝知道。」但丁朝天國飛升，就類似聖保羅被提到第三層天上，因此在這裡重複著聖保羅的話。

22　雷吉奧指出，但丁常強調自己在地獄、尤其是煉獄中前進時感受到肉體重量的牽累，但他也體驗到，越是攀登向上，所費的氣力就越小，到最後根本如履平地。如今他的肉體幾乎就等同於得救的靈魂在復活後的肉體那般，成為一種無重量的物質。

23　「原動天（水晶天）是物質宇宙最靠外圍的一重天，它之所以運轉快速，是因為它渴望與上帝所在的淨火天各部分接觸。原動天會將其運轉傳送給它環繞的所有諸天。」（葛蘭堅的注釋）。上帝藉著九重天對祂的渴望，使得諸天永恆運轉，這個觀點主要來自亞里斯多德。

24　諸天運轉的聲音經過上帝的調節和調配，成為了悅耳的和聲，而這和聲引起但丁的注意。在此同時，他發現天空大放光明，人間從未見過如此景象。他渴望知道這新奇的聲音和浩大光輝的成因。

25　「你因為錯誤的想像而讓自己頭腦遲鈍」：意謂你因為錯以為自己還在地球上，因而糊塗。「正在返回你本來的地方」，意謂你正在返回人的靈魂本應在的天國。「閃電逃離它的原本所在，都不曾這麼迅速」：中世紀認為雷電是火，本應在「火焰帶」內，但它違反了自然規律，逃離火焰帶，降落到地上。

26　「這些輕的物體」：指空氣和火，這兩種要素都較肉體重量輕。但丁顯然認為自己是帶著肉體在飛升。

27　「形式」：是經院哲學名詞，含義為「本質」。「高級的創造物」：指有理性的創造物，也就是天使與人類。「永恆的智能」：指上帝。詩句意謂，上帝乃是上述宇宙秩序的目的。

28　「它們的本源」：指上帝。所有創造物（包括有理性的天使和人類，有生命的動植物，以及無生命之物）與上帝相距的遠近各有不同，因此在宇宙中會被各自的天賦本能或自然傾向帶往不同目的地（「港口」）。

29　「這種本能使得火向月天上升」：意謂這種本能推動火朝其目的地，也就是位於地球和月天之間的「火焰帶」上升。

30　「靈魂必有一死的創造物」指畜類。畜類只有感性靈魂，而這種靈魂必有一死。畜類的行動是由本能驅動。

31　意謂這種本能就是讓地球黏合的內聚力，以及讓地球各部分朝地心凝聚的地心引力。

「弓弦」：在此是隱喻，比擬「本能」。「那些有心智和愛的創造物」：指天使和人類；「愛」指「心靈的愛」，也就是經院哲學家所謂「有選擇性的愛」，是由心智選擇對象，由意志自由決定的（見《煉獄篇》第十七章注19）；因此這裡所說的「愛」，是指自由意志。

32 「使那重天永遠靜止不動」：意謂上帝以祂的光徹底滿足淨火天的願望，讓其永遠靜止不動。「運轉速度最高的那重天」：指原動天（水晶天）。

33 「天命指定的那個地方」：指淨火天。詩句意謂：將所有創造物引向其幸福所在之目的地的那股本能力量，正將我們帶往淨火天。

34 當時的物理學理論認為，雷電是因為乾燥的氣體相撞，在雲層內產生的火，又因為膨脹而衝破雲層，落到地上。既然雷電是火，那麼其本能就應令它上升，因為「火焰帶」在上方，但雷電卻違背本能而下降。

35 意謂你若是已在煉獄裡排除罪惡的障礙，重新得到意志自由。

第二章

啊，乘一葉扁舟，渴望聽我敘述而一直尾隨我這隻邊唱歌、邊航向深海的船前進的人，回你們的岸上吧：莫冒險進入遠海，因為你們若是落在我身後，或許就要迷失航向[1]。我所走的海路在我之前從未有人走過；密涅瓦為我的船吹風，阿波羅為我掌舵，九位繆斯為我指出大小熊星[2]。

你們乃是頸項早已伸向天使的麵包——這種人類生存必需、因而永不飽食的食糧——的少數人，確實能將你們的船駛向深海，緊跟在我這隻破浪而行的船後前進，不必等待航跡平復[3]。渡海到達科爾喀斯的光榮之人，在見到伊阿宋變成耕夫時，其驚奇之大，都不如你們即將感到的那般[4]。

對與神相似的王國那股天生且永久的渴望，促使我們以幾乎等同你們所見的那重天的運轉速度上升[5]。貝雅特麗齊望著上空，而我望著她；或許在弩箭停住、飛去、從槽口射出的時間[6]，我發現自己已到達一種奇妙事物吸引我目光的地方；因此，洞悉我內心所有思想的那位聖女轉向我，她美麗的容顏增添了喜色，對我說：「向讓我們來到這第一顆星的上帝表示心中感恩之情吧[7]。」

一層發亮、濃厚、細密、光滑、如同日光照射下的金剛石般的雲似乎裹住我們。這顆永恆的寶石容納我們，如同水容納光線射入，而自身並不裂開[8]。如果我是帶著肉體上升，那麼我們在世上無法理解一個物體會容納另一物體，而一個物體進入另一個物體就必然如此[9]；這事實理所當然會在我們心中燃起更大的願望，急欲到那裡理解人性與神性合而為一的本性。我們在那裡將理解那些作為信條而堅持的事物，理解那些事物並非作為證明的真理，而是作為如世人緘信的公理那般不言而喻之理[10]。

我回道：「聖女呀，我懷著極度虔誠，感謝祂讓我離開塵世。但請告訴我：這天體上引起下界世人講起該隱的故事的那些陰影是什麼[11]？」

她微微一笑，而後對我說：「世人的見解若是在感覺之鑰無法開啟之處出錯，今後驚奇的箭就不應刺痛你；因為你已看到，即使理性緊跟在感覺之後去飛，它的翅膀也很短[12]。但是，告訴我你對這問題的想法吧。」

我說：「從地球上看到這個天體表面各處明暗不一，我相信那是因為物體疏密不同所致。」

她說：「你若是細聽我對如此見解的反駁論據，必會明白你的想法深陷在謬誤裡。

「第八重天向你們呈現眾多的星，這些星由於各自所發的光在質與量上皆不同，因而顯現不同面貌。如果這只是因為物體疏密不同所致，那麼，這些星應該就都有一種作用或多、或少或相等地分配在其各自當中。不同的作用必然是不同的本質根源所產生的結果，如果按你的見解，這些本質根源除了一個，其餘便會全被取消[13]。再者，物體的稀薄若是你所問的那些暗斑的成因，那就可能有兩種情況：或者，這個行星直至背面都缺乏物質，以至於某些處呈現洞隙，或者，如同人體部位有些處肥、有些處瘦那樣，行星這同一卷書本中的紙頁有些處厚，有些處薄。若是第一種情況，它便會在日蝕之際顯示出來，因為日光屆時就應穿透這行星稀薄的物質，如同穿透所有其他透明物質那樣射出。但事實不然：因此我們須要那另一種情況；如果我能排除這另一種情況，那就證明了你的看法有誤。

「這稀薄的物質若並非從行星的此面一直延伸到彼面，它就必須有一處界限，而在界限處有濃厚的物質將之擋住；另一個行星的光就會在那裡被反射回來，一如背面塗上鉛的玻璃，會反映出帶有顏色的形象[14]。現在你會反駁，稱說從那裡反射回來的光會較其他部分反射的光更顯暗淡，因為它是從更遠處反射回來的。實驗向來是你們學術的泉源，如果有時做一次實驗，就能令你擺脫這種異議。你拿三面鏡子，將其中兩面放在距離你同樣遠的地方，並在那兩面之間，在你能看見之處放上第三面。你面向這三面鏡子，差人將一盞燈放在你背後，燈光會照亮這三面鏡子，而且從這三面鏡子反射到你眼裡。雖然較遠的那面鏡中映象不會如較近的那兩面的映象那樣大，但是，你若是看向那面較遠的鏡子，便會看到那面的光亮度必然與另外兩面鏡中的光亮度相同[15]。

「現在，如同雪的基本物質在日光溫暖的照射下，去掉原本的顏色和寒冷，你的心智去掉了錯誤見解，我要以燦爛的真理之光照亮你的心智。這光如一顆明星，對你閃耀[16]。

「在那重神聖而靜止的天裡，一個物體轉動著，這個物體包含的所有事物之生命，皆以它的能力為基礎[17]。下一重有眾多星星的天，將之區分為種種不同的能力，配到它包含的眾多星星當中[18]。其他諸天皆以不同方式配置各自當中的不同能力，以獲得各自的效果，實現各自的影響[19]。如同你現在明白的那樣，這些宇宙的器官[20]就這麼一級級地作用：從上接受能力，並往下傳送。你要好好注意我如何透過我的論證，達到你想認識的真理，以便此後你能獨自沿循這條途徑前進[21]。這九重神聖的天，其運動和能力必然來自那些在天國享福的發動者，一如錘子的手藝來自鐵匠[22]；那重由如此繁多的星裝飾得極美的天，從發動它的那深奧心智接受了印記，將之蓋在那些星上[23]。如同人肉體內的靈魂透過各種適應不同感覺的官能器官表現出來，那重天的發動者，其心智同樣在各個不同的星中顯示出多種能力[24]，但在自身轉動中依然保持整一性。不同的能力與其賦予生命的珍貴物體形成不同的結合，結合方式一如靈魂在人的肉體中[25]。由於這種混合能力來源的喜悅性質，因而透過那種物體發著光，如同靈魂的喜悅透過靈活的瞳仁而發光[26]。星與星顯示的不同亮度，正是產自於這種混合的能力，而非出於其物質的稠密或稀薄；這種混合的能力，就是那依其力度不同而產生出天體的昏暗與明亮的本質原因[27]。」

1　「乘一葉扁舟……的人」：指不懂哲學和神學的讀者。但丁在繼續敘述他的天國之行之前，先向這些讀者提出警告，要他們考慮一下自己的能力，是否還能讀懂他詩篇中艱深的內涵。「回你們的岸上」：意謂中斷你們的閱讀，滿足於先前讀過的前兩部曲就好。

2　意謂：在我之前，從未有人寫過像這樣充滿神學思想的詩篇；司掌學問的女神密涅瓦（在這裡象徵《天國篇》的深奧哲理）為我的船吹順風，促使它破浪前進；詩神阿波羅象徵詩的靈感，在這裡被想像為船的舵手。「九位繆斯為我指出大小熊星」意即為我的船指引航向。

3　「頸項早已伸向天使的麵包……的少數人」：指那些長期從事神學研究的少數讀者。但丁在《筵席》第一篇第一至七章曾以「天使的麵包」指稱神學。

4　「渡海到達科爾喀斯的光榮的人」指隨伊阿宋前去科爾喀斯國，覓取金羊毛的阿爾戈號船員。這群人到達科爾喀斯後，為了取得金羊毛，伊阿宋必須趕著兩頭長著鐵犄角、青銅蹄、鼻孔噴火的公牛耕地，然後將龍牙播種在耕過的土地裡。地裡接著就冒出帶著刀槍的士兵，朝伊阿宋進攻。那時熱戀伊阿宋的科爾喀斯公主美狄亞於是念出一道咒語，伊阿宋乘機將大石扔進敵兵群中，轉移他們的攻擊目標，導致他們自相殘殺而死（見《變形記》卷七）。詩句意謂當那些隨伊阿宋來到科爾喀斯國覓取金羊毛的船員看到伊阿宋竟變成了耕夫，趕著那兩頭公牛在耕地，將龍牙種進土裡，而土中隨即長出全副武裝的士兵時，他們當時的驚訝程度，都不及你們聽到我經過九重天到達淨火天後，向你們描述的神奇事物會驚訝的那樣大。

5 「與神相似的王國」：指淨火天；這重天「不在空間，而是只在本原的心（即上帝的心）中形成」（見《筵席》第二篇第三章），因而它分享上帝的神性成分比較多。詩句大意是：所有人皆懷有永遠不能解除、對天國的渴望；這種渴望促使貝雅特麗齊和但丁以極高的速度上升，幾乎等同世人所見的恆星天運轉速度。（牟米利亞諾的注釋）

6 詩句意謂，在一支弩箭停止、飛去、從槽口射出所需的時間內。但丁在此將放射弩箭的程序顛倒過來，表明弩箭從槽口射出、飛去和擊中目標的過程，這過程在人眼看來根本是同一時刻，以此強調速度之快。

7 「第一顆星」：指月球，「它是圍繞地球轉動的天體當中的第一顆星，也就是距離地球最近的一顆星。要記住，但丁將這些天體（行星和恆星）想像成是細密且發亮的球體，鑲嵌在由透明物質構成的厚層當中，這些球形的厚層也就是詩篇中所說的九重天。但丁想像自己從一重天上升到另一重天時，總是恰好到達該行星在那一重天中所在的地點」（薩佩紐的注釋）。因此，他和貝雅特麗齊到達月球，就意味他們登上了月天。

8 「一層發亮、濃厚、細密、光滑、如同日光照射下的金剛石般的雲似乎裹住我們」：這層雲指的是但丁和貝雅特麗齊進入的月球的物質。「這顆永恆的寶石容納我們，如同水容納光線射入，而自身並不裂開」：意謂月球容納我們進入其中，但它自身卻不裂開。

9 詩句意謂「如果我是帶著肉體飛升，那就令人不解了，一個固體怎能容納另一個固體進入其中，而一個物體進入另一個物體時，竟無可避免地被它容納？」（牟米利亞諾的注釋）

10 詩句意謂這事實當然會讓我們更渴望去到天國，去理解人性與神性在基督身上合而為一的奧祕。在那裡，我們將能理解那些在世上作為教義而堅信著的真理，但不是透過論證，而是透過先驗的直覺，就如同世人都懂得那些不言而喻的公理。

11 中世紀的民間故事中認為，月球上的陰影是該隱因為犯了殺弟罪，而被放逐到月球，受肩上永遠背負一捆荊棘的懲罰。

12 詩句意謂「如果世人的見解在感覺無法提供準確認知的問題上出了錯，現在你也不該再覺得驚訝了。因為你已經看到，就算我們的理性在知覺的引導下（即使在自然界的問題方面），它也無法前進得多遠……」（薩佩紐的注釋）

詩句中「因為你已看到」一語具體指「但丁親身來到了月球，也依然不解月球上的陰影是什麼」。（彼埃特羅波諾的注釋）貝雅特麗齊的話旨在強調理性的限度，根據知覺提供的資料得來的理性知識，也時常不充足，甚至有錯，因而必須藉助於神學的補充或糾正。

13 根據雷吉奧的分析，貝雅特麗齊從這裡開始，直到本章結尾，關於月球暗斑問題的講話，是由截然不同的兩部分構成。第一部分在駁斥但丁對月球暗斑起因的錯誤見解（其實這是但丁藉著貝雅特麗齊之口，修正自己在《筵席》第二篇第八章中對這個問題的錯誤見解）。薩佩紐指出，「為了駁斥但丁的錯誤見解，貝雅特麗齊將對月球暗斑的特殊探討，轉移到了和其類似、對於各恆星亮度不同的探討上。」

「第八重天」：指恆星天。根據經院哲學的看法，世間所有物體都有其物質根源（principio materiale），也就是其物質，以及本質根源（principio formale），也就是決定一個物體獨特性質的根源（牟米利亞諾的注釋）。

對於這些詩句的內涵，雷吉奧解釋：「如果密度差異是產生我們所見的月球表面亮度不同的本質根源，那麼，它同樣就是產生第八重天或恆星天的亮度顯示不同的本質根源。在這情況下，所有的星就都應具有一種對地球上唯一的同一作用或影響，也就是所有的星都應具有一種唯一的同一特殊性質，而這種特殊性質只有質的區別，而無量的差異：但這是不可能的，因為各顆星都有各自不同的作用。但是，不同的作用必有不同的本質根源：但丁的理論將各種不同的本質根源簡化成單一的密度原因，若按此理論，那麼眾多星的作用就應該是單一的同樣作用，這種理論是荒謬的。」

14 「另一個行星的光」：指日光。「背面塗上鉛的玻璃」：指鏡子。

15 「這實驗得出的結果是，即使是由距離月球表面較遠處反射的光，其亮度也具有同等強度；因此，這不足以產生討論中的那些暗斑。」（牟米利亞諾的注釋）貝雅特麗齊所講的第一部分到這裡為止。

16 貝雅特麗齊以美妙的比喻開始第二部分的話，向但丁闡明月球暗斑的本質根源，也就是其根本原因，或內在原因。

「基本物質」（Suggetto）：即經院哲學名詞「Subiectum」。雪的基本物質是水。詩句意謂，現在，就像在溫暖的陽光照射下，雪的基本物質去掉了原本的白色及其引起的冰冷感，你的心智也已去掉了原有的錯誤見解。也就是說，這時但丁的錯誤見解已被她的論證消除，他的心智已能夠接受她就要闡述的真理。

17 「那重神聖而靜止的天」：指上帝所在的淨火天。淨火天是上帝的心智之光所形成、超越空間和時間的天，也就是嚴格意義上的天國。它包著托勒密天文體系呈同心圓、由物質構成的九重天：若是以淨火天為中心來看，由內向外依序是原動天、恆星天、土星天、木星天、火星天、日天、金星天、水星天和月天，這九重天皆以不同的速度繞著地球旋轉，連同永恆靜止的淨火天，共同構成但丁想像中廣義的天國。

「一個物體轉動著」：這個物體即是原動天。

「這個物體包含的所有事物之生命，皆以它的能力為基礎」：意謂宇宙萬物的生命都是以原動天從淨火天接受到的能力為基礎。但丁在《筵席》第二篇第十四章中說：原動天「透過它的運轉，帶動所有其他諸天的日常運轉，使其每天都從上接受、並向下傳送它們各部分的能力；因此，若是這重天不這樣帶動它們的日常運轉，它們的能力就來不到下界，世人也就看不到它們……下界必然也就不會生成動物或植物的生命，不會有夜，也不會有晝，不會有週，也不會有月和年，全宇宙便會陷入混亂，其他諸天的運動都會徒勞無功。」

18 「下一重有眾多星星的天」：指恆星天。「將之區分為種種不同的能力，配到它包含的眾多星星當中」：意謂恆星天將它得自原動天的所有能力區分成各種不同的能力，並將種種能力分配到它裡面那眾多的星中，讓各顆星都具有獨特能力。

19 「其他諸天」：指土星天、木星天、火星天、日天、金星天、水星天和月天這七重天。

「皆以不同方式配置各自當中的不同能力，以獲得各自的效果，實現各自的影響」：這句話說得比較籠統；根據「諸天……將人引向特定目的」這句詩（見《煉獄篇》第三十章注22），雷吉奧作出明確的解釋：「恆星天將它的能力分配給在它當中的各顆星，而其他諸天則是都只有一顆行星，它們便各自將能力傳送給各自僅有的那一顆行星，讓它向下一重天施加影響。如此一來，原動天未區分的原始能力就區分出來成為多種能力，從一重天傳給了另一重天，直至影響到達地球。」

20 「宇宙的器官」：指諸天。因為諸天對於宇宙之生命的功能，就類似各器官對人體生命的功能。

21 「以便此後你能獨自沿循這條途徑前進」：言外之意是，只要將我對各天體亮度不同的成因論斷的闡明途徑應用到月球，你就能得出月球表面暗斑的本質根源。

22 「那些在天國享福的發動者」：指發動九重天的第九品級的天使。詩句意謂「諸天的運轉和影響來自各級天使：諸天只是產生效果的工具，效果的起因是天使，如同錘子是工具，但發揮錘子效力的是鐵匠一樣」。（雷吉奧的注釋）

23 「那重由如此繁多的星裝飾得極美的天」：指恆星天。「發動它的那深奧心智」：指發動恆星天的第二品級天使。詩句意謂「恆星天從深奧的心智接受印記，並將這印記蓋在它當中繁多的星上，也就是將其影響施加於它們」。（雷吉奧的注釋）

24 詩句意謂「如同人肉體內整一的靈魂，會透過各種適應不同感官，如聽覺、視覺、觸覺等的不同器官表現出來；同樣地，發動恆星

天的心智表現在不同的星中，也就是在其中產生多種不同的能力」。（雷吉奧的注釋）

25 詩句意謂「發動諸天的天使整一的能力，在不同的天體中區分為不同的能力，與其賦予生命的天體的珍貴物質形成不同的結合，而其結合方式，就如同靈魂在肉體中那樣」。（雷吉奧的注釋）

26 詩句意謂「發動諸天的天使的能力與天體結合，由於能力來源的喜悅性質，因而透過天體發光，就像靈魂的喜悅透過靈活的瞳孔發光那樣。這意味一顆星、或一顆星的一部分，其亮度或大或小是由發動這顆星的天使的喜悅所產生，正如人會由目光顧盼、神采飛揚的表情顯現出內心的喜悅」。（雷吉奧的注釋）

27 詩句意謂「星與星的亮度不同，而且一顆星的各部分亮度也都不同，是由這種與各天體結合、形成各種渾然一體的不同能力所產生；這種能力才是那根據其不同力度產生天體的昏暗和明亮的根本原因，而非星的物質密度的大或小」（薩佩紐的注釋）。

薩佩紐的注釋還指出：「所以各品級的天使的喜悅，都在各天體中作為光表現出來；光的亮度較大或較小，就相當於天體或天體各部分當中天使的喜悅程度較大或較小。各天體中光的不同亮度累積起來，在我們能看見的月球下方那層表面最為明顯：這是因為月球是各行星當中最靠下的一顆，其上各重天的能力通通集合在此，共同對地球的物質施加影響。」

結束本篇的注釋後，在此要指出，《天國篇》之後各章將會陸續出現類似關於哲學和神學問題的議論。何以出現這種現象？牟米利亞諾在本章末尾的注釋中對此提出了有力見解，大意是：「一方面是因為中世紀對詩的概念和對學術的概念並無明確區別，另一方面是因為：倘若但丁放棄有關學術的談論，他就得考慮如何解決他放進詩篇中的題材會使得預定三十三章的篇幅顯得太長的問題。根據但丁對《天國篇》的總體構思，他想像的天國及其居民均具有抽象性，無法容許他再像《地獄篇》和《煉獄篇》那樣，運用風景描寫和心理刻畫的手法。既然《天國篇》的大部分無法運用對多樣化背景的描寫和對多樣化人物性格的刻畫，但丁也就只能談論哲學和神學的抽象問題。對於在思想上和他相距如此遙遠的我們而言，這些問題意義甚微，對但丁卻是極其重大。」

這是實事求是的論斷。《天國篇》當中闡述哲學和神學理論的部分，對現代讀者無疑沒有太多現實意義。因此，根據上文懂得大意即可，無須力求甚解，再者，這些哲理部往往相當隱晦（例如本章）。

第三章

先前以愛情溫暖我心的太陽[1]，透過論證和反駁，向我揭示出美妙真理的可愛面貌；為了表白自己已糾正錯誤，確信真理，我適度抬頭，準備說話；但一種景象出現在我面前，牢牢吸引我去看，讓我忘了表白。

如同透過潔淨且透明的玻璃，或是清澈、平靜、但非深不見底的水，我們的臉部輪廓如此模糊地映現，如同白晰額頭上的珍珠映入眼簾一樣難以辨別[2]；我看到許多這樣的人臉準備說話；因此，我陷入了與燃起人對泉水之愛的那種錯誤正好相反的錯誤之中[3]。乍見那些人臉，我以為那是鏡中映現的形象，便立即回頭去看是什麼人的臉，但毫無所見，於是掉轉目光向前，注視我溫柔的嚮導的雙眼。她微微笑著，眼中閃耀神聖光芒。她說：「你別驚訝，我對你幼稚的思想浮現微笑，因為它仍未立足於真理，而是在一如往常令你轉向虛妄的道路：你所見的這些面容皆是實體[4]，由於未守誓約而被謫至此處[5]。所以你就和她們交談，聆聽且相信她們所說的話吧。因為滿足她們願望的那真理之光[6]，是不許她們的腳步離開它的。」

於是，我轉向那似乎最渴望說話的靈魂，如同願望太過急切，因而發慌的人那般說：「啊，被造為有福者的靈魂哪，你在觀照永恆生命之光當中[7]，嘗到了那未曾嘗過便永不知曉的甜蜜滋味。你若是願

我看到許多這樣的人臉準備說話。

我看到許多這樣的人臉準備說話。

意告訴我你的名字和你們的境遇，滿足我，那對我將是一件欣幸之事。」於是，她眼含微笑神情，語氣熱切地說：「我們的愛不會拒正當的願望於門外，一如那要讓自己的宮中眾人都和自己相像者的愛[8]。我在世上是童貞的修女；你的記憶力若是好好回顧，如今我變得更美也不會使你認不得我；你會認出我是碧卡爾達；我和這些有福之人一同被安置在這運轉最慢的天體當中享福[9]。我們的感情全然是由聖靈的熱烈之愛點燃，欣喜自身符合神所規定的秩序。我們之所以被指定在這似乎如此低下之處，是因為我們忽視了誓約，有部分沒有履行。」於是，我對她說：「你們的容顏有某種不可思議的神聖因素在發光，這光改變了你們留在人們記憶中的本來容貌，我因而沒能迅速想到你；但現在你的話讓我清楚回想起了你的面容。但是，告訴我：在此處感到幸福的你們，可想升至更高處，好對神觀照得更深，更接近神的愛？」

她和其他靈魂一同微微一笑，隨後便如此欣喜地回答，好似她在初戀的火焰中燃燒[10]：「兄弟呀，神之愛的力量滿足了我們的願望，讓我們只願享有現有的，而不令我們渴望其它。倘若嚮往更高處，我們的願望便與注定我們在此處者的意志不符；倘若我們在愛中存在此處是必然，倘若你好好思考愛的性質，便會明白，那是不會發生在這九重天中的事。相反的，將我們各自的意志保持在神的意志範圍內，讓我們的意志變成一個意志，這對這種幸福狀況至關重要；所以，我們這樣一級級分布在這個王國中，使整個王國滿意，也使吸引我們的意志與其意志相符的那位國王滿意。合乎祂的意志是我們的至福所在；祂是祂所創造的一切，或自然所生長的一切皆流入的大海[11]。」

那時我才明白，天上處處皆是天國，儘管至善的恩澤在此並非以同等程度降於各處。如同有時飽食某種食物，但對另一種仍有胃口，因而乞求這種，並為那種道謝，同樣地，我藉姿態和言語向她表示，我想知道她仍未將梭拉至織物緯線盡頭的是什麼布[12]。她說：「完美的一生和崇高的功德讓一位聖女升至更高的天，在你們下界塵世間，有些人遵循她的教規穿上修女衣袍，戴上修女面紗，只為至死都與那位接受所有出於對他的愛、因而符合其意志誓約的新郎一同甦醒，一起入睡[13]。我在仍是少女時，為了逃避人世，我追隨她，穿上她那種衣服，立誓要過遵守她那派教規的生活。後來，慣於作惡甚過行善之人[14]將我從甜蜜的修道院裡搶走：爾後我的人生如何，唯有上帝知曉[15]。在我右邊為你顯現，被這重天的所有光輝照耀的另一個燦爛形象，可將我所言的個人遭遇理解成她自己的情況。她曾是修女，遭人以同樣方式扯下遮臉的神聖面紗。但在她被人違反其意志、而且違反良好習俗強迫還俗後，她永遠沒有解下她心中的面紗。這就是偉大的康斯坦絲的光輝形象[16]，她給士瓦本的第二陣風暴生下了第三陣風暴和最後的皇權[17]。」

她這麼對我說，而後唱起 *Ave Maria*，一面唱著，一面如同重物沉入深水那般消失無蹤。我盡可能目送她，在看不見她之後，目光便轉向我願望更甚的目標，完全轉向貝雅特麗齊；然而她將光芒閃射在我眼睛上，照得我起初無法承受，使得我遲遲沒向她發問。

1 「太陽」：指貝雅特麗齊。

2 「白晰額頭上的珍珠」：這是中世紀婦女的時髦裝飾，在此比喻月天中出現的靈魂們面部輪廓如何模糊難以辨識；但丁詩中的比喻大多取材自現實生活。

3 意謂我陷入了和納西瑟斯的錯誤正好相反的錯誤中。根據希臘神話，美少年納西瑟斯在泉水邊飲水時看到自己的水中倒影，以為那是真人，因而對那倒影產生了愛情（見《變形記》卷三）。但丁見到那些靈魂的真實形象，誤認為那都是虛幻的影子，而那納西瑟斯則是見到水中倒影誤以為是真人，因此詩中說，但丁的錯誤與納西瑟斯的錯誤正好相反。

4 「實體」（vere sustance）：意即「真實的靈魂，真正存在的靈魂，不是虛幻的影子。『實體』是經院哲學術語」。（雷吉奧的注釋）

5 所有超凡入聖的靈魂都在淨火天與上帝相伴。當但丁遊天國時，他們分別出現在九重天中與自己的功德相應的天體裡，好讓但丁瞭解他們有別的幸福程度，以及在世時所受的天體星象影響：例如「不堅定的靈魂」出現在月天，「為追求俗世榮耀而積極建立功業者的靈魂」出現在水星天等等。月天、水星天和金星天這三重天也被稱為「低等的天」，因為受其中天體星象影響而形成的性格傾向，理當被人的意志克服或抑制。出現在月天裡的靈魂，都是當初未能堅守自己所立的誓約，因而被謫到這個低等的天。

6 「真理之光」：指上帝，因為祂是絕對真理。

7 「永恆的生命之光」：指上帝。

8 詩句意謂我們的愛不拒絕任何正當的願望，正如上帝的愛允諾所有正當的祈求，因此我們的意志是完全符合上帝意志的。

9 「碧卡爾達」：是孚雷塞·竇那蒂和黑黨首領寇爾索·竇那蒂的妹妹，生來容貌秀麗，性格虔誠，幼小時候就進入佛羅倫斯的聖克拉拉修道院為修女。後來，她大哥寇爾索（此人的惡行詳見《煉獄篇》第二十四章注26）在任波隆那的最高行政官時，出於政治因素，企圖將她嫁給他黑黨內性格粗暴的追隨者羅塞利諾·德拉·托薩。為此，他帶領一批暴徒來到佛羅倫斯，將她從修道院中劫走，強迫她與羅塞利諾成婚。

「如今我變得更美也不會使你不認得我」：因為天國的至福令碧卡爾達更添美貌。但她認為這件事不會阻礙但丁認出她來。

「被安置在這運轉最慢的天體當中享福」：意即被安置在月天。諸天都圍繞地球運轉，速度各不相同；月天距離地球最近，運行軌道半徑最小，運行速度最慢。

10 「好似她在初戀的火焰中燃燒」：注釋家對這句詩的含義有不同的解釋，因為「好似」原文是 parea，這個動詞也可理解為「顯現」，「初戀」，原文是 primo amore，這個詞組也可理解為「本原的愛」（即聖靈）。薩佩紐、卡西尼—巴爾比、格拉伯爾和斯卡爾塔齊—萬戴里都認為，碧卡爾達在上面已經說過，「我們的感情完全是由聖靈的熱烈的愛點燃起來的」，這裡所說 primo amore 應該是同一意義；因而他們都將這一詩句理解為「她確實顯現著在神聖的愛的火焰中燃燒的樣子。」認為將 primo amore 理解為「初戀」，用在碧卡爾達身上，有損她的聖徒形象。牟米利亞諾、彼埃特羅波諾和雷吉奧都認為，理解為「好似她在初戀的火焰中燃燒著」是很自然的。波斯科還指出，將「初戀」一詞用在碧卡爾達身上，無損她的聖徒形象，因為本章首句就以「先前以愛情溫暖我心的太陽」來指貝雅特麗齊，更何況在這裡是作為比喻。因此譯文根據這種解釋。

11 「祂所創造的一切」：指天使、人類的靈魂等等。詩句意謂祂是「我們所有願望都得以滿足的終極目的；凡是祂直接創造或間接由自然產生的所有事物都歸向他，猶如凡水都源於海、而復歸於海一樣」。（薩佩紐的注釋）

12 「這個比喻用來說明詩人的心情：一面為自己的提問獲得滿意的回答表示感謝，同時又想知道碧卡爾達未全履行的誓約是什麼。」（雷吉奧的注釋）詩人用「仍未將梭拉至織物緯線盡頭的是什麼布」為比喻，來指碧卡爾達沒有完全履行的誓約是什麼，「因為梭將緯線牽引來又牽引去，直到最後織成布。」（蘭迪諾的注釋）

13 「一位聖女」：指聖克拉拉（Chiara d'Assisi, 1194-1253），阿西西人，聖方濟各的同鄉和女信徒，受他的囑托為他的女信徒們建立了方濟各修女會和修女院，都以她的名字作為名稱，教規也符合方濟各會的教規。「新郎」：指基督。「一同甦醒，一起入睡」：意即一直到死，日日夜夜都與基督同在。四福音書中均有多處將耶穌基督比作新郎。「我們能在碧卡爾達的話裡注意到神祕主義的習慣用語，這些用語將信徒與基督的結合比作結婚。」（雷吉奧的注釋）

14 「慣於作惡甚過行善之人」：以暴力將她從修道院劫走的人，實際上是她的大哥和他手下的暴徒；但她沒有指出他們是誰，而是僅用這句籠統的話說明，因為此時她已在月天上作為聖徒俯視著這些誤入歧途的塵世之人，心中只有憐憫，而無怨恨。

15 「結尾這句話是一聲既透露、同時又隱蓋著莫大悲痛的短嘆。」（牟米利亞諾的注釋）

16 「康斯坦絲」：「西西里諾曼王朝的國王羅傑二世之女和王位最後繼承人。一一八五年，與神聖羅馬皇帝腓特烈一世（紅鬍子）之子亨利六世結婚。透過這樁政治聯姻，帝國得到對義大利南部的統治權。一一九四年，其子腓特烈二世出生。一一九七年，亨利六世卒，康斯坦絲攝政，並監護其子，直到她一一九八年逝世。在腓特烈二世在位期間，貴爾弗黨人編造謠言，聲稱康斯坦絲曾違反自己的意願，被迫做過修女。後來，巴勒摩大主教逼她離開修道院，嫁給亨利六世，才會生下腓特烈二世。因此這位皇帝就是先前的修女、老婦人所生，因而是違反宗教上和世間所有律法的。貴爾弗黨的這種宣傳，目的在讓皇帝名譽掃地。事實上，康斯坦斯從未當過修女，她在三十一歲時與亨利六世結婚。不過但丁在本章中採用了她曾為修女的傳說，去掉當中所有負面，而將這位皇后寫成是政治陰謀和暴力的無辜受害者，為其形象賦予一種崇高的詩的光環。」（雷吉奥的注釋）康斯坦絲的孫子曼夫烈德也提到他這位皇后祖母（見《煉獄篇》第三章注25）。

17 「第二陣風暴」：指士瓦本王朝（霍亨斯陶芬王朝）的皇帝亨利六世。「第三陣風暴」：指其子腓特烈二世。「最後的皇權」：因為他是士瓦本王朝的末代皇帝。但丁稱他們為「風暴」，說明世俗權力的暴烈和短暫。

第四章

在距離相同、引起同樣食欲的兩種食物之間，一個有自由意志之人在決定將何種送進口中之前就會餓死；同樣，在兩隻凶猛貪食的狼之間，一隻羔羊出於對兩者同樣的畏懼，會站定不動；同樣，一隻獵犬在兩隻鹿之間，也會站定不動。因此，如果我在受兩種疑問同樣的催促下保持沉默，我既不責備自己，也不稱讚自己，因為我勢必如此[1]。

我保持沉默，然而我的願望連同疑問顯露在我臉上，要比藉著言語說明更顯熱切。如同但以理消除了讓尼布甲尼撒變得無理殘暴的怒火[2]，同樣，貝雅特麗齊消除了我因心懷疑問而焦急不安的情緒。她說：「我清楚看到你受到一個願望和另一個願望以同等的力量吸引，使得你熱切的心纏住自身，無法以言語表明。你尋思：『如果我持續保持心中良好的誓願，他人施加於我的暴力何以會減少我的功德？』[3]此外，靈魂似乎回到星辰中，和柏拉圖的說法相同，這也引起你的疑問[4]。這些就是對你的意志施加同等壓力的兩個問題[5]。因此，我要先談最有毒素的那一個[6]。

「對上帝觀照最深入的撒拉弗，摩西，撒母耳，兩約翰中的任何一位，我說，連瑪利亞在內，他們的座位都不在哪一重別的、與此刻出現在你面前這些靈魂所在的這重天不同的天裡[7]，他們所享的幸福也沒有時期長短之分[8]；他們都使得第一重天如此之美，由於他們感受的永恆氣息有多寡之別，其生活的甘美程度也各不相同[9]。你所見的這些靈魂出現在這裡，並不是因為這個天體被分配給了他們，而是為了形象化地向你說明，他們在淨火天中所享的幸福程度最低。對你們人的智力必須以這種方式講解，因為其認識只能始自感性，而後提升至理性認識。《聖經》因而遷就你們的能力，將上帝寫成有手和腳，而別有所指[10]；聖教會為你們將加百列、米迦勒，以及使托比亞雙眼復明的另一位大天使描繪成人形[11]。提邁烏斯有關靈魂的說法，有別於此處所見的情形，因為他的想法看來就像他所說的一樣[12]。他說，靈魂返回它的星中，因為他相信，當自然將它配給肉體作為形式時，它就離開了那裡[13]；但他的看法或許和他話的字面意義不同，可能含有不可嘲笑的意義。假若他的意思是說，這些天體影響的優與劣都歸功或歸罪於這些天體自身，那麼他的弓便射中了部分真理[14]。這個學說遭人誤解，曾使幾近全世界的人走上邪路，以至於為星辰取名朱比特、墨丘利和瑪爾斯[15]。

「另一個令你心煩的疑問毒素較少，因為其毒害不會引你離開我，走向別處[16]。我們的公正在凡人眼裡顯得不公正，正是這種公正的證明，它會將人引向信仰，而非異端邪說[17]。但是，由於你們人的心智有能力妥善理解此一真理，我要如你要求的那樣令你滿足。

「受迫者若是對強迫他的暴行毫不妥協，才是受暴力強迫，那麼，這些靈魂就不能因此得到原諒；因為，意志如不願意，就未熄滅，而是如同火焰依其本質[18]，即使風的暴力將火向旁邊吹倒千次。因為，意志若是或多或少屈服了，那便是順從暴力；當她們能逃回那神聖之地時，這些靈魂的行為就是如此[19]。如果她們意志保持完整，一如令羅倫佐堅持在烤架上受苦，讓穆齊烏斯嚴厲對待自己的手的那般意志，那麼，一旦她們脫離暴力，意志就會將她們推回原本被迫離開的路上[20]；然而這樣堅定的意志太罕見。如果你如你應該的那樣，注意聆聽我這些話，爾後還會多次令你煩惱的那個論斷[21]就已被這些話推翻。

「然而此刻你眼前還有另一道難關擋住去路，你在以一己之力衝過它之前就會疲憊不堪。我已使你確信，在天國享福的靈魂不會說謊，因為它常接近第一真理；而後，你又從碧卡爾達那裡聽得康斯坦絲心中仍保有對面紗的愛；因此，她的話似乎在這一點上與我所言相反[22]。兄弟呀，世人為了避開危險，常違心做出不該做的事。如此情形過去曾出現多次；例如，阿爾克邁翁答應父親的要求，殺了自己的母親，為了不違背孝道而變得殘酷無情[23]。說到這一點，希望你思考一下，他人的暴力和承受暴力者的意志，兩者相混合而為的壞事不可原諒[24]。絕對意志是不同意為惡的；但它在相對的意義上之所以同意，是因為它害怕若是反抗就會陷入更大的不幸[25]。因此，碧卡爾達那句話所指的是絕對意志，而我指的是另一種；我們倆所說的因而同為真理[26]。」

從一切真理的泉源湧出的神聖溪水蕩漾奔流，就是這樣；它讓我對兩個疑問的求知欲得以滿足[27]；於是我說：「啊，第一愛人所愛的人哪；啊，聖女呀，您的話澆灌我，溫暖我，令我越顯勃勃生機[28]，我的感情無論深至何等程度，皆不足以感激您的恩情；但願全知全能者為此酬勞您。

「我明確知道，世上獨一無二的真理[29]若不照耀我們的心智，我們的心智就永遠無法徹底滿足。它一到達它那裡，就像野獸到了自己的窩裡安棲[30]；它必定能到達，否則所有求知欲都要落空。由於這種欲望，疑問在真理的腳下萌生如嫩芽；這就是那促使我們從一座山頭到另一山頭，最後登上頂峰的天然推動力。聖女呀，這種原因促使我、鼓勵我恭敬地向您請問另一個令我費解的真理。我想知道，人能否以其他善行補償自己未履行的誓約，令你們滿意，而不會認為這些善行在你們的天平上分量太輕？」

貝雅特麗齊的目光充滿如此神聖之愛的火花，看著我，使得我的視力敗陣而逃。我兩眼低垂，幾乎失去知覺。

1 聽過碧卡爾達的話後，但丁產生了兩個疑問，急於向貝雅特麗齊求解，但不知應該先問哪個。詩中連用這個比喻，說明他猶豫不定，因而沉默的心理狀態。

2 巴比倫王尼布甲尼撒做了一夢，醒後忘記是何夢，於是迫令術士們告訴他。眾術士無人能告知，他大怒，要將他們通通殺死。先知但以理受上帝啟示，告訴、並解說了尼布甲尼撒的夢，消除了他的怒氣（見《舊約．但以理書》第二章）。

3 「碧卡爾達和康斯坦絲受暴力逼迫離開修道院後，當初促使她們進入修道院的意志仍然堅定不移。那麼，別人的暴力何以會減少她們的功德呢？這是第一個疑問。」（牟米利亞諾的注釋）

4 「第二個疑問：看到第一群靈魂在月天中，這似乎符合柏拉圖的思想，他認為人死後靈魂都會回到與肉體結合之前所在的星辰中。」（牟米利亞諾的注釋）

5 意即「這就是對你的意志施加同樣的壓力，迫使它同樣急於求得解答的兩個問題」。（格拉伯爾的注釋）

6 第二個問題。柏拉圖的學說與天主教教義衝突，教義斷言靈魂是由上帝創造，且由上帝灌輸到肢體中的。」（牟米利亞諾的注釋）

7 「撒拉弗」是第一品級天使。「摩西」（見《地獄篇》第四章注12）。「撒母耳」：是先知和最後一位統治以色列人的士師，在以色列建立了君主制度。「兩約翰中的任何一位」：是指施洗約翰或福音書作者約翰。關於前者，《新約．馬太福音》第十一章中說「凡婦人所生的，沒有一個興起來大過施洗約翰的」；後者是耶穌最愛的門徒，耶穌被釘上十字架時，他是唯一站在十字架下的門徒，耶穌親自將他托給自己的母親瑪利亞作為她的兒子（見《新約．約翰福音》第十九章）。瑪利亞是耶穌基督的母親，聖徒中最神聖的。

詩句意謂這些上帝的崇高被造物，其座位並不在碧卡爾達、康斯坦絲以及其他靈魂所在、與月天不同的另一重天裡，而是永遠都在上帝所在的淨火天，也就是詩中所說的第一重天。

8 意謂他們在淨火天所享的福是永恆的，沒有年數多寡之分（柏拉圖則認為，靈魂會回到星辰中，留在那裡的時間會依其功德多寡而有差別，這種說法是又一與天主教教義矛盾之處）。

9 「永恆的氣息」：即聖靈，也就是作為本原之愛的上帝。詩句意謂他們享受至福的程度不同，取決於他們感受神之愛的能力大小。

10 「而別有所指」：指上帝的能力無限。

11 「加百列」：向瑪利亞聖告，說上帝要她懷孕生下耶穌的那位大天使。「米迦勒」：曾討平天上撒旦叛亂的大天使。「另一位大天使」：即大天使拉斐爾。

12 「提邁烏斯」：《提邁烏斯 *Timaeus*》是柏拉圖所著的一篇對話，以其中主要對話者哲學家提邁烏斯之名為書名。詩句意謂「柏拉圖在《提邁烏斯》中對靈魂命運的說法，與在月球這裡所見的不同（靈魂出現在這裡，但不住在這裡），因為他的想法看來確實和他的說法一樣；也就是說，他的話應從字面上理解，不應從象徵意義上理解」。（薩佩紐的注釋）

13 「形式」：在這裡是經院哲學名詞，經院哲學家將理性靈魂稱為人肉體的形式，也就是說，它是肉體的能動性、有生命力的因素。人活著時，靈肉結合，死後靈肉則分離，靈魂就不再是肉體的形式（見《地獄篇》第二十七章注16）。詩句意謂「他說，靈魂回到它的星中，因為他相信，當自然將之給了肉體作為形式時，它就離開那裡了」。（雷吉奧的注釋）

14 「他的弓」：作為比喻，指他的話。

15 詩句意謂「如果柏拉圖在他的對話中只是說，諸天對靈魂施加的影響好壞，應歸功或歸罪於諸天自身，那麼，他就說中了『一部分真理』。因為，但丁雖然接受星辰會影響靈魂的學說，但只在他於《煉獄篇》第十六章注16說明的限度之內」。（薩佩紐的注釋）

詩句意謂柏拉圖關於諸天影響世人的學說遭到了誤解，曾經使得幾乎全世界的人（猶太人除外）都誤入歧途，以至於為星辰取名朱比特，墨丘利和瑪爾斯，認為這些神會從星辰中發出影響，或者就住在那些星辰中，甚至將這些星辰視為神明，予以崇拜。

16 「不會引導你離開我走向別處」：貝雅特麗齊代表神學，因此，「離開我」表示離開啟示的真理，墮入異端邪說。（雷吉奧的注釋）

17 「我們的公正」：「我們的」指我們的法庭的、天國的，即上帝的。詩句意謂在凡人看來，神的公正若是似乎不公正，如此看法應會導致他們相信、而不是不信基督教。因為他們知道，主耶穌的判決都是不可思議的；而想想這種不可思議性，你就應該知足，莫妄想能理解不可思議的事。（巴爾比根據斯卡爾塔齊的解釋所作的注釋）

18 「熄滅」：詩人使用「熄滅」作為「意志」的動詞，是因為下句是以「火」作為比喻之故。「依其本質」：火的本質促使火向上升，與火焰界重新結合（見《煉獄篇》第十八章注8）。

19 「那神聖之地」：指修道院。「這些靈魂的行為就是如此」：意謂當碧卡爾達和康斯坦絲這些靈魂有逃回修道院的可能時，她們並沒有這麼做，這就意味她們的意志在一定程度上屈服、順從了暴力。

20 「羅倫佐」：即聖羅倫佐，一位殉道者，生於西班牙，任羅馬副主祭，公元二五八年，受到皇帝瓦雷利亞努斯的殘酷迫害。當時他負責管理教會的財產，皇帝命令他交出錢財，他答應三天內交出，期滿時，他已將財產盡數分給了窮人。皇帝大怒，於是下令將他放在鐵烤架上炙烤，他毫不畏懼，在劇痛中堅定不屈，直到被烤焦而死。

「穆齊烏斯」：古羅馬傳說的英雄。當埃特盧利亞人的國王波爾塞納圍困羅馬時，穆齊烏斯試圖刺殺他，卻誤中他的祕書。失手後，敵軍將他帶到波爾塞納面前，波爾塞納下令將他活活燒死，他毫不畏懼，當場將自己的右手伸進火燒得正旺的祭神用火盆，以懲罰它誤刺之罪。波爾塞納讚賞他的勇氣，便將他釋放，並且與羅馬議和，撤兵而去。從此之後，由於失去右手，人們便稱他為「左手的穆齊烏斯」。

21 「爾後還會多次令你煩惱的那個論斷」：指關於神的判決看似不公正的論斷，亦即本章詩中的話：「如果我心中良好的誓願保持下去，別人對我施加的暴力何以會減少我的功德？」這種論斷今後本來還會多次引起你的疑問。（薩佩紐的注釋）

22 「第一真理」：指上帝，他乃絕對真理。「你又從碧卡爾達那裡聽得康斯坦絲心中仍保有對面紗的愛；因此，她的話似乎在這一點上與我所言相反」：意謂你從碧卡爾達那裡聽到，「康斯坦絲從未解下她心中的面紗」；這就是說，她心中堅決保持遵守誓言的意志；因此，碧卡爾達所說的這句話，似乎和我現在說過的這話相反：康斯坦絲和碧卡爾達自己都無「完整的意志」，「完美的意志」，否則她們就會冒一切危險，盡所有努力回到修女生活中。（薩佩紐的注釋）

23 「阿爾克邁翁答應父親的要求，殺死了自己的母親」詳見《煉獄篇》第十二章注18。

24 意謂說到人為了避免危險，因而違心做出不該做的事時，我希望你想一想，他人施加的暴力與忍受此暴力之人的意志混合在一起而做出的壞事，是不可原諒的。因為在這壞事當中，忍受此暴力之人的意志也有罪責。

25 貝雅特麗齊在此向但丁說明絕對意志和相對意志，即有條件的意志的區別。

26 意謂因此，當碧卡爾達說，康斯坦絲從未把她心中的面紗解下時，指的是絕對意志，而我（貝雅特麗齊）在前面所說，碧卡爾達和康斯坦絲等靈魂在本有可能回到修道院時，由於害怕遭到更大的不幸，因而不敢那麼做，指的則是相對意志；所以我們倆說的同為真理，不相矛盾。

27 意謂貝雅特麗齊的論證就如同從所有真理的泉源（即上帝）湧出的溪水；如此滔滔不絕的論證解決了我的兩個疑問，我因而滿意了。

28 「第一愛人」：指上帝，亦即「本原的愛」。「所愛的人」：指貝雅特麗齊。

29 指上帝。

30 「這絕妙的比喻有兩層相似但不相同，值得注意的意義：真理在已認定它的心智中安息，如同行跡不定的野獸回到藏身的窩裡休息；心智在它那隱蔽所裡保護自己不受謬誤欺騙，就如同野獸在窩裡保護自己和其幼崽不受獵人捕捉。」（溫圖里的注釋）

第五章

「如果我因熱烈的愛而以世上見不到的方式，如火焰般對你發光，照得你的眼睛無法忍受，對此你莫感驚奇，因為這種情況源於對神的完美觀照；在觀照中所見越深，對識得的至善之愛就越熱烈，發的光就越耀眼[1]。我清楚見到永恆之光如今已映射在你心智當中，這種光，唯獨它，一旦為人觀照，便總燃起人對它的愛。其他事物如果誘發了你們的愛，不過是因為你們誤認為此光射透那一事物因而呈現的影像即是這種光本身。現在，你想知道，人能否以其他貢獻補償自己未履行的誓約，好使自己的靈魂免於對抗神的正義。」

貝雅特麗齊就這麼開始這章主題的議論；如同不肯中斷自己說話之人，她就這麼繼續發揮此一神聖的論點：「上帝在創造時，出於慷慨所授予的最大、和其本質最相稱，而且最受其重視的禮物，即是意志自由；以往和如今都獲授如此自由的，唯有具有理智的所有被造物[2]。現在，你若是從這一點推理，假若人願意立下誓願，同時上帝又肯接受此誓願，那麼，對你來說，誓願具有極高價值也就顯而易見。因為，在訂下這上帝和人之間的契約時，人就犧牲了我所說的這一珍寶；而且如此犧牲是人的自由意志本身作出的；那麼，人還有什麼可用來補償呢？倘若你認為還能以你已犧牲的自由意志行善，那麼就等同以偷得的錢做好事。

「現在你對這問題主要的一點已有明確認識；但由於聖教會在這方面賜予特免，似乎和我對你闡明的真理相矛盾，你還需要在餐桌旁再坐一會兒，因為你吃下的硬食還需協助，才能消化[3]。現在，且敞開心，接受我闡明的道理，並將之牢記心中；因為理解道理卻無牢記，便不成知識。這種犧牲其本質必須由兩種東西組成：一是作為誓願內容的東西；一是契約本身[4]。後者絕不能廢除，除非予以遵守；關於這一點，我上述的話裡已說得明確：因此希伯來人無論如何都必須獻上許願的祭品，雖然，如你所知，有些祭品是准許替換的[5]。你所知的、那作為誓願內容的另一種東西，人若是以他物代替，並非罪過。但是，可別讓他未轉動那兩把白銀和黃金的鑰匙，就憑一己意願替換了肩上重擔[6]；要讓他相信，除非換下的包含在換上的之內，如同四包含在六當中，否則任何更換皆是愚蠢。因此，任何因其自身價值重得令所有天平傾向一邊的東西，皆不能以他物補償[7]。

「讓世人勿輕易立誓許願：要忠實遵守誓言，許願立誓時，莫如耶弗他許願獻上先走出他家門相迎的人為燔祭那般冒失；對他而言，與其遵守誓言做出更壞的事，不如說『我錯了』為宜[8]。你能看出希臘人那位偉大的首領同樣愚蠢，由於他的愚蠢，伊菲革涅亞為自己的美貌哭泣，而且令愚者和智者聽到此種祭禮的傳說之後也都為她哭泣[9]。基督教徒呀，你們行動時要更為慎重：莫如隨風飄盪的羽毛，也莫以為什麼都能將你們洗淨。你們有《新約》和《舊約》，有引導你們的那位教會牧人[10]；願這些足以使你們得救。邪惡的貪欲若是朝你們呼喊什麼別的東西，你們要做理性之人，莫做愚蠢的羊，以免受到住在你們之間的猶太人嘲笑[11]！莫像那離開母羊乳汁、天真活潑、好玩、隨性蹦跳的羔羊那般。」

貝雅特麗齊對我說出我寫下的這些話，而後滿懷憧憬轉身向著宇宙最具生氣之處[12]。她的沉默和變

我看到足足有一千多個發光體朝我們直奔而來。

容使得我那已出現新疑問、因而急於求知的心靈緘口結舌；如同一支箭才剛射出，弓弦猶在震顫，便已擊中鵠的，我們已飛升到了第二重天[13]。在那裡，我見到那位聖女一進入此重天的光中，便喜悅得令那顆行星也因她而變得益發明亮。如果連那顆星都為之變容和微笑了，那麼，作為恰恰因為人類本性而易於變化的我，那時又該變成什麼模樣[14]！

如同平靜和清澈的池中，群魚一發現有東西落入水中，認為那是食物，便全數奔游過去那般，同樣的，我看到足足有一千多個發光體朝我們直奔而來[15]，聽見各個都在說：「看哪，那個將使我的愛增加的人[16]。」當各個靈魂趨近我們時，我見到他發出的燦光令他顯得喜悅滿盈。

讀者呀，我在此開始的敘述若是不繼續下去，你想，你會感受到何等痛苦的欲望，想多知道一些；你也能想見，這些靈魂一出現在我眼前時，我有多麼願意聽他們敘說他們的情況。

「啊，生來幸福的人哪，神的恩澤特許你，在離開戰鬥生活之前，就得見那些永恆凱旋的寶座[17]。我們是被那普照全天國的光所點燃的，因此，你若想瞭解我們的情況，那就隨意發問，好滿足自己吧。」那些虔誠靈魂當中的一位這麼對我說。於是，貝雅特麗齊說：「你就說吧，放心說，相信他們，一如你相信神。」

「我清楚看到，你隱藏在自己光芒形成的巢中，而且那光芒是由你眼中發出，因為當你微笑，光芒便閃耀得更加明亮。但是，高貴的靈魂哪，我不知道你是誰，也不知道為什麼你被安排在這被另一天體的光遮住、世人因而無法看見的天體裡[18]。」我轉身向那第一個和我說話的發光體說了這些。聽了之後，他變得比先前還更明亮。如同當熱力驅散遮住陽光的濃霧時，太陽隱身在自己過度強烈的光芒中，令人無法注視，同樣的，那神聖的形象因為更加喜悅，因而他藏在自己的光芒中，令我看不見他；他就這麼徹底被光包圍，如下一章所寫的那樣回答我。

---

1 這幾句詩說明貝雅特麗齊的目光何以比之前更明亮，照得但丁的眼睛無法承受。

2 貝雅特麗齊的論點從意志自由開始。意志自由是上帝授予人類最寶貴的禮物，但丁在《帝制論》卷一中已經提到，他說：「我們可以進一步明瞭，這種自由，或者我們所有自由的這一本原，是上帝授予人性的最大禮物；因為，透過它，我們作為凡人在現世幸福，透過它，我們作為聖徒在天上幸福。」

「具有理智的所有被造物」：指天使和人類。

「以往和如今都獲授如此自由」：意謂上帝在創造他們時，都賦予了他們意志自由，在人類始祖亞當犯罪之後，人類如今仍被賦予這種自由。

3 「這問題主要的一點」：誓約本身不容許補償。但教會在誓約方面賜與特免，也就是說，特許廢除或替換誓約，這二者似乎矛盾，所以你得聽我為你講解，因為你聽得的難懂教義，還需幫助才能理解。用食物比擬學理或知識，用飢或渴比擬求知欲，是但丁詩中常見的比喻方式。

4 意謂這種犧牲個人意志自由的誓約，本質必須由兩種東西組成：一是作為誓約內容的東西，也就是自願做出犧牲的東西，如清貧生活、童貞生活等，另一是契約本身。契約本身是絕對不能廢除的，必須遵守，因為它是人與上帝之間訂立的莊嚴契約。

5 詳見《舊約．利未記》第二十七章。

6　「這兩把鑰匙是基督交給聖彼得的」（詳見《煉獄篇》第九章注27）。詩句意謂未經教會權威許可，人不可憑個人意願就替換自己誓約的內容。

7　這裡顯然是指修士和修女的童貞生活。因此，碧卡爾達和康斯坦絲不能變換她們的誓約。

8　耶弗他是以色列士師。他向上帝許願，若是他能擊敗亞捫人，平安回家，他就將最先出來迎接他的人獻上為燔祭。耶弗他只有一個獨生女兒，此外無兒無女。當他返鄉時，不料第一個來迎接他的正是他女兒。他難過極了，但已向上帝許願，不得不還願（見《舊約·士師記》第十一章）。

9　詩句意謂對耶弗他而言，與其遵守誓言殺死自己的女兒，不如說，「我做錯了」，承認自己在許願時太過輕率。特洛伊戰爭的希臘統帥阿加曼農率領大軍從奧利斯起航開往特洛伊時，為了祈求女神狄安娜息怒，停下那阻礙航行的逆風，他許願要將自己國內該年生出的最美之物向她獻祭。然而這最美之物卻是他的女兒伊菲革涅亞（Iphigenia）。阿加曼農在逆風停止後，聽從了隨軍出征的占卜家卡爾卡斯所言，殺了女兒獻祭。所有聽到這種祭禮傳說的人，都會為她哭泣。

10　「教會的牧人」：指教皇。

11　詩句意謂以免你們這些以身為基督教徒而自豪，行為卻根本相反的人，受到住在你們中間、恪遵其律法的猶太人嘲笑。

12　詩句意謂貝雅特麗齊轉身朝上望著太陽。

13　「第二重天」：指水星天。

14　詩句意謂如果連那顆本性不起變化的行星，都因她進入其中因而變容、微笑，那麼我這因人類本性而容易接受所有影響的人，該會變得怎麼樣啊！

15　「注意這個比喻當中美與準確性的協調。『平靜和清澈』這兩個修飾語符合這個天體的極度明靜和晴朗狀態，群魚奔向牠們認為可食之物的意象，也與那些靈魂想沉浸在愛當中的願望協調」（溫圖里在《但丁的明喻》中語）。這個源自日常的美妙、貼切比喻，使得水星天中多得無可計數的靈魂直奔但丁和貝雅特麗齊而來的情景躍然紙上。

16　意謂「瞧，那個將使我們的愛德增加的人」。（雷吉奧的注釋）

17　世間全體基督教徒被稱為「戰鬥教會」，全體天國聖徒被稱為「凱旋教會」。「寶座」是指聖徒在淨火天的座位。「在離開戰鬥生活之前」：意即在死以前。

18　「被另一天體的光遮住」：水星距離太陽最近，被太陽光遮住，因而無法看見。

第六章

「自從君士坦丁將當初跟隨那位娶了拉維尼亞的古人循諸天運行路線飛來的鷹，逆著牠來時路線帶回之後[1]，二百餘年來，這隻上帝之鳥一直停留在歐羅巴邊境，鄰近彼時牠出發地所在的群山；牠在那裡代代相傳，統治在其神翼蔭庇下的世界，經過如此改朝換代，落進我手中[2]。我生前是凱撒，如今是查士丁尼；我遵照我所領會的本原之愛的意願，刪去法律中多餘和無用的部分[3]。在致力於此工作之前，我相信基督只有一性，而且滿足於如此信仰；但最高的牧師、享天國之福的阿迦佩圖斯，以他的話將我引向純正的信仰[4]。我相信他；如今，我明白其信仰所含的真理，一如你明白所有自相矛盾的說法必有一正確和一謬誤的命題[5]。當我一和教會步調一致，上帝便欣然施恩予我，啟迪我去進行這件崇高工作[6]，於是我完全致力此事。我將戰爭指揮權交給我的貝利撒留，上天的右手給了他大力支持，這是我應專心從事和平工作之兆[7]。

「現在，對於你的第一個提問，我的答覆到此為止；但回答的性質令我不得不附加些許說明，好讓你看出那些將這面神聖旗幟據為己有之人和那些與之為敵者，有多少理由反對它[8]。你想想，何等美德使得它值得受人尊敬。如此美德始自帕拉斯為給牠爭得一個王國而死[9]。你知道，這面鷹旗在阿爾巴停留了三百多年，直到最後，三名勇士還與另外三名勇士為了它而戰[10]。你知道，從薩賓婦女們的災難，到盧柯蕾齊亞的慘劇，在七代國王統治期間，這面鷹旗征服四鄰各族，建立了什麼功績[11]。你知道，卓越的羅馬人高舉此旗抗擊勃倫努斯，抗擊皮魯斯，抗擊其他君主和共和國政府軍，又立下了什麼功勞[12]。由於各自的豐功偉績，托爾夸托斯，由於頭髮蓬亂而獲得綽號的昆克提烏斯，以及戴齊家族和法比家族，都享有我樂意崇敬的盛名[13]。這面鷹旗打掉了隨漢尼拔越過波河發源地阿爾卑斯山的阿拉伯人的傲氣[14]；在這面旗幟下，西庇阿和龐培還在青年時代就勝利凱旋[15]；對於你生於其下的那座小山來說，這面旗幟顯得殘酷[16]。後來，在上天要令世界處於如它那樣晴和的狀態之日臨近時，凱撒按照羅馬的願望取得了這面鷹旗[17]。它從瓦爾河直到萊茵河所立的功績，伊塞爾河，盧瓦爾河和塞納河以及灌注羅納河的所有河流全都看到了[18]。它從拉溫納出動，一躍飛過盧比孔河，其進軍如此神速，就連舌與筆都無法描述[19]。它揮師向西班牙，而後向杜拉佐，在法爾薩利亞痛擊敵人，令炎熱的尼羅河都感到慘痛[20]。它又看到當初出發地點安坦德洛斯城和席摩昂塔河，看到赫克托爾長眠之處[21]；然後它又飛起，結果使得托勒密遭殃[22]。從那裡，它像閃電般降落在尤巴[23]；從那裡，它又轉向你們的西方飛去，因為聽到那裡還有龐培派的軍號聲[24]。它在後繼旗手手中獲得的戰果，使得布魯圖斯和卡修斯同在地獄中怒吼，令摩德納和佩魯賈悲痛[25]。悲慘的克麗奧佩脫拉仍在為此哭泣，她在鷹旗前面遁逃，用毒蛇讓自己猝死、凶死[26]。這面旗隨這位旗手馳騁直至紅海沿岸；它隨這位旗手促使世界普遍處於和平狀態，使得雅努斯的廟門一直關閉[27]。

「但這面促使我說起它的鷹旗，為了其統治下的人類社會利益，過去已完成和未來將完成的所有事業，若以明銳目光和純摯感情去看它在第三位凱撒手中的成就，相形之下，那一切事業就變得微不足道，黯然失色；因為那啟迪我說話的真實正義，將懲罰那椿令它震怒之罪的榮耀，賜給了第三位凱撒手中的鷹旗[28]。現在，我在此對你再說明這件令你驚嘆之事；後來，它又隨狄托馳去懲罰那一古老的罪[29]。當倫巴第人的牙咬著聖教會時，查理大帝在其翼翅下戰勝他們，解救了聖教會[30]。

「現在，你可以判斷我在上面譴責的那兩幫人和其過錯了，這些過錯是你們所有災難的根源[31]。這幫人以黃色百合花旗反對帝國的公共旗幟，那幫人則將帝國的公共旗幟據為己有，充作自己的黨旗，因而難以判斷兩方何者的過錯更大[32]。就讓吉伯林黨人在別的旗幟下去幹他們的勾當吧，因為將帝國鷹旗和正義分開的人，都不可能是真正擁護帝國者[33]。讓這個新查理不要用他的貴爾弗黨人去推倒帝國的鷹旗，而是要畏懼那雙曾撕下強大的獅子之毛皮的那雙鷹爪[34]。兒子們已為父親的罪行哭過多次，他別以為上帝會將百合花變為祂的紋章[35]！

「這顆小星被為善的靈魂裝飾著，他們為求榮譽和名望，生前積極行善：當願望偏離了正路，追求榮譽和名望時，真實之愛的光朝天射出的強度便必然減弱[36]。但是，我們的報酬與功德相等，是我們福的一部分，因為我們看到二者相比，皆不過小，也不過大。由此途徑，活的正義淨化我們內心的感情，其程度使得它絕對不會轉向什麼邪惡之事[37]。不同的嗓音形成了悅耳的旋律；同樣地，我們天國生活中等級有別的席位形成了諸天之間美妙的和聲[38]。

「在這顆珍珠中，羅美奧的靈魂之光閃閃發亮[39]，他偉大而美好的功勞獲得惡報。然而那些誣陷他的普羅旺斯人並未歡笑[40]；因為將他人行善視為有損於自己之人，走的是邪路[41]。萊蒙．貝倫傑有四名女兒，各個皆是王后，這是這個出身低微的外鄉人為他促成的。後來，讒言鼓動他要求這位正人向他報帳，這位正人將十報成十二。隨後他便離開那裡，既貧窮又老邁；倘若世人知道他落得以乞討片片麵包為生，懷有何等心胸，他們現在稱讚他，將來會更稱讚他。」

1　在本章開頭回答但丁的第一個提問，說明自己是誰的靈魂，是拜占庭皇帝查士丁尼。他說，在君士坦丁大帝（見《地獄篇》第十九章注28）將羅馬帝國的首都遷到古希臘舊城拜占庭，定名君士坦丁堡（公元330）的二百年後，他即位為皇帝。接著他向但丁述說自己如何皈依正宗信仰，以及如何編成《查士丁尼法典》。

「鷹」是帝國的象徵。「那位娶拉維尼亞的古人」是指埃涅阿斯，他在伊利烏姆城被希臘人攻破焚毀後，歷經過種種波折，從特洛伊來到義大利的拉丁姆地區，娶了國王拉丁努斯之女拉維尼亞為妻，「因為他在淨火天上被選定為神聖的羅馬及其帝國的父親」（見《地獄篇》第二章第三段）。這隻鷹跟隨埃涅阿斯循著諸天運行的路線，從東向西飛到義大利；君士坦丁大帝又將牠逆著諸天運行的路線，從西向東帶到拜占庭。

2　「上帝的鳥」：指鷹作為天命注定建立的帝國之象徵和旗幟。「牠在那裡代代相傳，統治在其神翼蔭庇下的世界」：意謂羅馬帝國各代皇帝統治著受帝國保護的世界。自君士坦丁大帝以來，經過改朝換代，這隻象徵帝國權力的「鷹」落到了查士丁尼手裡。

3　「我生前是凱撒，如今是查士丁尼」：意謂我生前是皇帝，如今在天國中，原本表示世間地位的稱號已經消失，只有個人名字存在。查士丁尼生於公元四八二年，五二七年即位，五六五年去世。在但丁那時代，有關查士丁尼生平事跡的資料殘缺不全；但丁或是因為所知不詳，或是刻意不提這位皇帝的罪行，在詩中將他寫成幾乎十全十美、堪稱典範的君主，與教會的職能協調一致，甚至將他刻畫成一個依照完善法律治理之帝國的象徵。

「遵照我所領會的本原之愛的意願」：意謂他從羅馬法律中刪除無用的多餘部分，最後編成完善的法典是根據聖靈的啟示。

4　在編纂法典之前，查士丁尼相信基督只有神性而無人性的教義，並且保持如此信仰。但教皇阿迦佩圖斯為了與東哥德王議和，來到君士坦丁堡。他在提及信仰時說明基督只有神性而無人性的教義是異端邪說，這才使得查士丁尼改信了基督同時具有人性和神性的正統教義。

5　意謂如今我在天國中明白了這個教義的真義，就像你明白了舉凡矛盾都含有兩個互相排斥的命題；如果其一是真實的，那麼另一必然就是虛妄的。矛盾律是亞里斯多德邏輯學眾所周知的基本規律之一，因此查士丁尼以它作為比喻。

6　意謂查士丁尼皈依正統的信仰，接受教會的精神領導。「崇高的工作」：指編纂法典。

7　「貝利撒留」（Flavius Belisarius, 500-565）是查士丁尼麾下的大將，其名前面加上「我的」，表示親密和信任。「上天的右手給了他大力支持」：指的是在天意支持下，貝利撒留率軍滅掉了北非的汪達爾王國，然後揮軍渡海北上，征服東哥德王國，在拉溫納建立總督管轄地。這些戰爭的勝利就是我應完全致力於立法的和平事業的徵兆。

8　詩句大意是：因為我的回答是從象徵帝國的鷹旗說起，因此得附加說明一下，好讓你明白，那些拿這面旗幟作為自己旗幟的吉伯林黨人，以及公開反對這面旗幟的貴爾弗黨人，多少都有理由反對它（這話是反話：真實意義是這兩黨都毫無理由去損害帝國的事業）。雷吉奧指出，查士丁尼補充的這些都是帝國之鷹的歷史，也是本章最重要的部分。

9　根據《埃涅阿斯紀》的敘述，在埃涅阿斯和對手圖爾努斯交戰相持不下時，年輕的帕拉斯（Pallas）奉父命前去支援埃涅阿斯，在單獨和圖爾努斯交鋒時被他所殺。埃涅阿斯為他報仇，最終殺了圖爾努斯。「為給牠爭得一個王國」：指帕拉斯之死，是為了給跟隨埃涅阿斯來到義大利的「鷹」爭得一個王國。「美德」：在此指英勇之德，這個美德始自帕拉斯之死，因為他是第一個為日後羅馬帝國興起而犧牲的勇士。上述這些是史詩《埃涅阿斯紀》中的情節，但在但丁看來卻無異於史實，因為羅馬帝國的所有發展過程都是天命注定，維吉爾史詩敘述的這些情節，乃是其史前的階段。

10　「這面鷹旗在阿爾巴停留了三百多年」：是指埃涅阿斯成為拉丁姆國王，建都拉維尼烏姆，其子阿斯卡紐斯則遷都阿爾巴，他們的後代子孫在這裡統治了三百多年。「直到最後三位勇士還與另外三位勇士為了它而戰」：是指古羅馬王政時期的第三個國王荷斯提留斯在位時（670 BC- 638 BC），羅馬人和阿爾巴人為了爭奪這面鷹旗，因而僵持不下，最後雙方達成協議：由代表羅馬人的荷拉提家族三兄弟與代表阿爾巴人的庫拉提家族三兄弟單獨交鋒，勝者就能得到這面旗幟。結果，庫拉提家族的三兄弟全都戰死，荷拉提家族三兄弟中仍有一人倖存。勝利於是判給了羅馬人，阿爾巴人從此失勢。

11
「薩賓婦女們的災難」：是指阿爾巴的流亡者羅木路斯在羅馬七山之一的帕拉提努斯山上建立了一個難民營，他還下山搶劫去那裡參加節日娛樂的薩賓族（Sabine）婦女，將她們配給聚居山上的流亡之徒。後來，他的勢力益發強大，成為古羅馬王政時期的第一代國王；相傳他在公元前七五三年修建羅馬城。

「盧柯蕾齊亞的慘劇」：第七代國王塔爾昆紐斯的兒子塞克斯圖斯玷污了同族人的妻子盧柯蕾齊亞，致使她悲憤自殺。這起事件促使羅馬人民趕走了塔爾昆紐斯家族，廢除王政，建立起貴族共和國（公元前五一〇）。從羅木路斯到塔爾昆紐斯七代國王統治期間，這面鷹旗陸續征服了鄰近羅馬的所有民族，使得羅馬的勢力日益強大。

12
貴族共和國時期甚為長久。查士丁尼的補充說明略去了平民與貴族的長期鬥爭，著重在簡要地向但丁述說羅馬在統一義大利半島及向外擴張的戰爭中出現的英雄人物，及其輝煌戰果。

在共和國初期，羅馬人舉著鷹旗擊退了率領高盧人入侵的首領勃倫努斯（Brennus），以及前來援助塔林敦的希臘人厄皮魯斯王皮魯斯。塔林敦是義大利南部最強的希臘移民城邦，當羅馬向南擴張、艦隊駛入塔林敦港時，城邦政府立即對羅馬宣戰，並向厄皮魯斯王求援。公元前二八〇年，皮魯斯率領精銳部隊和戰象進入義大利，曾兩度獲勝，但他的勝利代價極大，得不償失。第二次獲勝後，希臘移民城邦的宿敵迦太基和羅馬締結同盟，戰爭形勢驟變，使得皮魯斯不得不移兵西西里迎擊迦太基，羅馬人於是趁機集結兵力反攻。公元前二七六年，皮魯斯被迫回到義大利，在羅馬軍團迎頭痛擊之下大敗，終於退回希臘，而處於孤立無援境地的塔林敦，只得降附於羅馬。

13
下列英雄人物在為羅馬的戰鬥中建立了不朽功績：

古代羅馬共和國的英雄昆克提烏斯（Quintius）出身田野，獲任命為獨裁執政官，公元前四五八年，他率軍保衛羅馬，趕走厄奎亞人，任期滿後立刻卸甲歸田。他綽號辛辛納圖斯（Cincinnatus），拉丁文 cincinnus 含義為鬈髮，因為他的鬈髮經常蓬亂。

托爾夸托斯（Torquatus）在公元前三九〇年擊敗勃倫努斯和其率領的高盧人。

戴齊（Decii）家族中三代同名為戴丘．穆雷的英雄皆在戰場上戰死：公元前三九〇年，祖父在抗擊拉丁人的維蘇威之戰中陣亡；公元前二九五年，兒子在抗擊薩姆尼提人的交鋒中戰死於森提努姆；公元前二七九年，孫子在對抗厄皮魯斯王皮魯斯的阿斯科里戰役中犧牲。

羅馬貴族法比（Fabii）家族中最偉大的名將是昆圖斯．法比烏斯．馬克西穆斯，此人採取遲延戰略，阻止了漢尼拔的節節勝利。

14 「這面鷹旗打掉了隨漢尼拔越過波河發源地阿爾卑斯山的阿拉伯人的傲氣」：指的是公元前二一八年第二次布匿戰爭爆發，也就是羅馬與迦太基的戰爭，因為羅馬人稱迦太基為布匿，漢尼拔被任命為迦太基軍隊的統帥；他是古代奴隸主階級最傑出的戰略家之一。戰爭開始後，羅馬正準備兵分北非和西班牙兩路，一舉殲滅漢尼拔軍。但漢尼拔卻出其不意越過阿爾卑斯山，得到已被羅馬占領的山南高盧地區的高盧人支援，得以兩次突破羅馬的防禦。公元前二一七年，漢尼拔又繞過守軍陣地，踏上通往羅馬的大路。羅馬執政官弗拉米尼回師尾追，在特拉西梅諾湖邊遭到漢尼拔伏擊，幾乎全軍覆沒，弗拉米尼陣亡，羅馬為之震撼。

不過漢尼拔並未直接攻進羅馬，而是直下義大利中部及南部，沿途補充給養，休整軍隊，並將羅馬和拉丁同盟的移民地劫掠一空，但對其他義大利人的地區則予以保全，而且被俘的羅馬人都戴上枷鎖，無羅馬公民權的義大利人則一律釋放，不取贖金。此舉意在利用羅馬與義大利各同盟軍之間的矛盾，來孤立和削弱羅馬，最後再攻取它。

查士丁尼之所以將跟隨漢尼拔進軍的迦太基人稱為阿拉伯人，是因為在但丁那時代，阿拉伯人占據著現今突尼斯一帶的北非沿海，這地方即是古代的迦太基國。這種時代錯誤的表達方式，就如同維吉爾對但丁說，「我的父母是倫巴第人」一樣（見《地獄篇》第一章注19）。

15 「在這面旗幟下，西庇阿和龐培還在青年時代就勝利凱旋」：對這兩位羅馬青年將領的勝利，根據時代先後，分別敘述如下：

在漢尼拔軍所向披靡的情況下，羅馬仍保住義大利的中心地帶，不斷獲得人力物力補充，逐漸恢復了軍事力量。公元前二一一年，解除了漢尼拔對羅馬城的威脅後，就將戰爭中心轉移到西西里和西班牙。公元前二〇九年，由西班牙增援漢尼拔的迦太基軍在中途遭到羅馬殲滅。漢尼拔以僱傭軍久戰於外的所有弱點，也隨戰爭遷延逐漸暴露出來。在此同時，羅馬收復本土城市，迫使漢尼拔侷促在塔林敦一隅之地。公元前二〇五年，西庇阿率羅馬軍進攻迦太基，迦太基急忙將漢尼拔調回。公元前二〇二年扎瑪之戰，西庇阿徹底擊敗漢尼拔，迦太基被迫求和，第二次布匿戰爭於是以羅馬成為西地中海的霸主而告終。次年，西庇阿返回羅馬，獲得「征服非洲者」稱號，政府還為他舉行了凱旋儀式，慶祝他的勝利。

龐培生於公元前一〇六年，大約在西庇阿死後七、八十年。他們倆都是在青年時代便立下戰功的將領：西庇阿大約在三十三歲時獲得扎瑪之戰的勝利；龐培年輕時則參加反對改革家馬略的戰爭，在他二十五歲時，政府為他的勝利舉行了凱旋儀式。

查士丁尼藉由述說這兩位羅馬名將在青年時代建立戰功的共同特點，從共和國的鼎盛時期跳到其傾覆時期。這個時期羅馬的內部鬥爭，主要是元老貴族派和騎士民主派之間的權力鬥爭（騎士，是指在第一次布匿戰爭之後漸露頭角的商業金融階層。這個階層當時已壯大到與元老貴族不相上下的程度）。在這樣的形勢下，抱有權力欲望的凱撒成為民主派的領袖。克拉蘇和龐培也轉向民主派，討好騎士和平民。接著龐培被任命為出征東方的統帥，公元前六十三年，他征服了敘利亞和巴勒斯坦，而且在小亞細亞及敘利亞建立起行省，將行省稅收交給騎士包收，因而成為羅馬最有權勢的人。公元前六十二年，龐培由東方回到羅馬。元老院不滿龐培的騎牆態度，拒絕批准他在東方有利於騎士的措施。此舉也就促使了他更接近騎士。凱撒趁勢和龐培、克拉蘇結成反對元老院貴族派的祕密同盟，形成公元前六〇年的「前三頭」。

凱撒當選公元前五十九年執政官任滿後，取得了高盧總督的職位。公元前五十八年三月，他到達高盧時，遇上當地各部落聯盟正在進行爭奪統治權的戰爭。他先是擊敗侵入高盧的日耳曼人，將之驅逐到萊茵河東岸，而後幾年又繼續進攻高盧境內的克勒特和日耳曼諸部落，迫使他們相繼投降，高盧於是全境成為羅馬行省。凱撒的實力和聲望因為在高盧的戰事勝利而不斷升高，使得三頭之間的均勢呈現不穩。龐培因為嫉妒凱撒，逐漸又和貴族接近。為了緩和矛盾，三頭在公元前五十六年在路卡會晤，達成協議：龐培和克拉蘇出任公元前五十五年的執政官，任滿後龐培為西班牙總督，克拉蘇為敘利亞總督；凱撒在高盧的權力則延長五年。在個人獨裁權力制出現之前，羅馬政府是由三頭協議支配著。

16 「你生於其下的那座小山」：指但丁故鄉佛羅倫斯位於其南麓的小山，山上小城名為菲埃佐勒。根據古代傳說，羅馬激進派領袖喀提林鼓動菲埃佐勒的居民背叛羅馬。羅馬在對喀提林的戰爭中，包圍了菲埃佐勒，並在喀提林敗後將之夷為平地。參加這次戰爭的羅馬將領中有龐培（見維拉尼的《編年史》卷一）。「這面旗幟顯得殘酷」：指羅馬將菲埃佐勒城夷為平地。

17 「在上天要令世界處於如它那樣晴和的狀態之日臨近時」：意謂上天要讓全世界處於如同天上的和平狀態之日即將來臨時，也就是耶穌基督降世為人之日即將到來時。

「凱撒按照羅馬的願望取得了這面鷹旗」：指凱撒按照羅馬人民的願望獨掌政權，成為羅馬帝制的創始者，羅馬的始皇帝。他草創的羅馬帝國也為即將興起的基督教傳播鋪平道路。在他的甥孫和繼承者屋大維即位後，耶穌基督終於降世為人，創立了基督教。

18 「它從瓦爾河直到萊茵河所立的功績」：指這支舉著鷹旗的軍隊在凱撒統率下，征服了阿爾卑斯山北高盧地區時，從位於該地區與阿爾卑斯山之南高盧地區之間的瓦爾河，直到位於這一地區與日耳曼地區之間的萊茵河建立起功績。瓦爾河與萊茵河大致標誌出阿爾卑斯山北高盧地區的疆界。

19 「伊塞爾河，盧瓦爾河……全都看到了」：這些大大小小的河流都在這個地區的疆界內，詩中將它們擬人化，說它們全都看到了由凱撒統率、高舉鷹旗的軍隊在該地建立了什麼樣的功績。

在路卡協議時，凱撒有兩個對手，龐培和克拉蘇。三年後，克拉蘇在對帕提亞作戰中陣亡，與凱撒競爭的就只剩龐培。元老院貴族對權勢日盛的凱撒更具戒心，因而再度與龐培聯合。公元前五十二年，羅馬的平民因民主派領袖遭到貴族派殺害，掀起暴動。元老院任命龐培為獨一的執政官。龐培鎮壓了暴動，並立即頒布法律，阻止凱撒延長高盧總督的任期，並限令他在公元前四十九年三月任滿後必須解職。於是，凱撒和龐培最終決裂。擁護凱撒的保民官被龐培驅走，元老院授命龐培在義大利徵募軍隊。凱撒則藉口保民官的合法權利遭到侵犯，以「保衛人民夙有權利」的名義，在公元前四十九年一月十日向義大利進軍，羅馬內戰於是開始。

「它從拉溫納出動，一躍飛越盧比孔河，其進軍如此神速，連舌與筆都無法描述」：盧比孔河是拉溫納和黎米尼之間的一條小河，標誌了義大利和阿爾卑斯山北高盧地區的邊界。當時是禁止軍事首領率軍越過此界河進入義大利的，違者會被判為祖國的敵人。「一躍飛越」形容動作之堅決、迅速、猛烈。凱撒指揮這支舉著鷹旗的部隊，以口無法述說、筆無法描寫的神速前進，使得元老院貴族和龐培不及回手，倉皇逃出義大利。

20 「它揮師向西班牙」：凱撒指揮舉著鷹旗的部隊向西班牙進軍，因為當地有龐培同盟者的軍隊駐紮，必須殲擊。「然後向杜拉佐」：杜拉佐（Durazzo）是達爾馬提亞濱海的城市，凱撒在這裡登陸，追擊逃往希臘色薩利地區的龐培。「在法爾薩利亞痛擊敵人」：法爾薩利亞（Pharsalia）即法塞拉拉斯，在希臘色薩利地區，是凱撒和龐培兩軍決戰的戰場。結果龐培軍潰敗。「致使炎熱的尼羅河都感到慘痛」指龐培逃往埃及，躲在托勒密王朝國王托勒密十二世的宮廷，受到背信棄義的殺害。

21 「它又看到當初出發地點安坦德洛斯城和席摩昂塔河，看到赫克托爾長眠之處」：安坦德洛斯城（Antandros）是小亞細亞古國弗里吉亞的海港城市，當初這隻鷹跟隨埃涅阿斯就是從此地起航西行；席摩昂塔河（Simeonta）是特洛伊附近的一條河；赫克托爾的長眠之處，指特洛伊英雄赫克托爾的墳墓。

22 「然後它又飛起，結果使得托勒密遭殃」指凱撒戰勝龐培後，據史詩《法爾薩利亞》所述，他先去小亞細亞遊覽特洛伊的廢墟和古跡，像是赫克托爾之墓，然後才率軍追擊逃往埃及的龐培。

「使托勒密遭殃」指凱撒藉口托勒密十二世殺害龐培，將他廢黜，把深得自己歡心的他妹妹克麗奧佩脫拉扶上王位。

23 「從那裡，它像閃電一般降落在尤巴」：尤巴（Juba）是支持龐培的毛里塔尼亞國王，在塔潑索之戰中被凱撒擊敗，亡國而死。

24 「從那裡，它又轉向你們的西方飛去，因為聽到那裡還有龐培派的軍號聲」：「你們的西方」，指西班牙，因為對義大利人來說，西班牙在西方。「還有龐培派的軍號聲」指龐培的兒子們和他部下的軍隊集結在那裡，凱撒率軍摧毀了他們最後的抵抗（公元前四十五年）。

凱撒消滅龐培的勢力後，回到羅馬，公元前四十四年三月十五日被布魯圖斯和卡修斯陰謀刺死。繼而掌權的是執政官安東尼，凱撒的甥孫屋大維和騎兵長官雷必達。他們於公元前四十三年結成「後三頭」同盟，以安東尼和屋大維實力最強，後三頭瓜分了全國各行省：安東尼統治東方行省，屋大維管理西方行省，雷必達管轄阿非利加。安東尼對帕提亞作戰失敗後，全力在埃及建立自己的勢力。

25
「它在後繼的旗手手中獲得的戰果，使布魯圖斯和卡修斯一起在地獄中怒吼」：指公元前四十二年秋，屋大維和安東尼為了替凱撒報仇，進軍希臘，在馬其頓的腓力比附近與布魯圖斯和卡修斯會戰，布魯圖斯兵敗自殺，卡修斯兵敗後，假手一名被釋放的奴隸結束了自己的生命。「旗手」，指凱撒的繼承者屋大維，對安東尼則略去不提。

「使布魯圖斯和卡修斯一起在地獄中怒吼」，指布魯圖斯和卡修斯由於叛賣和陰謀刺死凱撒，死後，靈魂各被魔王盧奇菲羅的一張嘴咬著，痛苦得一直在怒吼。

26
「令摩德納和佩魯賈悲痛」，指屋大維和安東尼的同盟關係破裂後，公元前四十一年，安東尼圍困摩德納（Modena），被屋大維擊敗於城下；當時安東尼的妻子和兄弟都在佩魯賈（Perugia），屋大維攻占此城後，他的軍隊將城中劫掠一空。

「悲慘的克麗奧佩脫拉仍在為此哭泣」：指她如今在地獄中仍為引誘安東尼與她犯邪淫罪而哭泣（這是她死後靈魂的狀況）。「她在鷹旗前面逃遁，利用毒蛇使自己猝死、凶死」：指公元前三〇年，她在舉著鷹旗的屋大維面前逃遁，在敵軍圍城、安東尼自殺後，她讓毒蛇咬傷胸部，一瞬間結束了自己的生命（這是她窮途末路的狀況）。牟米利亞諾指出，這三句詩以大力壓縮的筆觸，將克麗奧佩脫拉的結局勾勒成一幅悲劇性的畫。

27
「這面旗隨這位旗手馳騁直至紅海沿岸」：指屋大維舉著鷹旗征服埃及。「它隨這位旗手促使世界普遍處於和平狀態，以致雅努斯的廟門一直關著」：古羅馬神話中，每逢羅馬對外宣戰，在羅馬的雅努斯神廟廟門就開啟，和平停戰時，廟門就關閉。兩個多世紀以來，羅馬對外戰爭連續不斷，雅努斯的廟門因而一直開著，直到這面鷹旗在羅馬第二個皇帝屋大維手中使世界普遍處於和平狀態時，雅努斯的廟門才關閉；在這個時候，耶穌基督降生了。

28
詩句大意是：但羅馬帝國的鷹旗為造福天命注定受其統治的人類社會，迄今已完成和今後將完成的所有事業，若是以受信仰啟迪的目光和誠摯的感情來看這面鷹旗在第三位凱撒提貝利奧手中獲得的成就，相形之下，一切事業功績就變得黯然失色，微不足道了。因為啟發我說出這番話的上帝，其真實正義將懲罰人類始祖亞當違命吃下禁果，致使他震怒之罪的榮耀，賜給了執掌帝國最高權力的第三位皇帝提貝利奧。而在這個皇帝的統治下，具有人性和神性的耶穌，按上帝旨意，被皇帝的代理人、巡撫彼拉多依法律判刑釘上了十字架；因為只有獲得普遍承認的合法權威才能執行如此重刑。在中世紀的人、尤其是但丁看來，這個懲罰的意義無與倫比，因為人類從此由神怒時代進入神恩時代，只要受洗，人就有可能讓自己的靈魂得救，升上天國。

29 「後來，它又隨狄托馳去懲罰那一古老的罪」：指公元七〇年，羅馬皇帝維斯帕西亞努斯的長子狄托攻占並毀壞了耶路撒冷（詳見《煉獄篇》第二十一章注20）。這面鷹旗已透過皇帝提貝利奧的代理人彼拉多判處基督釘死十字架上，公正地懲罰了亞當的罪。而後，它又在狄托手中透過毀壞耶路撒冷，公正地懲罰了那一古老的罪（「懲罰」不僅指毀壞耶路撒冷，還指猶太人因此散居四方），這的確是一件令人驚嘆的事（在下一章中，貝雅特麗齊的解答將會讓但丁對此事不再驚嘆）。

30 「當倫巴第人的牙咬著聖教會時，查理大帝在其翼翅下戰勝他們，解救了聖教會」：倫巴底人是公元五六八年民族大遷徙時期最後一支入侵、並定居在義大利波河流域的日耳曼人。他們建立王國，擴張領土，在公元七五五年末劫掠了羅馬城郊，使得教皇大為震驚，急速去信法蘭克國王丕平求援。次年，丕平遠征義大利，擊敗倫巴底國王，迫使他將拉溫納總督區割讓給教皇。公元七七四年，丕平之子查理（當時為法蘭克國王，八〇〇年耶誕節由教皇加冕為「羅馬人的帝國皇帝」，史稱查理大帝）在鷹旗的翼翅保護下，降伏了倫巴底末代國王德希德里奧，解救了羅馬教會。但丁藉著拜占庭皇帝查士丁尼之口，肯定查理大帝建立的帝國與古羅馬帝國是一脈相承。

31 「我在上面譴責的那兩幫人和其過錯」：指貴爾弗黨人和吉伯林黨人的過錯。「你們所有災難的根源」：指義大利各城中的內訌，及各邦之間的戰爭等災難的根源。

32 詩句意謂貴爾弗黨人以法國王室的金色百合花旗，對抗作為神聖羅馬帝國旗幟的鷹旗，因為那不勒斯王國來自法國的安茹王朝是其後盾，而吉伯林黨人將神聖羅馬帝國的鷹旗據為己有，作為黨旗之用，因此難以看出哪個黨的過錯更大。

33 詩句意謂就讓吉伯林黨人在別的旗幟下，去幹他們邪惡的勾當吧。因為將帝國的鷹旗與正義分開的人，不可能是擁護帝國之人。

34 詩句意謂讓那不勒斯安茹王朝的新國王查理二世（1248-1309）別妄想能用他的貴爾弗黨人推倒帝國的鷹旗，而是要他害怕曾經撕下強大獅子毛皮的那雙鷹爪，也就是要害怕神聖羅馬帝國皇帝曾用來制服強大諸侯的那種最高權力。

「這個新查理」：查理二世與其父前一代那不勒斯國王同名；詩中為了區別父子二人，在後者名字前加上形容詞「新」，意即「年輕」或「第二」。「這個」在此處有「輕蔑」的意思。

35 「兒子們已為父親的罪行哭過多次」：意謂兒子們已經多次為父親抵罪了。這句話源於《舊約．出埃及記》，含有訓誡世人的格言性質。「他別以為上帝會將百合花變為祂的紋章！」：意謂查理二世別幻想上帝會以法國王室的金色百合花旗取代神聖羅馬帝國的鷹旗，也就是說，他別幻想上帝會容許帝國的各種權力轉移到安茹王室。

36 「這顆小星被為善的靈魂裝飾著，他們為求榮譽和名望，生前積極行善：當願望偏離了正路，追求榮譽和名望時，真實之愛的光朝天射出的強度便必然減弱。」：意謂出現在托勒密天文體系中的最小行星——水星當中的靈魂，都是生前為了獲得榮譽和名望，因而積極努力行善之人；當他們的願望偏離正途，改而追求塵世榮譽和名望，他們對上帝真實之愛的熱烈程度也就必然降低。

37 「但是，我們的報酬與功德相等，是我們福的一部分，因為我們看到二者相比，皆不過小，也不過大。」：意謂在上帝的啟迪下，水星中那些為善的靈魂看到祂給他們的報酬和其各自的功德相等，於是深切領會到上帝的正義，因而心滿意足，如此心情即是他們所享的天國之福的一部分。

「由此途徑，活的正義淨化我們內心的感情，其程度使得它絕不會轉向什麼邪惡之事。」：意謂上帝作為「活的正義」，啟迪這些靈魂，讓他們看到自己所得的報酬與功德相等，因而徹底淨化內心的感情，絕不會轉向任何邪惡的事，例如，對福分級別高過他們的靈魂心生嫉妒等。

38 詩句意謂猶如種種不同的嗓音共同形成了悅耳的旋律，同樣地，眾靈魂在天上享有等級有別的福，也形成彼此間的和諧氣氛。這是查士丁尼對但丁在前章第二個提問的回答。

39 「這顆珍珠」：指水星。「羅美奧」：指羅米耶·迪·維勒諾浮（Romieu de Villeneuve, 1170-1250），他是普羅旺斯末代伯爵萊蒙·貝倫傑四世的首相和宮廷總管大臣，公元一二四五年，伯爵去世後，他成為伯爵第四個女兒和繼承人貝雅翠絲的監護人；一二四五年，他作主讓她與法王路易九世的弟弟安茹伯爵查理結婚，普羅旺斯伯爵領地於是作為「巨大嫁妝」，變成了法國王室的領地，被安茹家族占有（參看《煉獄篇》第二十章注19）。羅美奧生前一直都負責管理普羅旺斯伯爵領地。這些都是確鑿的史實，但在但丁的時代有這麼一種說法：出身低微的朝聖者羅美奧從加里奇亞的聖雅各波返回時，來到了普羅旺斯伯爵萊蒙·貝倫傑四世的宮廷，由於「聰慧、勇敢、誠實、虔誠」，很快就受到伯爵寵愛，在宮中「領導和指揮」一切。不久後，羅美奧靠著勤奮和見識，將他主公的地租收入從十增加到十二，他還做主將主公的四個女兒分別嫁給四個國王（但根據史實，僅有貝雅翠絲的婚姻是由羅美奧做主結成）：瑪格麗特嫁給法國國王路易九世，埃蕾奧諾拉嫁給英國國王亨利三世，桑洽嫁給科諾瓦利亞伯爵、後來成為日耳曼王的理查德，貝雅翠絲則嫁給後來成為西西里王查理一世的法國安茹伯爵。但嫉妒羅美奧的人向伯爵進讒言，使得伯爵要求羅美奧向他報帳。羅美奧向主公報完所有帳目後，既貧窮又低微，如同他來時那樣離開了，無人知道他要去何處，又到了何處」；許多人都知道「他的靈魂是聖潔的」（見維拉尼的《編年史》卷六第九十一章）。本詩中的羅美奧形象是但丁依此傳說，再聯結自己後半生的辛酸經歷勾畫而成，因而栩栩如生，是《天國篇》中少數令人難忘的人物之一。

40「那些誣陷他的普羅旺斯人並未歡笑」：指伯爵萊蒙死後，那些誣陷羅美奧的佞臣也沒有好日子可過，因為他們不得不受法國安茹家族的暴政統治，抵償自己的罪。

41「因為將他人行善視為有損於自己之人，走的是邪路。」：意謂因為嫉妒別人行善而進讒言迫害的人，走的是必受惡報的道路。雷吉奧指出，本章中只有查士丁尼獨自在說話，貝雅特麗齊一直保持沉默，因為但丁的用意是透過對羅馬歷史的概述，突顯查士丁尼作為羅馬帝國和羅馬法的象徵。

第七章

「*Osanna, sanctus Deus Sabaoth,*
superillustrans claritate tua
felices ignes horum malahoth!」[1]

我看到有兩重光交相輝映的那靈魂[2]就這麼依著他歌的節奏旋轉；這靈魂和其他靈魂再度舞蹈起來，好似一瞬即逝的火花突然消失遠方，讓我再也看不見。我懷著疑問，「對她說，對她說吧！」我心中自言自語，「對她說吧，就對那位常以真理的甘露為我解渴的聖女說吧。」但只要一聽到 Be 和 ice 就會宰制我全身的那種敬畏之情[3]，令我猶如瞌睡之人將頭低了下去。貝雅特麗齊沒讓我久處於如此狀態，即向我閃現那般微笑，那微笑能令在火中受苦之人感到幸福。她說：「依我正確無誤的判斷，公正的懲罰何以會公正地受到懲罰[4]這問題正令你反覆思索。但我要迅速驅散你心中疑雲。你要好好聽著，因為我的話將贈予你一個偉大真理。

「那個非由女人所生之人[5]，因為沒有忍住那為其自身利益而對其意志所定下的限制，而使自己獲罪，也使他所有子孫後代隨之獲罪；因此，人類數世紀以來病懨懨地躺在至大謬誤的深淵中，直至『上帝的道』自願下凡，在那裡，純粹因為永恆之愛的作用，他將那背離其造物主的人性，結合在他自身的神性裡[6]。

「現在，且將注意力對準我此刻要說的話：這種和其造物主相結合的人性，在被造出時曾是純潔善良的；然而，它因其自身錯誤而被逐出樂園，因為它背離了真理之路和其自身生命。所以，若從基督獲得的人性衡量十字架施予基督之刑，再無懲治如此公正；同樣，如果我們念及那與人性相結合的受刑者自身，任何刑罰也從未如此傷天害理。所以，同一行動生出不同效果：因為同一死令上帝高興，也令猶太人高興；天地也為這一死而地震天開[7]。現在，對於公正的法庭後來為這一死施行了公正懲罰的說法，你應該不再難以理解。

「但此刻我看出你的心在思路進程中被疑問的結纏住，強烈祈願等著從中解放。你說：『我明白你所說的，但我不明白，為何上帝只願意以這種方式贖救我們。』兄弟呀，上帝作此決定的理由埋藏在神祕中，讓所有智力未在愛之火焰裡鍛煉成熟的人無法得見。但世人對這個問題探究得多，卻少有成果，因此我要告訴你為何這種方式最合適。

「排除了所有嫉妒的那種神聖之善，由於自身是熾熱的愛之火焰，因而散發出無數火花——也就是一切創造物；祂在這些創造物上顯現了自身的永恆之美。直接從祂散發而生的創造物此後永遠不滅，因為在祂蓋上章後，祂的印記將恆常不變[8]。直接源於祂的創造物是完全自由的，因為不受所有新事物影響。直接源於祂的創造物越是與祂相似，也就越令祂喜歡；因為普照萬物且神聖的愛之火焰映照在與祂最相似的創造物上最是明亮。

「人類享有這一切天賦的優點[9]；如果少了任何一點，就必然從原本的高貴地位墮落。唯有罪會剝奪他的自由，使他不再和至善相似；由於罪，他罕受至善之光照耀；他絕對無法復返原有的尊嚴，除非經受程度相當於他犯罪之樂趣的公正刑罰，以彌補其罪過造成的空虛。你們的人性由於始祖犯罪因而全都有罪，結果既失去這些尊嚴，也失去了樂園；你若是細思，便會知道這些尊嚴不可能經由任何途徑恢復，唯獨通過這兩道關口之一：或是上帝純粹出於仁慈而寬恕此罪，或是人靠自身抵償自己狂妄的罪。現在，你要盡可能全神貫注耳聽我言，凝視上帝聖旨的無限深邃之處。人因為自身侷限，絕對無法以相應的方式贖此重罪，因為他事後服從上帝時，無法謙卑地將自己降低至當初不服從上帝時曾妄想抬高自己的程度；這就是人類不可能自行贖罪的原因[10]。因此，上帝藉由祂的途徑，我的意思是，由一條途徑或由二者，令人類恢復其完美無缺的生命[11]。但是，因為一種行為越是能表現那作為其源於內心中的善，對採取行動者而言，也就越是稱心如意；因此，那為宇宙蓋上印章的至善，高興地透過那兩種途徑，將你們扶起。在最後的黑夜和最初的白晝之間，未曾有、也不會有經此途徑或彼途徑而完成、如此崇高、如此慷慨的行動[12]：因為上帝降世為人，好讓人足以贖罪得救，比祂僅僅出於仁慈便寬恕了人類更為慷慨；倘若上帝之子沒有屈尊降世為人，所有贖救人類的其他辦法皆不足以滿足正義的要求[13]。

「現在，為了充分滿足你所有的求知欲，我且回頭解釋我話中某一處，好讓你能如我一樣清楚理解那一點。你說：『我看到水，我看到火，氣和土及這些元素的混合物都將朽壞，無法久存；然而這些東西皆是上帝所造；如果你所言是真理，那它們理應無朽壞之虞才是[14]。』

「兄弟呀，眾天使和你所在的純淨國度，可說當初上帝創造得就完全如現今這樣；但你所說的那些元素及其混合物，乃是由上帝所造的力量賦予它們形式。構成這些元素的原料是上帝創造的；那種將形式賦予它們的力量也是上帝所造，這種力量就分配在這些圍繞各元素圈和元素混合物運轉的星辰中。所有獸類和植物的靈魂皆是這些神聖星辰的光線和運動從具有潛能的要素混合物中抽取而出；然而你們人類的靈魂是至善的上帝直接吹入的，而且上帝使那靈魂對自己如此熱愛，因而它爾後永遠渴望著祂[15]。若是想想我們的兩位始祖被創造時，人的肉體是如何造成的，你還能推斷出你們復活的道理[16]。」

1　這是查士丁尼的靈魂語畢後所唱的讚美上帝的拉丁文詩，意謂「和撒那！神聖的萬軍之主呀！祢從天上用祢的萬丈光芒使這些天國的幸福火焰更加輝煌！」

2　「兩重光交相輝映的那靈魂」：指查士丁尼，他身上具有立法者與皇帝的兩重光輝。

3　「Be 和 ice」：是貝雅特麗齊（Beatrice）名字的首尾字母。一聽到她的名字，但丁立即生出敬畏之情。

4　意謂人類的始祖亞當和夏娃不聽從上帝的命令，偷食禁果，這是人類犯罪的開端和所有罪惡的根源，故稱為「原罪」。因此，人一生下來就有原罪。上帝為了救贖世人本身無法補償的原罪，因而讓自己的兒子耶穌降世為人，被釘死於十字架上。既然這是公正的懲罰，為什麼羅馬帝國弗拉維王朝的狄托會靠上帝之助對猶太人進行報復？這就是但丁的疑問所在（詳見《煉獄篇》第二十一章注20）。

5　意謂亞當是上帝創造的，並非世人所生。

6 「上帝的道」：指耶穌。耶穌說：「我就是道路、真理、生命」（見《新約．約翰福音》第十四章第六節）。基督教徒信仰的上帝是三位一體，即聖父、聖子和聖靈（見《地獄篇》第三章注3）。

7 耶穌被釘死在十字架上，這種懲罰讓上帝滿意，因為平息了祂的憤怒，同時也使猶太人喜悅，因為讓他們消除了對那些崇拜聖子的人的仇恨。文中的「地震天開」是指耶穌斷氣當時發生的強烈地震（見《地獄篇》第十二章注7）。

8 那種神聖的善排除了所有嫉妒和利己主義。上帝的創造是愛的行為，祂的直接創造物是天使和諸天。理性的靈魂即人類。上帝用祂創造的原料：氣、水、土、火四大元素來造人，因此這些創造物是永恆、永久不變的。

9 意謂人具有不朽、自由與上帝相似的優點。如果缺少優點之一的自由，那麼人類就注定要從原有的高貴、尊嚴的地位墮落下來。

10 人類自己不可能以相應的方式去贖「原罪」，因為它不可能將它的謙卑程度降到當初犯罪時的狂妄所達到的那般程度。

11 意謂上帝透過憐憫或正義，或是二者兼具的途徑，讓人類恢復其完美的生命。

12 意謂從創造世界的第一天，到最後審判的最末黑夜，上帝未曾、也不會透過這一途徑或那一途徑，做出如此崇高或如此慷慨的行為——贖救人類。

13 意謂如果聖子沒有降世為人，為人類贖罪，那麼其他辦法全都不足以滿足正義的要求。因為任何人皆無法抵償全人類生來固有的原罪，而是需要一個既是人、而又高於眾人之上的人為全人類贖罪。這個人就是聖母瑪利亞所生的耶穌基督，因為他既有人性，又有神性。

14 但丁的疑問是：既然水、火、氣、土這四元素及其混合物都是上帝創造的，那為什麼還會朽壞？

15 貝雅特麗齊之所以在回答但丁的提問時，如同長姊那般稱他為兄弟，是因為但丁已經過煉獄淨罪，和她處於平等地位。她說，四要素和其混合物雖然都是上帝所造，但其本質是源於圍繞它們旋轉的星辰和諸天，而不是由上帝「直接」創造出來，所以會朽壞。而獸類和植物的靈魂則來自太陽和星辰的光照射的熱，和太陽及星辰的運轉。但是你們的靈魂、也就是理性的靈魂，是由上帝直接創造的，因而是不朽、永恆的。

16 既然上帝直接創造的事物皆是不朽的，那麼，你若是想想上帝直接造出亞當和夏娃，人類就開始了，由此也就能推斷出人死後都將復活。（牟米利亞諾的注釋）

第八章

在危險的異教信仰時代，世人慣於相信，在第三個本輪中轉動的美麗的塞浦路斯女神，朝下界放射瘋狂的愛情[1]；因此，身陷古時迷信中的古代人不僅向她獻上祭品，許願祈禱，表示崇信，還崇信狄俄內和丘比特，前者是她的母親，後者是她的兒子，據說他曾坐在狄多的懷裡[2]；他們還採用我作為本章開端的女神之名，為太陽時而在其背後、時而在其面前向它求愛的那顆明星命名[3]。我沒有覺察我已上升至這顆明星當中；但我的聖女令我確信我已在那裡，因為我看到她變得更美了。

一如火星可在火焰中看出，一如在雙人齊唱中，當一個音調保持不變，另一音調抑揚起伏時，能辨別出聲音，同樣地，我看到許多其他發光體圍成一圈跳著舞，有的較快，有的較慢，我想，那是因為他們對上帝的觀照深度不同[4]。這些神聖的發光體停下他們始於崇高的撒拉弗所在之處的圓舞，朝我們走來[5]；若曾看到他們來的速度之快，任誰都會覺得，與之相比，任何可見或不可見的風[6]從寒冷的雲層中飛速降下，都像是受到阻礙而緩慢；那些出現在最前面的發光體內發出唱著「和撒那」的聲音，那聲音異常美妙悅耳，使得我自此之後無時不渴望能再聽得。

於是，其中一個朝我走得更近後說：「我們都已準備要滿足你的願望，為了令你因我們而喜悅。我們和三品天使一起在同一圈子，以同一節奏，心懷同一願望舞蹈著。你在人間時曾向他們說：『你們以

隆河與索爾格河匯合後往南流的左岸那片土地，等著我在適當時機做它的君主。

智力推動第三層天者』[7]；我們內心的愛如此滿盈，以至於認為為了令你喜悅而靜止片刻，對我們亦是同樣甜美之事。」

我畢恭畢敬地抬眼望著那位聖女，當她暗示她同意，我心裡滿意而且有了把握後，便將目光轉向那作出慷慨承諾的發光體，以印著深情的言語說：「請問你是誰？」我看到，在我說出這句話後，他心中喜悅更添新喜，因而變得較先前更為巨大，更為明亮！形象這麼一變後，他對我說：「我在下界塵世間的時光極短；若是長一些，許多發生的災禍便不會發生[8]。我喜悅的光芒朝我周圍發射，好似蠶繭包裹著蠶般將我遮蔽，令你看不見我。你曾經愛我甚深，而且理由充分；因為，倘若我仍然在世，我向你表示的不會僅是我的愛的葉子而已[9]。隆河與索爾格河匯合後往南流的左岸那片土地，等著我在適當時機做它的君主[10]；奧索尼亞的一個角落也等著我君臨其地，這個角落起自特朗托河和維爾德河入海處，直至巴里、迦埃塔和卡托納形成的那道邊界[11]。多瑙河離開它在德意志境內的兩岸後灌溉的那個國家，其王冠已在我額上閃耀[12]。美麗的特里納克利島在帕奇諾和佩洛羅兩岬之間[13]、最受歐魯斯風打擊的海灣上煙霧彌漫，但不是因為提佛烏斯喘氣，而是由於埃特納火山噴發硫磺所致[14]；若不是向來都令被統治的人民痛心的暴政激起巴勒莫的民眾高喊『殺死，殺死！』這個島國如今還會等著由我傳下的查理和魯道夫的後代作其國王[15]。我弟弟若是對此有先見之明，就會避開那些貪得無厭的窮加泰隆尼亞人[16]，以免受害；因為他或別人確實有必要採取措施，不讓他已滿載的小船再添更重之物。他是生於慷慨的先人吝嗇的後代，如此天性使得他需要一批不圖謀中飽私囊的官員。」

我對他說：「我的主上啊，因為我相信，你在所有善的起始與終結處看到你的話注入我心中的深切喜悅，清楚一如我自己所見；對我而言，這種喜悅更為可喜；你在觀照上帝當中照見這種喜悅，我對此深為欣喜。你已令我心中喜悅了，現在就請為我釋疑吧，因為你說話時引起我的疑問：甜種子怎麼會產出苦果子[17]？」

他對我說：「如果我能向你闡明一項真理，對於你的提問，你就會如同將你原本背向的東西放到面前來看一樣清楚。讓你正在攀登的諸天轉動和滿足的至善，將祂的意旨變成這些巨大天體的影響力。自身盡善盡美的上帝不僅注定人具有不同的本性，而且還注定各種本性獲得各自的幸福；因此，這張弓不論朝什麼射去，都會像將箭對準靶般射中預見的鵠的。若非如此，你此刻遊歷的諸天產生的影響就不會是藝術品，而是一片廢墟。但這是不可能的，除非那些推動天體遠行的天使有缺陷，作為原動者的上帝也有缺陷——祂沒有讓那些天使完美[18]。這個真理，還要我再為你清楚講明嗎？」

我說：「當然不要。因為我明白，『自然』不可能對必要之事怠工。」於是他又說：「現在你說，人生在世上若不是公民，他的景況會更壞嗎？」我答說：「肯定會，這一點我無需問有何理由可證明。」「人生在世上若不是各盡不同的職責，他能是公民嗎？不可能，如果你們的大師[19]書中的話正確無誤。」

他就這麼逐步推演到這裡，而後結論說：「由此可見，讓你們起作用的天性必然各不相同。因而一個天生是梭倫，另一是薛西斯，是麥基洗德，是像在飛行天際中失去兒子的能工巧匠[20]。運轉的諸天體影響世人的性格，一如封印打在封蠟上，它們將這個任務完成得很好，不分個人出自此家族或彼家族。因此就有如此情況發生：以掃自母親懷孕時就和孿生弟弟雅各秉性不同；奎里努斯的生父那樣卑賤，世人因而認為他是瑪爾斯所生。神意若不以諸天的影響戰勝遺傳的傾向，產下的兒子其天性就會一直走上與生父同樣的道路。你背後的真理此刻已在你眼前：但為了讓你知道我對你的喜愛，我要附加一段推論充作大衣為你披上。如果天性發現命運與之不和，它會像是所有播撒在適宜土地之外的種子，得不到良好的結果。如果下界之人注意到天性奠定的基礎，而且順應它，便會得到良好的人材。然而你們強使一個生來本適合佩劍的人去從事宗教，將一個適合佈道的人擁戴為國王；你們的足跡因而偏離了正路[21]。」

1　在羅馬神話中，愛神維納斯誕生於塞浦勒斯島，因而被稱為塞浦勒斯女神。「第三個本輪」即金星天。

2　愛神丘比特之母名為狄俄內（Dione），邱比特是她和火與鍛冶之神伏爾坎所生。邱比特長著雙翼，身背弓箭在空中飛翔，他射出的金箭能讓人得到愛情。他曾變成埃涅阿斯之子阿斯卡紐斯，坐在迦太基女王狄多的膝上，使得狄多對埃涅阿斯產生愛情（見《地獄篇》第五章注14）。

3　指金星。清晨日出前它出現在東方，日沒後出現在西方。天文學家以愛神維納斯作為金星的名稱。

4　在金星中跳著舞的靈魂，都是由人間之愛轉變為對上帝之愛的靈魂。他們的旋轉速度不同，表明他們對上帝觀照程度的深淺不同。

5　意謂這些靈魂停下他們在品級最高的天使撒拉弗（又稱熾天使）所在的淨火天中的圜舞，迅速朝但丁和貝雅特麗齊飛下來。他們被自身的光芒包圍，因此不見形體。

6 「任何可見或不可見的風」：根據亞里斯多德的學說，熱而乾燥的蒸氣上升到大氣第三區與寒冷的雲層相遇時，就產生了風。風本身是不可見的，但它一吹起塵土或吹動雲霧，就成為可見之物。

7 這個單獨對但丁說話的發光體，是查理．馬爾泰羅（Carlo Mortello, 1271-1295）。他是安茹王朝那不勒斯和西西里國王查理二世（1248-1309）的長子，其母瑪麗亞為匈牙利王之女。他與神聖羅馬帝國奧地利哈布斯堡王朝皇帝魯道夫一世之女結婚，生有兩女貝雅特麗齊和克勒門薩，與一子查理．羅伯特。

一二八九年，他在父親因重要事務前往教廷和法國國王的宮廷期間，做了一年那不勒斯王國的代理人，顯示是賢明正直的君主典型。

一二九二年，查理．馬爾泰羅率領一大隊騎士隨從，由那不勒斯赴佛羅倫斯迎接從法國歸來的父母，受到佛羅倫斯人的歡迎和敬愛，他對他們也非常熱愛。在此期間，他很可能認識了但丁，並結下友誼。

查理．馬爾泰羅在本章中對但丁所說，「你在人間時曾向他們說：『你們以智力推動第三層天者』」（這是《筵席》第二篇中但丁的一首歌曲的首行），意謂以智力推動第三層天轉動的「帝座」天使們。

8 意謂他在世上的壽命很短，只活了二十多歲；如果活得久一點，許多災禍就不會發生。

9 「我向你表示的將不僅是我的愛的葉子而已」：意謂我還要用事實向你表現我的愛將結成的果實。

10 「那片土地」：指馬爾泰羅的祖父查理一世從其岳父繼承到的普羅旺斯伯爵領地。「適當時機」：意指在馬爾泰羅成為那不勒斯國王時。但他死得太早，未能繼位。

11 「奧索尼亞」（Ausonia）：即義大利。「特朗托（Tronto）河和維爾德（Verde）河」：這兩者都是義大利南部的河流，前者今名嘉利里亞諾（Garigliano）河，流入亞得里亞海，後者流入第勒尼安海。「巴里（Bari）、迦埃塔（Caeta）和卡托納（Catona）」：都是當時的重要城市。馬爾泰羅如果成為那不勒斯國王，就會統治這些城市。

12 「那個國家」：指匈牙利。一二九二年，由於國王死後無子，馬爾泰羅作為他的外甥，曾被加冕為匈牙利國王，但未親自執政。

13 「特里納克利（Trinacria）島」：即西西里島，字意是三角島，因為此島為三角形，「帕奇諾」（Pachino）岬為其南角，「佩洛羅」（Peloro）岬為其北角。兩岬之間是卡塔尼亞海灣。

14 「歐魯斯（Euro）風」：即東南風。「提佛烏斯」：是吐火巨人，被朱比特用雷殛死，埋在西西里島的埃特納（Etna）火山底下（見《地獄篇》第三十一章注24）。

15 指查理一世對島上人民施行暴政，引起人民反抗。一二八二年，首府巴勒莫發起「西西里晚禱起義」，趕走島上駐軍，推翻安茹家族對該島的統治，阿拉岡王彼得羅三世進行干涉，占領了此島，稱西西里王。因此安茹家族的統治只限於義大利半島南部，改稱那不勒斯王國。如果沒發生「晚禱起義」，馬爾泰羅後來還會成為西西里和那不勒斯國王。

16 馬爾泰羅的弟弟羅伯特，曾在加泰隆尼亞成為阿拉岡國王的人質長達七年（1288-1295），結交了當地的一些貧窮貴族。後來羅伯特回國為那不勒斯國王時，帶走了加泰隆尼亞友人，任命他們掌管國庫。這些人貪得無厭，敲詐勒索，引起民憤和反抗。馬爾泰羅認為羅伯特若是有先見之明，就不會在當時結交這些貪婪的窮加泰隆尼亞人。

17 馬爾泰羅的話使得但丁心生疑問：品德優秀的人家為何會生出不肖的子孫，因為他想到耶穌所說的話：「好樹不能結壞果子，壞樹不能結好果子。」（見《新約．馬太福音》第七章十七節）

18 馬爾泰羅以逐步推演的方式，闡明他所說的真理，讓但丁清楚理解，進而消除疑問。他闡明的真理就是：兒子必然不具和父親相同的本性。他說，至善的上帝讓你正在攀登的這些天體，其對下界地球上的影響力來自上帝的意志。上帝不僅注定了人具有不同的本性，同時還注定各種本性獲得各自的幸福。因此諸天體不論對上帝預定的任何對象施加影響，都會像弓射出的箭正中鵠的那樣達到其目的。若非如此，你所遊歷的諸天體，其影響結果就不會是如同美善的藝術品那般的東西，而會是像廢墟那樣的一片凌亂不堪之物。但這是不可能的，除非推動諸天體運行的那些天使有缺陷，而且當初沒將天使們造得完美的上帝因而也有缺陷；不言而喻，這是極端荒謬的。

19 「你們的大師」指亞里斯多德。他在所著的倫理學和政治學中指出，人類天性是合群的動物，需要組成社會，才能生存和發展，而社會的存在和發展需要當中成員都具有某種能力，發揮各自互異的能力，分工合作。社會與社會進而聯合成國家後也是如此。人的一生不能離開社會，也不能離開國家，只能作為社會的成員、國家的公民，才能達到自身發展的目的。

20 「梭倫」（Solon, 638 BC- 559 BC）：是公元前六世紀雅典的立法者，古希臘七賢之一。「薛西斯」：是古代波斯王，公元前四八六年至前四六五年在位，曾遠征希臘，但遭慘敗（見《煉獄篇》第二十八章注12），是一位著名的英勇善戰者。「麥基洗德」（Melchisedech）：是耶路撒冷國王，又是至高上帝的祭司（見《舊約．創世記》第十四章第十八節）。「在飛行天際中失去兒子的能工巧匠」：是工匠代達羅斯，他用羽毛製成翅膀，父子二人用這種人工翅膀在天空飛行，結果兒子伊卡洛斯落入海中淹死（詳見《地獄篇》第十七章注22）。

21 詩句大意是：運轉的諸天體對世上所有眾人產生影響，不論其出自什麼人家。因此，以掃生來就和他的孿生弟弟雅各性格不同。以掃善於打獵，常在田野；雅各為人安靜，常住在帳篷裡（見《舊約．創世記》第二十五章第二十七節）。

「奎里努斯」（Quirinus）：是羅馬建造者羅穆盧斯（Romulus）被神格化後的名字。他出自卑賤家庭，但因戰功卓著，世人於是開始傳說他是戰神瑪爾斯之子。

第九章

美麗的克雷蒙莎呀，你的查理解釋清楚我的疑難問題後[1]，便向我預言他的後代注定要遭受的欺詐和篡奪；但是他說：「你保持沉默，讓歲月流轉吧。」因此我只能說正義的懲罰將跟隨你們遭受的不幸而至[2]。

那個聖潔發光體的靈魂已轉向那令他願望得到滿足的太陽，這太陽就是那足以滿足所有願望的至善[3]。啊，受騙的靈魂和邪惡的眾人哪，你們的心背離這至善，你們的目光直盯著空虛的東西！瞧！另一個發光體向我走來，發散出更明亮的光，表示願意滿足我的要求[4]。貝雅特麗齊的眼睛如先前那樣凝視著我，讓我確信她親切地同意我心中的願望。

我說：「啊，有福的靈魂哪，還請從速滿足我的願望，並向我證明我內心的思想能由你的回答反映出來。」一聽這話，對我來說仍然陌生的那靈魂，便如同樂於為善的人，從她先前曾在其中唱歌的發光體深處接著說：「在腐敗墮落的義大利國土、位於里阿爾托島和布倫塔河及皮亞維河的源頭之間的那地區，凸起一座不甚高的小山，先前曾從那裡降下一束火炬，對那地區造成極大破壞[5]。我和他本是同根所生：我名叫庫妮莎，我在這裡發光，因為這顆星的光曾支配我；但我欣然原諒自己如此命運的起因，從不抱怨；這在世俗之人看來也許難以理解[6]。我們這重天中離我最近的這顆明亮、珍貴的珠寶留下卓著聲譽；還要待五百年過後，如此聲譽才會消失：你看，人是否該讓自己德才卓越，以便在今生之後能留下光榮的另一生[7]。如今住在塔里亞門托河和阿迪杰河之間[8]的眾人不想這麼做，儘管遭受災禍懲罰，他們仍不悔改。然而不久後就要發生這樣的事：由於這裡的人頑梗、不盡本分，鄰近沼澤地的帕多瓦將讓那條流經維琴察的河水變色[9]。在席雷河與卡尼亞諾河匯合之處，有一個人正在稱王稱霸，高視闊步，如今眾人已編妥將要誘捕他的羅網[10]。菲爾特勒還將為它邪惡的牧師所犯之罪痛哭，這罪醜惡至極，從未有人曾因犯了同樣的罪而被打入馬耳他牢獄[11]。這位慷慨大方的教士為表示忠於自己的黨，將以斐拉拉人的血呈贈，那盛血的木桶一定要最大的，假若一滴兩、一滴兩去秤，必然令人疲憊；如此贈禮將適合那地方的生活方式。這上方有多面明鏡，你們稱之為寶座[12]，這些明鏡將最高審判者上帝之光反射給我們；因此緣故，我說的這些似乎是適當的。」她說到這裡便沉默，讓我看出她的心已轉到別的事上，因為她已回到先前所在的圓舞隊中。

作為寶物已為我所知的那另一歡樂的靈魂，在我眼前閃閃發光，猶似純淨的紅寶石受到日光照射。在天上，歡樂表現為光輝燦爛，一如在人間表現為微笑；但在地獄裡，心越是悲哀，就越顯愁眉苦臉。

我說：「有福的靈魂哪，上帝洞見一切，由於你深入觀照祂，任何願望因此都逃不過你的雙眼。那麼，你與那些以自己的六翼為外衣、虔誠的熱情天使[13]一起歌唱、永遠令天國喜悅的聲音，為何不滿足我的願望呢？倘若我能洞徹你的內心，一如你洞徹我的，那麼我必然不會等待你問我了。」

於是，他說：「環繞大地的海洋之水流入那最大的內海，這內海南北相對的兩岸之間那海域，其逆太陽運行的方向一直朝前延伸，延伸得如此之遠，使得那同一圓圈在起點處是地平線，在終點處就是子午線[14]。我曾是那內海的沿海居民，出生和生活在埃布羅河口與瑪克拉河口之間的濱海地區，兩河後者的一小段隔開了熱那亞和托斯卡那的領土[15]。布杰亞和我出生的城市皆坐落在幾乎同時能各自見到日落和日出的地理位置，這城市曾以其鮮血使海港的水變熱[16]。知我姓名者叫我孚爾科；這一重天接受了我光的印記，一如我曾接受它影響的印記[17]；因為貝魯斯的女兒在作出對不起希凱斯和克列烏莎的事時，其心中愛火都不及我在未生白髮那時期的愛火燒得更旺[18]；那位對德摩浮昂回來感到絕望的羅多佩山中少女的愛火[19]，阿爾齊德斯在將伊奧勒作為意中人深藏內心時的愛火，也都不及我的愛火炙烈[20]。但我們在這裡並不為此懊悔，而是笑容滿面。不懊悔，因為對過錯的悔恨已從記憶中一去不復返；笑容滿面，因為神的力量注定我們受到天體影響，讓我們從中獲益。我們在這裡觀照那令神創造的世界顯得如此美好的偉大藝術，而且看出天上對下界施加影響的善良目的。

「但為了讓你在此天體中生出的所有願望盡得滿足後再離開，我還得繼續說。你想知道，這裡，在我旁邊閃爍如日光照耀清澈水上的發光體中的人是誰。現在我就讓你知道，在其中享至福的是喇合；由於她加入我們的隊伍，我們得以接受她那最高亮度的光芒的印記[21]。在基督的凱旋中，她先於其他靈魂升入這個你們世界那圓錐形黑影投射終點的天體裡[22]。作為基督經自己雙掌被釘於十字架上而獲得的崇高勝利之象徵，她被納進諸天之一，這非常恰當，因為她曾幫助約書亞在聖地建立起第一個光榮的功績，如今教皇卻是幾乎忘了聖地[23]。

「你的城市是第一個背叛其造物主者的產物，他的嫉妒曾使人類如此痛哭流涕[24]，這個城市鑄造、流轉著那萬惡的弗洛林[25]，它使綿羊和羔羊離開了正路，因為它將牧羊人變成了狼。為貪財而拋棄《福音書》和偉大教會眾聖師的著作，只醉心研究《教會法令彙編》，從書頁邊的空白處便能看出[26]。教皇和樞機主教們皆醉心於致富；他們的心思不轉向加百列展翅致敬之處——拿撒勒[27]。但是，梵蒂岡[28]及羅馬那些本追隨彼得的戰士們的墓地的其他神聖地方，不久後必將從如此非法買賣的褻瀆下獲得解放。」

---

1 「美麗的克雷蒙莎呀，你的查理解釋清楚我的疑難問題後」句中的克雷蒙莎，是指查理．馬爾泰羅的妻子還是女兒，注釋家們一直爭論不休，因為母女二人同名，但丁詩中並沒有明確的結論證據。但注釋家戴爾．隆格（Del Lungo）指出，「你的查理」（Tuo Carlo）根本是但丁向克雷蒙莎說到其丈夫時的用語。

2 「向我預言他的後代注定要遭受的欺詐」：指馬爾泰羅死後，兒子本應繼承的那不勒斯王位和普羅旺斯伯爵爵位，都被查理．羅伯特（馬爾泰羅之弟）篡奪。「正義的懲罰將跟隨在你們遭受的不幸而至」：指安茹家族的罪孽所引來的不幸，而這種種不幸都是上帝對查理．羅伯特的懲罰。

3 「聖潔的發光體」：指查理．馬爾泰羅。「令他願望得到滿足的太陽」：指上帝。

4 意謂天國有福的靈魂不等但丁發問，就能回答但丁心中的問題。

5 「里阿爾托」（Rialto）：是構成威尼斯城最大的島，這裡則指威尼斯。

「一座不甚高的小山」：指羅馬諾（Romano）山。

「先前曾從那裡降下一束火炬」：指阿佐利諾．達．羅馬諾（見《地獄篇》第十二章注25），他出生在這座小山上的城堡中。據說，他母親臨產前夢見一束火炬引起一場大火，燒毀了那片地區。阿佐利諾掌權後，長年以武力和暴政統治整個特雷維佐邊區，以及帕多瓦城和倫巴底地區，是最殘酷的暴君。

6 「庫妮莎」：是阿佐利諾的妹妹，嫁給維洛納的封建主里卡多．迪．聖波尼法丘伯爵。行吟詩人索爾戴羅在伯爵宮廷時，愛上了庫妮莎。大約在一二二六年，他倆一起逃到特雷維吉邊區同居。索爾戴羅在與另一情人祕密結婚後，被迫離開那裡（見《煉獄篇》第六章注17）。庫妮莎後來愛上特雷維佐某個名叫博尼奧（Bonio）的騎士，與他共度了一段風流放蕩的生活。之後，她又嫁給卜雷干澤（Breganze）伯爵阿梅里奧（Almerio）。一二六〇年，她的家族失去權勢後，她退隱佛羅倫斯。她在晚年頗多行善，死後靈魂升天，成為聖徒。她在金星中對但丁說，由於受到金星的影響支配，她在生前有過多段愛情關係，但她對此命運並無抱怨，因為她將塵世情愛轉化為對上帝之愛，進而成為一個發光體來到這顆星中會見他。

7 「離我最近的這顆明亮、珍貴的珠寶」：指馬賽的孚爾科（Folco di Marsiglia）的光輝靈魂。孚爾科是普羅旺斯著名的行吟詩人，活躍於一一八〇至一一九五年間，後來成為修士，是法國南部土魯斯（Toulouse）的主教，逝於一二三一年。他身後留下的盛名，五百年後也不會消失。庫妮莎認為，人應該讓自己成為德才卓越之人，以便身後為後世留下光榮聲譽。然而，她故鄉特雷維佐邊區的人如今卻不這麼想。

8 塔里亞門托（Tagliamento）河，位在東面，阿迪杰河則在西面，兩者形成了特雷維佐邊區的東西邊界，而該區域就是帕多瓦區域。

9 指吉伯林黨的領袖、帝國代理人維洛納的封建主堪格蘭德．德拉．斯卡拉，因帕多瓦人違抗皇帝，他出兵討伐，使得他們的血染紅了巴奇里奧內（Bacciglione）河流經維琴察在維洛納附近形成的沼澤水。

10 指席雷河（Sile）河與卡尼亞諾河（Cagnano）匯流處的特雷維佐的地方封建主，里卡多．達．卡米諾（Riccardo da Camino）。他父親蓋拉爾多．達．卡米諾是個真正的高貴之人（見《煉獄篇》第十六章注29）。里卡多以霸主自居，昂首闊步，像頭獅子，一三二一年，卻像隻小鳥落入了貴爾弗黨貴族的羅網，被捕後遭到殺害。

11 「邪惡的牧師」指亞歷山鐸．諾維洛（Alessandro Novello）。他所犯的醜惡罪行，是在擔任菲爾特勒（Feltre）主教時，在一三一四年背信棄義地將一些由斐拉拉逃來避難的吉伯林黨人，交給安茹王朝和教皇代表皮諾．德拉．托薩（Pino della Tosa）。這些吉伯林黨人後來均被斬首。他們遭到囚禁和處決之處是博爾塞納湖附近的馬耳他（Malta）牢獄，這地方是教皇判處宗教罪犯終身監禁之所。

12　「寶座」（Troni）：是九品級天使中的第三品級，他們如同一面面明鏡，清楚照映出上帝將對世人的懲罰。庫莎妮看到他們，就預知上述那些事件就要發生了。

13　「虔誠的熱情天使」：據《舊約．以賽亞書》第六章記載：「我見到了主高高地坐在寶座上……在他周圍有六翼天使撒拉弗侍立，每一個都有六個翅膀：兩個遮臉，兩個遮體，兩個飛翔。」

14　「最大的內海」：指歐、亞、非三大洲之間的地中海。這裡所說的「南北相對的兩岸」：指歐洲與非洲。根據中世紀的計算法，地中海東西相距，即從子午線到其相應的地平線的距離為九十度。這是但丁時代地理知識的錯誤，實際上相距不過四十二度。

15　埃布羅河（Ebro）在西班牙，流入地中海。瑪克拉河（Macra）在義大利，下游一段為熱那亞與托斯卡那的邊界。孚爾科的出生地馬賽，位於埃布羅河和瑪克拉河之間的地中海北岸。

16　布傑亞（Buggea）即現今阿爾及利亞的布日埃（Bougè），經度與法國的馬賽略同。

「鮮血使海港的水變熱」：指公元四十九年凱撒與龐培之戰，布魯都包圍馬賽，城被攻破後，當地居民遭到大肆屠殺。

17　意謂孚爾科說，他受到金星天的影響，年輕時愛情生活豐富，下列這些著名人物因此無一能超過他。

18　「貝魯斯（Blus）的女兒」是狄多（見《地獄篇》第五章注14），狄多鍾情於埃涅阿斯，背棄了自己對丈夫希凱斯臨終前所發的永不再嫁的誓言，因此也使得埃涅阿斯有負於其亡妻。

19　羅多佩（Rodope）是古希臘色雷斯的山名，住在此山中的少女是色雷斯國王之女菲利斯（Phillis）。德摩孚昂（Demophon）愛上了這位公主，許諾要娶她為妻。他遠行前去雅典，卻沒有如預期回來完婚，菲利斯誤以為自己被拋棄，因而自殺身亡。

20　伊奧勒（Iole）是俄卡亞王歐律托斯（Eurytus）之女，被阿爾齊德斯（Alcide 即海克力士）所愛。阿爾齊德斯穿了其妻送去、染有毒血的內衣，因而疼痛難忍，自焚而死（見《地獄篇》第十二章注16）。

21　喇合（Raab）是耶利哥城的妓女，因為她藏匿約書亞派到耶利哥城的兩名探子，在該城被攻克後，約書亞保全了她和她全家的性命（見《舊約．約書亞記》第二章和第六章）。聖保羅在《新約．希伯來書》第十一章中說：「妓女喇合因著信，曾和和平平地接待探子，就不與那些不順從的人一同滅亡。」《新約．雅各書》第二章中說：「妓女喇合接待探子，又放他們從別路上出去，不也是一樣因行為稱義嗎？

22　根據中世紀阿拉伯天文學家的理論，由地球投射的圓錐形黑影，終點是在第三重天金星，因此靈魂在天上的位置有部分仍受到地上罪過的影響。

23 孚爾科在這裡譴責教皇根本沒將聖地放在心中。一二九一年，阿克城（巴勒斯坦的瀕海城市）這個基督教的聖地被伊斯蘭教徒攻占後，基督徒在聖地便無立足之地（見《地獄篇》第二十七章注20）。

24 第一個背叛上帝的是盧奇菲羅（即撒旦）。「你的城市」：指佛羅倫斯。撒旦對人祖的嫉妒是原罪的根源，使得人類一直在痛哭流涕。

25 弗洛林是佛羅倫斯鑄造的金幣，一面有百合花。牧師與教徒因追求金錢，變得貪婪而凶狠。

26 《教會法令彙編》即《聖法規則》，是訴訟的依據。熟讀此書者可得到高報酬，因此研究者不計其數，他們反覆閱讀該規則，連書邊都磨破了，空白處也寫滿批注。

27 據《新約．路加福音》第一章記載：上帝差遣天使加百列前去拿撒勒，告知童女瑪利亞，她將生下耶穌。此處拿撒勒泛指基督教聖地。

28 梵蒂岡原是一個山丘，聖彼得在此處被釘死在十字架上並被埋葬於此處。

第十章

那難以形容的原始能力，懷著父子雙方永恆產生的愛，注視著他的兒子，創造出由眾天使的智力所推動、在空間中旋轉、秩序如此井然的諸天，使得觀天之人莫不從而感知這能力[1]。因此，讀者呀，請與我一同舉目眺望那些高遠的輪子，目光對準此運動和彼運動交叉之處[2]；在那裡心懷愛慕之情觀賞那位大師的藝術之作，祂對此作如此熱愛，目光因而永不離開[3]。你看那包含各行星軌道的傾斜環狀帶，就如樹杈般從那裡岔分出來，以滿足那向各行星呼籲的世界之要求。它們的軌道若是無傾斜，諸天中許多功能都要失效，地上幾乎所有的潛能都會死亡[4]；假若它離開那直路過遠或過近，宇宙秩序在上界和下界許多方面都會出現缺陷[5]。

讀者呀，如果你希望很快感到樂趣，而且許久也不疲倦，那就還是坐在你的長凳上，繼續思索你先嘗到的東西吧。我已將之擺在你面前；此刻你就自行享用吧，因為我要寫的那題材已吸引我所有心神。

自然界的最大使者將天的力量傳遞到世上，以其光為我們計數時間，它和我前述間接提及的那部分接合，正沿著螺旋形的路線上升，出現得一天早過一天[6]；我已經與它同在，但沒有覺察我登上它，正如人在一個念頭生成之前，覺察不到它的產生。這是因為貝雅特麗齊引導我極其迅速地從一重天登上再更高的一重天，她的行動簡直不占什麼時間[7]。

那些在我進入的日天中的自身，該是何等輝煌啊，因為它們不是因其顏色、而是因其光而顯現在我眼前！即便我召喚天才、藝術和寫作經驗相助，也無法將之描寫得鮮明到能讓人想像出來；但願世人相信、而且渴望見到它。我們的想像力若是不足以達到如此高度，倒也不足為奇，因為人眼從未見過光度超過太陽的物體。這裡，至高無上之父的這第四家族[8]就是如此光輝燦爛，這位崇高的父親將祂如何生子，以及如何與其子同生聖靈的奧義對這個家族啟示，因而永遠令它滿足。那時，貝雅特麗齊說：「感謝，感謝眾天使的太陽吧。祂恩典你，將你提升到這物質的太陽上了。」凡人的心從未如我聽到這些話時變得那般虔誠，那樣懷著所有感激之情皈依上帝；我的愛完全獻給了祂，使得我一時忘了貝雅特麗齊。這沒有令她不悅，她對此反而微微一笑，結果她含笑的眼光引得我專一的心思分散到了許多事物上。

我看到許多光芒耀眼、勝過太陽的發光體以我們倆為中心，在周圍形成一個光環，他們齊聲歌唱，那聲音之美妙勝過光輝形象的亮度。有時，當空氣所含的蒸氣已飽和，拉托娜的女兒的光線被它留住，因而形成光環時，我們看到她就這麼地被這個光環圍繞[9]。回到人間後，我猶記得天宮中有眾多珍貴、美麗得無法帶出天國的寶石，那些發光體的歌即是這些寶石之一。凡是得不到翅膀飛上天去的人，就讓他期望能從啞巴口中聽到那裡的消息吧[10]。當那些光芒耀眼的太陽如此美妙歌唱著，好似靠近不動的兩極運轉的星辰圍繞我們轉了三圈之後，就像仕女並未停止舞蹈，但停住舞步、默默傾耳細聽，直至聽見新的音調為止，我聽到其中一個說：「既然那點燃真正的愛、而後伴隨愛的增加而增加的天恩之光如此倍加輝煌地映射在你身上，引導你登上那凡是下來的人無不再登上的天梯[11]，若是有誰不肯以其酒瓶內的葡萄酒為你解渴，那人就如同水不流入海中一樣不自由。你想知道，我們這只滿懷深情圍觀著讓你得以上天的那位美麗聖女的花環，是由哪些植物的花所飾成。我曾是那神聖羊群中的一隻羔羊，這羊群由聖道明[12]領到一條路上，若無誤入歧途，就會在那裡好好長肥。在我右邊、離我最近的這位曾是我的兄弟和老師，他是科隆的阿爾伯圖斯[13]，我是托馬斯·阿奎那[14]。如果你也想知道其餘眾人是誰，那就以目光隨我的說明，環視這個幸福的花環吧。那另一個火焰來自格拉契安[15]的微笑，他為兩種法庭提供的幫助如此之大，令天國欣喜。在他旁邊，裝飾我們合唱隊火焰的，是曾和那位窮寡婦一樣，將其珍寶奉獻予聖教會的那個彼得[16]。這第五個光在我們之間是最美的，他洋溢著如此強烈的愛，使得下方全世界的人都渴望得知他的消息：在這光中是那位獲賜深湛智慧的崇高心靈；如果真理為真，此後從未再有賦有這等睿智的第二人出世[17]。你看，他旁邊那枝蠟燭的光，他在下界帶著肉體時，就已洞見天使的性質及職責。在他旁邊的那另一個小光中，那位基督教時代的辯護者[18]正在微笑，奧古斯丁曾利用他的論述。現在，你若是將心靈之眼隨我的讚語從一個光移向另一個光，便已渴望得知那第八個光是誰[19]。在那當中是那因見到所有的善而喜悅的聖潔靈魂，他讓好好聆聽他的人洞悉了這個虛妄世界。從這個靈魂那兒被驅逐的軀殼，就躺在下界的金色天花板教堂內[20]；這個靈魂則因殉道和流放來到這個平和境界。你看，在他那一邊發光的是伊希多羅[21]、比德[22]，以及在冥想上超乎凡人的理查德[23]的熱情靈魂。你的眼睛轉移到那裡就回到我身邊的這個光，是一位陷入痛苦思想，因而感覺死亡來得緩慢的靈魂的光：它是希吉爾的永恆之光，他在麥秸路講課時，曾以三段論法推導出引出嫉恨的真理[24]。」

如同上帝的新娘從床上起身向她的新郎唱著晨歌，好讓他愛自己之時，那喚醒我們的時鐘裡一個零件牽引、推動著另一零件，發出叮叮聲，其音之美妙，令那準備祈禱的心靈充滿愛，同樣地，我看到那光榮之輪轉動起來，令聲音和聲音彼此協調、悅耳，唯有在那永久歡樂之地才能聽得。

1　「難以形容的原始能力」：指聖父、聖子、聖靈三位一體的上帝創造萬物的能力。

2　意謂太陽每日從東到西運動，與赤道平行；每年從西往東沿黃道運動。赤道和黃道形成一個23°26′角，相交於春分點（在白羊宮）和秋分點（在天秤宮）。

3　「那位大師」：指上帝，他以創造宇宙時那般強烈的愛，愛護著宇宙。

4　由於黃道與赤道之間有個傾斜度，地球上因而有季節變化，使人類生活得舒適。如果無此角度，赤道地帶將永遠是夏天，溫帶將永遠是春和秋，大陸北部地帶則永遠是冬天。

5　反之，黃道與赤道的傾斜度若是過大或過小，就會擾亂陽光固有的分布，也就會打亂人類生活依靠的季節變化。

6　「自然界的最大使者」：指太陽。人類受自然影響，以太陽為最。但丁詩中的描述，說明太陽此時在春分點，由冬至到夏至太陽一天比一天升得早，由夏至到冬至每日則上升漸晚，以螺旋形升降。

7　貝雅特麗齊象徵「神智」和「神恩」，她的光亮是無法以太陽光比喻的。在日天上，各靈魂的光亮均超過太陽發出的光，因此但丁得以識別出他們。

8　「第四家族」：指第四重天上的幸福靈魂，也就是本章中所說的神學家和哲人。

9　月神狄安娜是女神拉托娜和眾神之王朱比特之女。這裡所說的光環，就是月暈。

10 「寶石」：指那些靈魂的光輝。此處隱喻只有能飛上天國的有德有功之人，才能對這些珍貴而美麗的寶石有直接體驗。要想從但丁身上打聽到消息，就好似問啞巴問題，因為他根本說不清楚情況。

11 「天梯」：《舊約．創世記》第二十八章第十二節說，雅各「夢見有一個梯子立在地上，梯子的頭頂著天，有上帝的使者在梯子上」。

12 「聖道明」（1170-1221）：西班牙神父，他於一二一五年創立道明修士會（詳見第十一章）。

13 「阿爾伯圖斯」（Alberto, 1193-1280）：即大阿爾伯圖斯（Alberto Magno），是德意志科隆人，道明會會員，曾為雷根斯堡（Regensburg）主教。他在科隆和巴黎講學時，最喜愛的學生是托馬斯．阿奎那。他著有許多神學、哲學和自然科學的著作，以神學及哲學著名，曾取亞里斯多德哲學作基督教教義的基礎。但丁熟讀他的著作，並在自己的論著中加以引用。

14 「托馬斯．阿奎那」（Thomas Aquinas, 1225-1274）：即聖托馬斯，一二四三年成為道明會修士。他是阿爾伯圖斯的學生和兄弟（因為師生二人同為道明會修士，凡修士都互相稱兄弟），曾在科隆、巴黎和那不勒斯任神學教授。一二七四年，他奉教皇之命參加里昂會議，途中病逝，死因不明（見《煉獄篇》第二十章注23）。一三二三年，被封為聖者。托馬斯．阿奎那是十三世紀最偉大的哲學家和神學家，著作甚多，以《神學大全》為最重要，但丁在《神曲》中闡述的哲學和神學理論大都根據此書。

15 「格拉契安」（Graziano）：十二世紀間的義大利修士和法學家。他於一一四〇年撰寫了《教會法大全》，在這一巨著中，他調和教會法和民法，使二者一致，免於衝突。

16 彼得．倫巴多（Pietro Lombardo, 1100-1164），曾於巴黎教會學校任教，一一五九年被任命為巴黎主教。其最著名的著作是《箴言錄》四卷，書中闡述有關上帝、創世、贖罪、聖典及末日的問題。在該書序言中，彼得將自己的著作奉獻給教會，就像《新約．路加福音》第二十一章裡講到的窮寡婦，將她僅有的兩個小錢都投進了聖殿的奉獻箱。

17 第五位靈魂指所羅門（Salomone）。他是以色列國王，具有卓絕的智慧。《舊約．列王紀上》第三章中說，所羅門向上帝祈求智慧，上帝喜悅他的祈求，因為他祈求的智慧是要以之公正地治理人民。上帝說：「賜你聰明智慧，甚至在你以前沒有像你的，在你以後沒有像你的。」中世紀對所羅門王被罰入地獄還是上升天國曾有過爭議。

18 這裡指古希臘雅典最高法院的法官丟尼修（Dionigi），他是聖保羅的信徒。《新約．使徒行傳》第十七章末說：「有些人貼近他，信了主；其中有亞略巴古的官丟尼修。」

19 指保羅斯．俄羅修斯（Paulus Orosius），他生活於四世紀末至五世紀初，是聖奧古斯丁的門徒，在後者的建議下，寫出七卷《反異教史》，書中用歷史事實說明基督教時代的災難小於異教時代的災難；這部書有助日後奧古斯丁寫出《論上帝之城》。

20 第八位靈魂指的是波依修斯，他是羅馬貴族，五一〇年，東哥德王狄奧多里科（Teodorico）統治時期的羅馬元老院議員和執政官，後來因故被國王定為死罪，囚禁在帕多瓦監獄中。他在牢裡寫出《論哲學的安慰》一書。此書在中世紀仍有廣大讀者，對但丁影響深刻，他在貝雅特麗齊死後對此書更是愛不釋手，因為他的巨大痛苦在書中找到了安慰。波依修斯死後，葬於帕維亞的金天教堂，即聖彼得教堂。

21 「伊希多羅」（Isidoro di Siviglia, 560-636）：西班牙人和塞維利亞城主教，中世紀著名的神學家、歷史學家。他最著名的書為二十卷的百科全書《詞源 *Origines o Etmologiae*》。

22 「比德」（Beda il Venerabile, 673-735）：英格蘭教士，被稱為「尊敬的比德」。他是英國歷史學之父，最有名的著作為《英吉利教會史 *Historia ecclesiastica gentis Anglorum*》。

23 「理查德」（Riccardo di San Vittore, ?-1173）：著名的經院哲學家和神學家，一一六二年到一一七三年間曾任巴黎著名的聖維克多修道院院長。他著有許多哲學著作，最著名的《默想論 *De contemplatione*》。他堅決反對唯理性主義。但丁深受他的影響，在作品中反映了他的哲學思想。

24 最後這第十二位靈魂為希吉爾（Sigieri di Brabante, 1226-1284），他曾在巴黎大學「麥秸路」講授哲學。在哲學爭論中與托馬斯．阿奎那是爭辯對手。一二七七年，他的論點被主教判定為邪說，並被法國宗教裁判所所長傳訊。他前去奧爾維埃托（Orvieto）的教廷申訴，卻被自己的祕書殺害，原因不明。在日天中，托馬斯．阿奎那對但丁指出末位哲人的靈魂即是他，表明他們的意志已與至高真理的上帝的意志合一，再無爭論。

第十一章

啊，世人盲目操心的事呀，那些促使你振翼向下飛的論據多麼謬誤！有的人努力研究法律，有的人努力研究《格言集》[1]，有的人致力教士生涯，有的人致力以暴力或詐術統治，有的人從事掠奪，有的人從事政務，有的人沉溺於肉體歡愉，疲憊不堪，有的人沉溺於安逸怠惰的生活，而在這同時，我已從這一切事物解脫，與貝雅特麗齊同在，在天上受到如此光榮的接待。

一旦轉回原本在那光環中的位置，各個靈魂便停在那裡不動，如同蠟燭插在燭臺上。我聽見原先對我說話的那個發光體[2]當中發出了樂音，同時變得更加明亮，他微笑著開始說：「正如同我的光源於永恆的光，同樣，在觀照永恆的光中，我得知了你的思想及其來源。你產生疑問，渴望我以適合你理解力的言語，明確且詳細地解釋方才我所說的『就會在那裡好好長肥』和『從未再有第二人』；這裡需要區別清楚[3]。

「那以其所有造物的目光皆無法窺見底的深邃智慧統治世界的天意，為了使那個人透過大喊、以神聖之血所娶的新娘[4]更為堅定地走向她心愛之人，而且更加忠實待他，因而指定了兩位首領在她左右充當嚮導[5]。一位心中的熱忱完全等同撒拉弗，而另一位的智慧則如同光芒在世上閃耀。我稱讚其一，稱讚其一就等於同時稱讚他們二人，因為他們的工作是為了同一目的[6]。

「在圖比諾河和那條從聖烏巴爾多選定的小山流下的溪水之間，有一片肥沃的斜坡在高山一側伸展，這座高山讓佩魯賈由『朝陽門』感到冬寒和暑熱[7]；在山背後，諾切拉和瓜爾多因為那條巨大的山脈而悲泣[8]。在這斜坡坡度銳減處，一顆太陽如同經常從恆河升起，降生於世[9]。因此，讓提及此地的人別說 Ascesi 並不夠，而要說 Oriente，如果他想說得恰當[10]。這顆太陽離開升起的時間還未久，便令大地感受到其偉大力量產生的影響；因為，在青年時代，他就為了愛這麼一位婦人而與父親爭鬥。對這位婦人，就如同對死神，無人願意開門相迎；在宗教法庭上，當著父親的面，他和她共結連理，爾後愛她一日更甚一日[11]。被奪去第一個丈夫後，一千一百多年間，這位婦人受到輕視，默默無聞，直至他到來之前，一直無人向她求婚[12]；據說，那個令全世界害怕的人發現阿米克拉斯[13]和她同在，聽到他的聲音依舊泰然自若，此事也無助於她；她如此堅貞、無畏，因而與基督同在十字架上受難，當時瑪利亞留在下面，此事也無助於她[14]。

「但是，為了避免以太過隱晦的言語繼續說，現在我就讓你明白，在我長篇敘說中的這對情人，即是聖方濟和『貧窮』。他們的和睦，喜悅的容顏，神奇的愛情和甜蜜的對視，都是令人產生聖潔思想的原因：可敬的伯爾納多[15]率先脫了鞋，光著腳跑去追求這樣大的天福，跑著去還覺得慢。

「啊，世人不認識的財富呀！啊，肥沃的田產哪！埃吉迪奧脫了鞋，席爾維斯特羅脫了鞋去追隨那位新郎，因為他們非常喜歡那位新娘。於是，這位父親和老師就帶著他的夫人和已束上卑微之繩[16]的家族出發。他沒有因為自己是彼埃特羅．伯爾納多內的兒子，也沒有因為模樣卑賤得教人驚訝而羞怯得垂下頭，反而以國王般的尊嚴向英諾森說明自己堅決的意圖，得到英諾森為他的修道會按下第一個印記[17]。

「當追隨他的窮人增多後——他超凡的生平最好由眾天使的合唱隊來歌詠——永恆的聖靈便透過奧諾里奧之手，為這位大牧人的聖潔意圖再添第二頂王冠[18]。之後，由於渴望殉教，他在驕傲的蘇丹面前宣講基督和其使徒的教義，因為他發現那裡的人頑梗不化，無法使其改變信仰[19]。為了不在那裡徒然久留，他返回能收獲豐碩成果的義大利，在台伯河和亞諾河之間的巉岩上，他從基督得到最後的印記，肢體帶有此一印記達兩年之久[20]。當選定他去行如此至大之善的那位希望將他召回天上，以接受他因使自己卑微而應獲的賞賜時，他便如託付給合法的後嗣般，將自己最親愛的夫人託付給他的弟兄，囑咐他們當忠實不渝地愛她；於是，這光輝的靈魂決意離開她的懷抱，返回自己的國土，為他的肉體不要另外的棺木[21]。

「現在你想一想，在引導彼得的小船在深海上保持正確航向的任務上，那個配為其戰友的人，會是何等超凡入聖的人吧[22]。我們的祖師就是這樣的人；因此，你可以看出，凡是依其命令追隨他的人，無不裝載了良好的貨品。然而他的羊群卻變得貪食新的食物，因而必分散到各片荒僻的牧場；他的羊四處遊蕩，離他越遠，回到羊圈時也就越無乳汁。那當中固然有深恐這麼做有害、因而緊緊靠向牧人的，但為數如此之少，僅用極少的布就足以為他們提供僧衣[23]。

「如果我的話語不隱晦，如果你曾細聽，如果你回想起我所說的一切，此刻你的願望就有部分會得到滿足，因為你會明白那棵樹何以衰萎，而且明白我對『在那裡就會好好長肥，若不誤入歧途』這句話的修正是何意[24]。」

1 《格言集 *Aforismi*》是希臘名醫希波克拉底的醫學著作。

2 這裡是指托馬斯．阿奎那，隨後是他說的話。

3 他說的兩句話在前一章中已提到：「就會在那裡好好長肥」指在道明會。「從未再有第二人」指所羅門。

4 「那個人」指耶穌。《新約．馬太福音》第二十七章記載耶穌臨終時大聲呼喊：「我的上帝，我的上帝，為什麼離棄我？」「用血所娶的新娘」，指教會。《新約．使徒行傳》第二十章記載保羅向眾徒說：「牧養上帝的教會，就是他用自己的血所買來的。」

5 「兩位首領」指聖方濟（San Francisco, 1182-1226）和聖道明（San Domingo, 1170-1221），他們用仁愛和學問引導教友，扶持教會。

6 六翼天使撒拉弗象徵著仁愛，指聖方濟；另一位六翼天使象徵學問和智慧，指聖道明。

7 但丁在這裡以慣用的迂迴手法，描寫聖方濟的誕生地阿西西（Assisi）。阿西西是位於義大利翁布里亞省的小城鎮，首府為佩魯賈（Perugia）。這座城鎮的東邊是圖比諾河，西邊是契亞西奧河，兩河在蘇巴西奧山腳下會合。佩魯賈的東門即「朝陽門」，冬季遭受蘇巴西奧山的積雪寒氣，夏季受到其陽光反射的熱氣。

8 「諾切拉和瓜爾多」：位於蘇巴西奧山東麓的貧瘠荒蕪之地，因而悲泣。

9 這裡指聖方濟誕生在阿西西，隱喻他為太陽。

10 「Ascesi」是阿西西的古名，意思是「我升起了」。但丁認為應稱之為 Oriente（東方），因為他將聖方濟比作太陽，太陽自然在東方升起。

11 聖方濟是阿西西一名布商之子。他年輕時生活揮霍無度，後來因為一場大病而改變人生。一二〇七年，方濟為了修復達米亞諾小教堂，變賣了父親的一匹馬和一些衣物。盛怒的父親將他拉到主教面前痛斥他，要他放棄日後將傳給他的財產。於是他愉快地放棄了這份財產，並將所有衣物脫下交還給父親，並當著父親的面與「貧窮夫人」結婚。他用一根繩子束在身上，從此實踐著符合《福音書》裡所說的貧窮。

12 貧窮夫人的「第一個丈夫」指耶穌。耶穌死在十字架上，與一一八二年聖方濟出生相隔一千一百餘年。

13 「全世界害怕的人」指凱撒。他與龐培作戰要渡過亞得里亞海，夜裡為了尋得一條船，找上漁民阿米克拉斯（Amiclate）；阿米克拉斯因為極為貧窮，根本不怕丟失什麼，於是打開家門，見到凱撒就站在面前，他依然鎮靜自若。

14 耶穌被釘死於十字架上時全身裸露，絕對貧窮，這意味「貧窮」與他同在十字架上受難。

15 伯爾納多（Bernardo da Quintavalle）是阿西西的貴族，他以聖方濟為榜樣，將大批財產分贈給窮人，並在一二一一年於波隆那建造了第一座修道院。他成為聖方濟的第一門徒。隨後提到的埃吉迪奧（Egidio）和席爾維斯特羅（Silvestro）也是聖方濟的門徒。

16 方濟會的修士腰束繩子，這是一條象徵修道和悔罪的繩子。

17 一二一四年，教皇英諾森三世口頭承認了方濟會，但該會沒有得到正式批准。

18 一二二三年，教皇奧諾里奧三世頒布旨令，確認了聖方濟的修士會。

19 一二一九年，聖方濟前往埃及，想讓蘇丹王改信基督教，但未成功。

20 聖方濟修士會不但受到耶穌基督的兩位代理人（羅馬教皇）的承認，而且聖方濟自己也得到耶穌基督的「聖痕」（stigmata）。一二二四年，當聖方濟在台伯河與亞諾河深谷之間的拉維爾納（La Verna）山上進行贖罪苦行時，他祈求耶穌讓他親身體驗受難的痛苦。於是，耶穌在他身上印上記號，即後來稱為耶穌的五份印跡（兩手、兩腳和肋骨上的傷痕）。聖方濟帶著此聖痕度過兩年，直到去世。

21 一二二六年十月，聖方濟預感大限將至，於是要他的弟兄在他死後下葬前脫去他的所有衣袍，裸身葬入土中。這是他最後的行動，也就是將自己完全獻給符合《福音書》的貧窮。

22 「彼得的小船」指教會，它由兩位聖徒掌舵航行，穿過驚濤駭浪。這裡的「戰友」指聖道明，另一修士會的締造者。

23 此處是托馬斯．阿奎那斥責他所屬的道明會的修士日益腐敗，不走正道。這裡的「僧衣」指修士經常穿著、帶風帽的僧袍。

24 意謂道明會的大多數修士已遠離了聖道明的教導，受金錢誘惑，走入歧途。但丁的疑問進而得到了解答。

第十二章

受祝福的火焰剛說出最後一句話，那聖潔的磨就轉動起來；還未轉完一整圈，另一盤磨就圍著它轉，使自己的動作和它的動作、自己的歌聲和它的歌聲相配合；這歌聲來自那些美妙的管樂器，遠勝我們的繆斯和塞壬的歌聲，一如射來的光遠勝於反射的光[1]。正如朱諾命令她的那名侍女降臨下界時，兩道顏色相同且重疊的弧形彩虹就透過薄雲出現——外面的那道從裡面的那道生出，如同那個流浪的仙女，其聲音從她說的話中生出，她的愛令她身形消散[2]，一如太陽令霧氣消失，進而讓世人從上帝與挪亞所立的約中預知世界將永遠不再被洪水淹沒：同樣地，那些永恆的玫瑰所組成的兩只花環圍繞著我們轉動，同樣地，外圍那只花環的動作和歌聲就和內裡那只花環相協調[3]。

當這兩只花環的舞蹈和歌聲，以及其中那些滿盈幸福和愛的發光體的光芒交相輝映，這些盛大的歡樂表現，就如同兩眼根據意志的推動必然一齊開闔那般，也都同時一致停下後，那些新發光體之一的中心便傳來一陣聲音，使得我轉向它的所在，好似磁針轉向北極星；它開始說：「那使我美善的愛，促使我說起另一位首領。因他之故，在這裡關於我的首領說了那樣讚美的話。在說這一位的地方也說那一位是恰當的；因為，如此一來，正如他們曾為共同目的而戰，他們的榮耀同樣就能同在一起發光[4]。

「當付出至高的代價才重新武裝起來的基督的軍隊，在那面軍旗後面，步伐緩慢、疑慮重重、人數

兩道顏色相同且重疊的弧形彩虹就透過薄雲出現，外面的那道從裡面的那道生出。

稀少地前進時，永遠統治一切的那位皇帝便設法救助這支處於危險的軍隊；並不是因為這軍隊值得祂救助，而僅是出於祂的恩典；如同前面所說，祂以兩位勇士救助祂的新娘，由於他們的行為、他們的言語，那些偏離正途的人都改悔了[5]。

「在溫和的西風吹來，令草木長出新葉，因而見到歐羅巴再次披上綠裝的那區域，在和波濤衝擊的海岸相距不遠處——有時太陽在長途運行後便隱沒在那浩渺波濤後面，不讓人看見——幸運的卡拉洛迦就坐落在那裡，處於飾有獅子馴服和獅子欺壓圖案的強大盾牌保護下[6]：這個小城中誕生了那位基督信仰的熱情戀人，那位對自己人和善、對敵人嚴厲的神聖鬥士[7]；他的靈魂一創造出來，便已充滿強大能力，使得他在母親胎中就已令她成為預言者。當他和信仰之間的婚禮在聖洗池旁完成，彼此在那兒互贈救助後，那位曾替他表示同意的夫人在夢中見到那注定要從他和其後嗣生出的果實[8]；為了讓他的名字表現出他是何等人，於是從這裡降下了靈感，促使其父母以他完全歸屬的『主』一詞的所有格為他命名。世人稱他多米尼克[9]；我在這裡說他，將他比作基督為了助他的菜園繁榮而選派的農夫。他看來確實是基督的使者和僕從：因為他心中顯示他首愛的就是基督所給的第一個勸告[10]。他的乳母屢屢看見他默不做聲地醒著躺在地上，好似在說：『我是為此事而來的』。啊，他父親真是 Felice！他母親真是 Giovanna，倘若能根據這個名字的詞源釋義理解的話[11]！

「不像現在的人為求塵世名利，努力鑽研那個奧斯提亞人及塔戴奧的著作，他因為喜愛真正的嗎哪，因而立志求學，在短時間內成為偉大的宗師[12]；具備淵博學識後，他開始圍繞那座葡萄園巡視，如果園丁失職，葡萄園很快就會變得一片蒼白[13]。他向宗座提出申請——先前宗座對真正的窮人較現在仁慈，不是因其自身之過，而是因為在其位者蛻化變質——他不求將應分發的慈善金分發三分之一或一半，不求先空出的肥缺，也不求 *decimas quae sunt pauperum Dei*[14]，而是求允可為長出環繞你的二十四棵樹的那粒種子，而與走上邪路的世界對戰。而後，他帶著他的教義思想武器和宗教熱誠，連同教皇授予的權力前進，好似急流自高山泉源奔騰而下；他猛力打擊叢生的異端荊棘，對抵抗最劇之處，打擊最是猛烈[15]。後來，幾條小溪從他那裡湧出，灌溉著天主教菜園，使其菜苗更加欣欣向榮。

「當初聖教會自衛、且在其內部鬥爭戰場上致勝時所乘的戰車，其一輪若是如此，你便可想見，另一輪會是多麼卓越。在我到來之前，托馬斯曾對他慷慨讚頌[16]。然而輪輞的最高部分壓出的車轍已被放棄，結果，原有酒垢之處如今都已生黴[17]。他的家族原本踏著他的足跡一直朝前行進，如今卻掉轉過來，腳跟朝前，往後倒退[18]；不久後，當毒麥為不能入倉而哭泣時，就會看到耕種不良的後果。不過，我敢說，若是有誰將我們的書一頁頁翻閱，他會發現，在一些頁上能看到『我一如既往』這句話；但這些不會來自卡薩勒，也不會來自阿夸斯帕爾塔，那些從這兩處來的，對待我們的教規，前者是嚴格它，後者是逃避它[19]。

「我是波那溫圖拉·達·巴尼奧雷吉奧的靈魂，我在擔負重大職務時，總將世俗之事置於後。伊盧米那托和奧古斯丁也在這裡，都在那些繫上圍腰繩、成為上帝之友的最初赤腳窮人之列[20]。聖維克多的雨果也與他們同在此處，還有『食量大的』彼埃特羅和以十二卷書聞名於世的西班牙人彼埃特羅[21]；還有先知拿單[22]，大主教克里索斯托姆、安塞爾姆，以及那位肯著手研究第一藝的竇那圖斯[23]。拉巴努斯在這裡，而在我旁邊發光的是卡拉勃利亞的修道院院長喬瓦齊諾，他賦有先知的靈見[24]。

「托馬斯弟兄的熱情慷慨和中肯言語，感動了我讚頌起這麼一位偉大的勇士[25]，也感動了這些與我同在的夥伴。」

1　「受祝福的火焰」：指托馬斯，他剛解答完但丁的疑問，十二位聖徒組成的圓環便像磨般旋轉起來。這裡將眾天使圍繞但丁和貝雅特麗齊旋轉著，比擬成猶如一盤磨石在轉動。

2　朱諾為主神朱比特之妻，亦即天后。她的侍女即彩虹女神伊里斯。兩個由眾聖徒組成的圓環好像重疊的彩虹，一道彩虹像是另一道彩虹的回聲。流浪的仙女是指山林水澤仙女厄科，她愛上了自戀的美少年納西瑟斯，被冷淡對待的她因而日益消瘦，最後只剩聲音，她的聲音產生了回聲，迴盪在山谷中。

3　上帝命挪亞造方舟，以避洪水之災，事後並與挪亞及其子和所有獲救的生物立約，洪水不再毀滅所有的生物；而出現在太陽相對方向的彩虹，就是上帝所立的永約的記號（詳見《舊約．創世記》第九章）。

4　「傳來一陣聲音」：指聖方濟的信徒波那溫圖拉（Bonaventura, 1221-1274）。他生前是托馬斯．阿奎那的密友和同事，在一二三八或一二四三年加入方濟會，一二五七至七四年為教團團長。他被稱為撒拉弗博士，是方濟會中神祕派的著名代表。波那溫圖拉撰寫了有關聖方濟的傳記，前章的相關內容正是但丁依此傳記而寫成。波那溫圖拉效仿托馬斯．阿奎那，開始讚揚聖道明，並譴責自己方濟會修士的腐敗。

5　「基督的軍隊」：指以耶穌被釘上十字架犧牲為代價而獲贖罪的人類。「軍旗」：即十字架。「永遠統治一切的皇帝」：即上帝。上帝的「兩位勇士」指聖方濟和聖道明。

6 聖道明的出生地為卡拉洛迦（Calaruega），位於加斯科尼灣（Gascony）附近。該小鎮受西班牙的卡斯提爾（Castilla）國王統治。國王的盾形紋章分為四格，繪有雙獅和雙城堡，一獅子在城堡下表示「馴服」，另一獅子在城堡上，表示「欺壓」。

7 「神聖鬥士」：指聖道明。

8 傳說聖道明出生前，他母親在夢中生下了一隻黑白色的花狗（這是道明會僧袍的顏色），狗的口中銜著一把要焚燒世界的火炬。他的教母也做了一夢，夢見他的額頭上有顆星，象徵著聖道明將會拯救世界。

9 他的名字叫「多米尼克」（Dominico），來源於拉丁文Dominicus，這個詞是Dominus（含義為主即上帝）的所有格，意即「屬上帝的」。所以下句意謂「基督……選派的農夫」。「菜園」：指教會。

10 基督對門徒的第一個勸告為貧窮。在《新約．馬太福音》第十九章第二十一節中，耶穌說：「若願意作完全人，可去變賣你所有的，分給窮人，就必有財富存在天上，你還要來跟從我。」下句中「我是為此事來的」表示他生來是為了過貧窮生活。「躺在地上」：意味厭惡富貴生活。

11 聖道明的父親名為弗利切（Felice），意為快樂、幸福。母親名喬萬娜（Giovanna），字源為希伯來文Joanna，意為「上帝的恩惠」。

12 「奧斯提亞人」：指蘇薩的恩利柯（Enrico di Susa），生於十三世紀初，曾在波隆那和巴黎教過教會法，一二六二年獲任命為奧斯提亞紅衣主教，因此被稱作「奧斯提亞人」，一二七一年逝世。他的著名教會法典著作成為法律學院的基本教材（見第九章注26）。「塔戴奧」（Taddeo d'Alderotto, 1215-1295）：佛羅倫斯人，是著名的醫學創始人，他的重要著作後來成為中世紀醫學的基礎教材。「嗎哪」：是希伯來文，含義為「這是什麼」。《舊約．出埃及記》第十六章描述了以色列人在摩西帶領下越過曠野時，天上降下了嗎哪，這是上帝所賜的口糧（詳見《煉獄篇》第十一章注5）。在這裡意謂聖道明研究學問並非為了謀利，而是為了尋求真理。

13 「葡萄園」：指教會，教皇被比作園丁，如果他失職，葡萄葉就會枯黃，教會便受到毀壞。

14 這句話是拉丁文，含義是：把十一稅分給上帝的窮人。

15 「那粒種子」：指信仰。「環繞你的二十四棵樹」：指上述二十四位獲祝福的聖徒的靈魂。在《新約．馬太福音》第十三章中，耶穌以撒種比喻，並詳實闡述。一二一五年，教皇英諾森三世口頭批准了聖道明建立的修士會；翌年，教皇奧諾里奧三世正式批准該道明會。在此之前的一二〇五年，聖道明前去羅馬請求教皇批准他和異教徒的戰鬥，他的鬥爭促使阿爾比異教徒皈依了基督教。反對異端的鬥爭是聖道明畢生的主要奮鬥目標。

16 聖道明與聖方濟也被稱為教會戰車上的兩個車輪。

17 方濟會修士背離教規，猶如一只酒桶原先有污垢的地方，現在更因不淨而發黴。

18 他的方濟會弟兄們原本是踏著締造者的足跡在前進，如今卻是在倒退。

19 「我一如既往」：指方濟會中仍有不少恪守教規的忠實弟子。在該會中展開了對教規寬嚴的爭論。烏柏提諾・達・卡薩勒（Ubertino da Casale）主張從嚴。他生於一二五九年，一二七三年加入方濟會，曾在巴黎大學講授神學長達九年。阿夸斯帕爾塔的馬泰奧（Matteo d'Acquastarta）則主張教規從寬。他年輕時加入方濟會，一二八七年被選為教長；翌年成為紅衣大主教，並以教皇代表之身分被派往佛羅倫斯，調停當時的白黨與黑黨之爭。

20 伊盧米那托和奧古斯丁是聖方濟最早的門徒。

21 「聖維克多的雨果」（Ugo da San Vittore, 1097-1141）：是法國聖維克多修道院院長，神祕派的傑出代表，著有重要的哲學著作，受到托馬斯・阿奎那的極大贊揚。

「食量大的彼埃特羅」（Pietro Mangiadore）：是法國神學家，屬神祕派。在巴黎大學任職後，於一一六四年隱居聖維克多修道院，逝於一一七九年。最著名的著作是《經院哲學史》。

「西班牙人彼埃特羅」（1226-1277）：曾任大主教和紅衣主教。一二七六年被選為教皇，稱約翰二十一世。他所著的十二小冊關於邏輯的書聞名遐邇。

22 「拿單」（Natan）：為希伯來先知，曾明斥大衛王借亞捫人殺死烏利亞，並霸占其妻的罪行（見《舊約・撒母耳記下》第十二章）。

23 「克里索斯托姆」（Crisostomo）：原名喬萬尼，三四五年生於安蒂奧基亞，曾任君士坦丁堡大主教。他於四〇七年死於流放中，因曾斥責阿爾卡迪奧（Arcadio）皇帝宮廷的腐敗。他是希臘教會的主要代表之一，由於有雄辯之才而獲「Crisostomo—金口」美稱。

「安塞爾姆」（Amselm, 1033-1109）：為英國坎特伯雷大主教，曾大膽反對國王干預，保障教會權利。他也是卓越的神學家，從本體論的角度出發，闡明救世主耶穌基督具有神性及人性。

「竇那圖斯」（Donatus）：是四世紀著名的文法家，其拉丁文法論著成為學校的教科書；在中世紀學校有七藝：拉丁文法、邏輯、修辭、音樂、算術、幾何和天文，而拉丁文法是七藝之首（見《地獄篇》第四章注26）。

「拉巴努斯」（Rabano Mauro, 776-856）：曾為主教。八二二至八四二年為著名的弗爾達修道院院長。他著有許多神學和注釋《聖經》著作，以及一部帶有百科全書性質的二十二篇文集《論宇宙 *De universo*》。

24 「喬瓦齊諾」（Giovacchio da Fiore, 1135-1202）：是卡拉布利亞（Calabria）人，一一八九年在席拉森林中的斐奧雷（Fiore）聖約翰修道院創立了一個新的修士會，因而被稱為「斐奧雷的喬瓦齊諾」。他認為世界歷史分為三個時代：聖父時代，聖子時代，聖靈時代。時人稱他為第三時代的先知，因為他認為這個時代將以默想、仁愛、和平為基礎。渴望教會恢復健全狀態的但丁，在思想上和他接近。

25　「偉大的勇士」：指聖道明。

第十三章

誰若想清楚瞭解我現在所見的情景——在我敘述時，請他將我描繪的形象，如堅固岩石般牢記在心——就請想像在天空各個區域，以極燦爛的光芒戰勝所有雲霧，令天空異常明朗的十五顆星；想像我們北半球的天空足以供其圍繞北極星運轉而永不隱沒的北斗七星；想像自第一天輪繞它轉動的天軸頂端起始的那個號角形星座口上的兩顆星；想像這些星在天上共同形成兩個星座，如同米諾斯的女兒感覺到死之冷冽時所化為的那星座[1]；想像其一的星都在另一圈子發光；這麼想像，就可說大致對這個雙重星座的真實形象，以及對那環繞我所在地點旋轉的雙重舞蹈有了一個影子：因為我看到的星座和舞蹈，都遠遠超過我們在下界所見，一如運轉較其他諸天更快的那重天，其速度遠遠超過洽納河的流速[2]。在那裡歌唱的不是巴克斯，不是佩安納，而是三位一體的神性，以及神性與人性合為一體的基督[3]。唱歌和舞蹈一齊結束了；那些聖徒的發光體便將注意力轉向我們，其心思也欣然從一件事轉移到另一件事上。

於是，在意志協和的眾聖徒靈魂之間，曾向我講述「上帝的窮人」神奇生平的那位聖徒[4]打破了沉默：「既然一捆麥子已經脫粒，既然麥粒已經入倉，甜蜜的愛現在促使我去打另一捆[5]。你相信在一個人的胸膛中——這胸膛的一根肋骨被抽出，造出面頰美麗的那女人，而她的口福令全世界大吃苦頭——以及在另一人的胸膛中——這胸膛被槍刺穿，因而清償了人類先前和以後的罪債，使得正義的秤桿上用以盛裝所有罪的秤盤升起——那創造這個人和那個人的力量，在其中同樣注入了人性所能接受的智慧之光；因此，當我在上面斷言，從未有第二人的智慧能及那第五個發光體中的靈魂時，你對此話表示驚異[6]。現在，睜眼看看我對你的解答，你就會看到，你相信的，和我所說的都在真理當中，如同圓心在圓中間[7]。

「所有不死的事物和一切能死的事，都是我們的『主』在愛中所生的『道』的反光[8]：因為，那從他的光源流出而不與光源分開，也不與同二者一起形成三位一體之神的愛分開的強光，出於祂的善心，將祂的光線聚集於九級天使身上，就如映射在九面鏡子上那般，其自身則保持著永恆的整一性。從九級天使那裡，這『道』的強光一層天、一層天降下，直到降至下界的四種要素上，而光的能量也漸次減少，以至於只能產生短暫的偶然事物；這些偶然性事物，是指諸天運轉由種子或不由種子所生的那些產物[9]。這些產物的蠟，和將其捏塑成形的諸天，並非一直處於相同狀態；因此，蠟呈現出理念之光為它打上的印記，時而較為清楚，時而比較模糊[10]。因而也產生如此情況：同一樹種所結的果，有的較好，有的較壞；人生下來，天資稟賦也有程度之別。假若蠟處於最適於接受諸天影響的狀態，而諸天也正值影響最劇的時刻，那麼打上印記的光就會完全顯現；但自然[11]一向無法完美表現出這光，一如具備素養的藝術家進行創作時手也會發抖。不過，要是那熱烈的愛促使本原力量的睿智在那裡打上了祂的印記，那裡就獲得十全十美的人物。這樣，當初地上的泥土就被用於造成完美無缺的人；這樣，就使那童女懷孕生下耶穌；所以我同意你的見解，人性未曾有、而且將來也不會有那兩個人的完美性[12]。

「現在，假若我不繼續說下去，你就開始說：『那麼，怎麼會無人比得上另外那個人呢？』為了讓不明確的論點變得明確，你且想想他是什麼人，想想在上帝對他說：『你請求吧』時，是什麼原因促使他提出了請求。我所言並沒有含糊到讓你不明白他是國王，他請求智慧，是為了讓自己能當一位稱職的國王；不是為了知道這上界推動諸天運轉者的數目，也不是為了知道能否從一個必然的前提和一個偶然的前提推導出必然的結論；也不是為了知道「*si est dare primum motum esse*」；也不是為了知道，在半圓內是否能畫出一個沒有直角的三角形[13]。因此，你若細思我先前所說的那句和此刻所說的這些，便會明白我所說的那無比智慧指的正是王者的睿智。如果你明敏的目光對準我那句話中的『崛起』一詞，就會明白，它只能用於國王身上；他們人數雖多，好的卻無幾人。且將國王與常人的區別考慮在內，去理解我那句話[14]，那麼，那句話，和你認為我們的始祖與我們所愛的那位都具有最高智慧這一正確意見，就能取得一致[15]。

「且讓這事例告誡你，爾後在對還未理解透徹的命題做出肯定或否定的斷語時，永遠要如兩腳墜上鉛塊、猶如疲憊之人那樣緩慢：因為不論對應肯定或應否定的命題不加區別，妄下斷語者，即是無以復加的愚中之愚；因為倉促形成的意見往往引發錯誤的論斷，自以為是的情緒隨後會綑綁心智，使其無法認識錯誤。前去真理之海探求真理卻不知方法者，離岸下海的結果將比勞而無功壞得多，因為他返回時情況已與出發時不同。對此，帕爾梅尼德斯、梅里蘇斯[16]、勃利遜[17]以及其他眾多行走、卻不知何往處去的人，無不向世人提供了明證。撒伯流、亞流[18]，以及那些對《聖經》像劍一樣歪曲其真正面貌的愚人亦是如此。

「再者，讓世人在判斷時，莫如在田間莊稼未熟前便估量收成之人那樣輕率；因為，我見過荊棘枝條起初在整個冬天乾枯而僵硬，後來頂端卻開出朵朵玫瑰；我曾見過全程迅速行駛海上，抵達目的地入港時卻遇險沉沒的航船。讓貝爾塔夫人和馬爾提諾先生[19]莫因為看到一個人盜竊、另一人奉獻，便自認為知道他們在神的判斷中將有何結果；因為前者可能會升入天國，後者可能將墮入地獄。」

1 為了說明兩個圓環中的靈魂及其運轉，詩人請讀者發揮想像力。十五顆最明亮的星，大熊座的北斗七星，以及小熊座最大的兩顆星在天空中運行。這二十四顆星組成了兩個星座，形成同心圓的兩個環，各自朝相反方向運轉，好似冥王米諾斯的女兒阿里阿德涅（Ariadne）的皇冠。

2 「洽納河」（Chiana）：位於托斯卡那大區，古時流入台伯河，在中世紀淤積成沼澤地，是瘴氣瀰漫的地區。此地在但丁的時代，河水流得極為緩慢。「運轉更快的那重天」：即原動天。

3 「巴克斯」：即酒神。「佩安納」（Peana）：指太陽神阿波羅。關於三位一體的神性，詳見《煉獄篇》第三章注9。

4 「那位聖徒」：指托馬斯．阿奎那，他曾描述「上帝的窮人」聖方濟的一生。

5 聖托馬斯在前一章已回答了但丁第一個關於聖道明會的疑問，現在要回答關於所羅門王的智慧的第二個疑問。

6 上帝取下亞當的一條肋骨，創造出夏娃。由於夏娃先吃了禁果，他們於是被逐出伊甸園，後裔人類因此一生下來就有原罪。耶穌被釘在十字架上，他的肋骨被一名士兵刺傷的受難，為人類還清了原罪。

7 你（指但丁）相信亞當和基督的智慧，我對所羅門的智慧所說的一切皆是真實，也就是真理，就和圓周的這一點與其他點距離圓心皆相等。但丁想藉此指出，相信和說話與真理的關係是絕對相同的，就如同圓心在圓中央。

8 「所有不死的」：指上帝直接創造的事物，像是天使、諸天、靈魂，這些都是不朽的。「一切能死的」：指上帝間接創造的事物，如氣、水、土、火，以及其混合物。這兩類造物均是「上帝之光」的反映；這光是由聖父的神聖力量，聖子的最高智慧，以及聖靈的本原之愛所形成的，這三者是永不分離、渾然一體的神，創造了上述那兩種事物。

9 上帝的強光逐步減弱，最後間接創造出短暫的偶然事物。有種子的事物是指動物與植物，無種子的事物則指無機物和礦物等。

10 「蠟」：指上帝間接造物的原料。天體運動的影響使得「蠟」變成各種物體，「蠟」受天體運動的影響不同，結果因此各異。

11 在這裡，「自然」指上帝通過媒介而間接創造的事物。

12 如果上帝自備原料直接創造，就會造出十全十美的人亞當，也就能使童女瑪利亞孕育耶穌。

13 聖托馬斯明確對但丁說，所羅門王繼其父大衛登上王位後，上帝在他夢中問他有何要求時，他請求上帝恩賜他治理臣民的智慧。「推動諸天運轉者」指天使。「*si est dare primum motum esse*」意謂「是否承認原動的存在」。此處的整句意思是：所羅門不想知道天文學、倫理學、哲學、幾何學等科學知識。

14 實際上，上帝也將無比知識賜給了所羅門。《舊約．列王紀上》第四章說，所羅門的智慧超過東方人和埃及人的所有智慧。他作箴言三千句，詩歌一千零五首。他講論草木，從黎巴嫩的香柏樹，到牆上長的牛膝草；又講論飛禽走獸、昆蟲水族。天下列王聽見所羅門的智慧，就派人去聆聽他智慧的言論。

15 「我們的始祖」：指亞當。「我們所愛的那位」：指耶穌。

16 「帕爾梅尼德斯（Parmenides）、梅里蘇斯（Melissus）」：是公元前五世紀希臘著名哲學家。亞里斯多德對他們的評價是：「雖有堅持真理的熱情，但結果卻是錯誤的。」（彼埃特羅波諾的注釋）

17 「勃利遜」（Bryson of Achaea）：是希臘哲學家和數學家，為歐幾里得的門徒，他力圖求得圓的積分，但勞而無功。但丁之所以知道他的名字和理論，是透過阿基米德對其理論的批駁。

18 「撒伯流」（Sabellius）：公元三世紀初生於非洲，他主張耶和華擁有三種不同的面具，能在不同時候以不同面態顯現，稱為「撒伯流主義」，此看法被認為違反三位一體教義，三二五年在尼西亞會議中被判定為異端。「亞流」（Arius, 280-336）：是有名的異端學說支持者，他否定聖子的永恆性及三位一體的同體性。

19 貝爾塔（Berta）和馬爾提諾（Martino）是常見的通俗名字，此處在名字加上「夫人」和「先生」的稱謂，就有表示鄙視之意。

第十四章

圓盆中的水，由外一擊，波紋便從盆緣朝盆中心移動；從內一擊，波紋便從盆中心向盆緣移動：當托馬斯的光榮靈魂沉默，而貝雅特麗齊隨即欣然說話時，此一現象突然閃現在我心中，因為那就相似他向我們這裡、她朝他們那邊說話的情景[1]。她說：「此人需要對另一真理追根究柢。他沒對你們說，而且還不清楚自己的疑問是什麼。請告訴他，裝飾你們靈魂的光芒，是否將如此刻這般，與你們一起永遠存續；如果那光芒永存，請告訴他，當你們復有可見形體，那光芒如何不至於傷害你們的眼睛[2]。」

如同跳著圓舞的人有時受到更大的喜悅推動、吸引，因而引吭高歌，動作中表現出忘情歡樂的樣子，同樣地，一聽到貝雅特麗齊迅速且虔敬的請求，兩個光環中的眾聖徒皆在翩翩迴旋的舞姿和神妙歌聲中表現出新的欣喜。悲嘆人必須在世上先死，才得以在天上永生之人，都是因為未曾見過這裡的永恆之雨降到頭上的快樂。

那永久存在、永久以「三、二、一」三位進行統治、自身無限而限制一切的「一、二、三」三位一體的神，受到各個靈魂的三次歌頌，那頌歌曲調美妙，足以報答任何功德[3]。我聽見從那較小的光環、最神聖的發光體當中發出了謙和的聲音，或許就像當初那位天使對瑪利亞說話那樣[4]，答說：「天國的節日持續多久，我們的愛就將這麼在我們周圍一直發出如同衣物般的光。這光芒的亮度相當於我們愛的熱忱；愛的熱忱相當於我們觀照的深度，而後者取決於我們所享受、超過我們功德的恩澤。當我們再次穿上光榮聖潔的肉體之衣，我們將因變得完美而更為可愛；因為我們已經完美，『至善』無償賜予我們、令我們得以觀照祂的那種光明將會增加；由於那光明增加，我們的觀照也必將增強，由觀照燃起的愛之熱忱因而也將必然增長，那來自愛之熱忱的光芒因而也將增強。但是，正如炭發出火焰、又以其白熱的強光戰勝火焰，它在火中的形狀因此依然可見，同樣地，這些已包圍我們的光芒，將被我們仍為土地覆蓋的肉體的亮度超過；這種燦爛至極的光也傷害不了我們的眼睛：因為我們身體的器官都將變得強健到足以接受所有能令我們喜悅的事物[5]。」

那兩隊靈魂看來都那麼迅速且熱切地說著「Amme!」[6]明確顯示出他們渴望和自己的屍身復合，那或許不只是為了自己，還為了他們的母親父親，以及所有他們在成為永恆火焰之前的其他親愛之人。

瞧！那兩個光環周圍出現一片各部分亮度皆相等的光輝，好似日出前地平線上出現的亮光那般。正如暮色初臨之際，天空開始出現一些最初的發光體，形象模糊，看似是星，似乎又不是星；同樣地，我彷彿看到那片光輝中的新靈魂，在另外那個光環外圍成一個圈[7]。啊，聖靈的真實陽光啊！它突如其來、變得如此強烈，使得我雙眼無法承受它的刺激呀！但貝雅特麗齊向我露出那樣美麗的笑容，我只好像對在天上所見、已從記憶中消失的那些其他情景，不做描寫。看到她的笑容，我重新得到抬起眼的力量；我發現，我與那位聖女登上了更幸福的境界[8]。我清楚意識到我已升至更高的天，因為那顆星火紅的微笑顯得較往常更紅[9]。我全心全意、用人人共同的心裡話向上帝獻上與祂賜予我的新恩澤相稱的燔祭[10]；祭品在我胸中還沒燒盡，我就覺察到它已獲接受，而且產生了可喜的效果；因為我看到，兩條

我清楚意識到我已升至更高的天，因為那顆星火紅的微笑顯得較往常更紅。

就在這裡，我的記憶力勝過我的才華；
因為那十字架上閃現出基督，我苦於找不到與之相稱的比喻。

光帶中出現許多極其燦爛火紅的發光體，使得我說：「啊，赫利俄斯[11]，你為它們披上了如此絢爛的斗篷！」

如同大小繁星滿布的銀河，在天穹兩極之間形成一條白亮光帶，使得一些博學之士對它無不產生疑問，同樣地，那兩條布滿發光體的光帶，在火星深處呈現出那由兩條垂直交叉、將圓分為四部分的直線構成的可敬十字架形。就在這裡，我的記憶力勝過我的才華；因為那十字架上閃現出基督，我苦於找不到與之相稱的比喻；但背起他的十字架跟從基督的人，將會原諒我因為當初看到基督閃現在那白亮光中，而描寫他的形象[12]。從十字架左臂到右臂，從頂端到底部，有無數發光體來來往往，每逢相遇和相互走過時，便閃耀發出強光：正如我們在一間運用心思和技藝設計而成的遮蔭暗室內，看到偶爾從縫隙射入的光線中，有大小不同的無數塵埃朝上下左右或快或慢地飛舞，形狀不斷變化。正如六弦提琴和豎琴的眾多弦，調配和諧奏出的聲音也讓不懂曲調之人皆感悅耳，同樣地，眼前出現的那無數發光體，其歌聲在十字架上也聚合成一種美妙旋律傳了過來，令我陶醉，儘管不識那歌詞。我知曉那是崇高的頌歌，因為歌中「復活」和「戰勝」二語，如同傳到雖聽到、但不解全句含義的人那樣，傳到了我耳中[13]。我為之心醉神迷，迷醉到此前沒有任何事物曾以這等甜蜜的鎖鏈將我綁住。這番話或許太過冒失，將那雙美麗明眸之美置於次要地位；在注視這雙明眸當中，我的願望已得到充分滿足；但是，誰若是考慮到這雙生動印下所有的雙眸越是往上升，就越顯明亮，考慮到我在那裡並未轉眼去注視，誰就會原諒我為了辯解而自責說錯的那句話；因為我在這句話裡，並沒有排除那聖潔之美越往上升，就變得越是鮮明。

1 貝雅特麗齊向眾靈魂透露但丁的新疑問。當時她和但丁正站在由幸福的靈魂組成的圓圈中間，因此貝雅特麗齊位在圓環中央的聲音，與托馬斯在圓環上的聲音，就像盆中波紋一道由內往外、另一由外往內傳送。

2 當靈魂回到肉體中，也就是「復有可見形體」復活時，包裹靈魂的強光是否會損傷復活之人的視力，這是詩人的疑問。

3 指上帝是三位一體的。再次回到神的三位一體的形象，現在以神祕數字的往返給予絕對完美的印象。詩句中的「二」指人性和神性結合於聖子一身，就如同指出那唯一的實體上帝是集三位為一身。

4 所羅門從「較小的光環」回答有關靈魂與身體復合的問題。詩人說他的聲音或許就像大天使加百列對聖母瑪利亞聖告耶穌將從她體內降生那樣柔和甜美。但《聖經》中並無此類描述，詩人只用了「或許」這一不肯定副詞。

5 所羅門說，圍繞眾靈魂的光芒是永恆的，每個靈魂愛的熱忱與其對上帝的觀照深度成正比。靈魂在復活後會變得更加完美，增加了光照度，因此也增加了快樂和光芒。他們的身體還像炭在燃燒的火焰中可見一樣，眼睛更能夠承受不斷增加的強光。《地獄篇》第六章最後說到，靈魂與各自肉體重新結合並具有的形象……在最後審判之後，他們期待比現在更趨近完美（見《地獄篇》第六章注22）。

6 眾靈魂聽到復活的喜訊，無不表現出無比喜悅，脫口說出「Amme」，這是義大利托斯卡那地區的方言，至今還用來表達希伯來文的「阿門 Amen」，意謂「但願如此」。

7 在兩個光環周圍突然出現新的光。這是另外的靈魂構成的光芒，他們的光如此強烈，使得詩人的眼睛承受不了如此刺激。這個光環代表「聖靈」完成了三位一體的象徵。

8 詩人和貝雅特麗齊這時已登上了第五重天——火星天。

9 火星閃爍著火紅光芒，人的肉眼看去呈現赤色。

10 「燔祭」：從詞源上來說意謂將祭品全部燒掉。詩人透過聖托馬斯，瞭解到該詞也有「獲得光照」的含義，本章的意思是光明之歌。

11 「赫利俄斯」（Helios）：希臘文意為太陽，這裡隱喻上帝。

12 無數幸福的靈魂形成十字架這個可敬的記號，將火星球面分為四等分，構成兩臂相等、從頂端到圓心、從圓心到下端等距的希臘十字架。

13 但丁從眾光體發出的悅耳歌聲當中聽出「復活」和「戰勝」二語。此二語讚美耶穌是受難而死、又從死裡復活的勝利者。

第十五章

對正確對象的愛，經常表現為善良的意願，一如對塵世財富的貪欲，經常表現為邪惡的意願，這種善良的意願使那悅耳的豎琴不再發聲，使那由神的右手撥弄而一張一弛的神聖琴弦停止顫動[1]。這些為了促使我表達出我對他們的請求，因而一致沉默的有福靈魂，對於世人的正當祈禱怎麼會充耳不聞呢？為了愛非永久性的事物，因而失去他們那種愛的人，受永無窮盡的苦也是理所當然。

如同夜晚寂靜晴明的天空中不時有乍現的火亮飛掠而過，使得凝神靜觀天空的眼睛眨了起來，它似乎是一顆轉換位置的星，但其發光處並未失去一顆星，而且它轉瞬間便已消失[2]；同樣地，在彼處閃閃發光的那星座當中的一顆星，從那十字架的右臂飛奔至十字架腳下；這顆寶石沒有離開它的絲帶，而是順著徑向的發光線條奔馳，猶如雪花石膏背後的火光[3]。如果我們最偉大的詩人的話可信，安奇塞斯的幽魂在樂土中看見自己的兒子時，正懷著同樣的感情向他探身迎上前去[4]。「啊，我的骨血呀，啊，上帝給予你的深厚恩澤呀，天國的門對誰如對你那樣，開了兩次呢[5]？」那火光這麼說；我因此注意他。接著，我轉而看我那位聖女，對這邊和那邊，我同樣驚奇不已，因為她眼裡閃耀著至美的微笑之光，使得我認為，我經由眼睛已達到我的福和我的天國的極限。

於是，那靈魂以悅耳的音調和外貌，在開頭所言之外，還補充了一些我聽不懂的事物。他的話異常深奧，但並非故意令我不解，而是我必然不解，因為他表達的思想已超過凡人理解力之箭的射程。當他對神的熱愛之弓鬆弛下來，使得他的言語降至我們理解力的水平時，我聽懂的第一件事就是「願祢有福，三位一體的上帝，祢對我的後裔顯示如此恩澤！」他繼續說：「兒子啊，閱讀那本白紙黑字永不改變的大部頭之書[6]，使我心生一種幸福、長期的渴望。多虧那位為你披上羽毛、讓你得以高飛的聖女，你已滿足蘊藏於我在當中對你說話的發光體中的這種渴望。你相信，你的思想由第一存在者流入我心，正如經認識「一」這個數字概念而產生「五」和「六」等所有數字；因此，你並不問我是何人，不問為何在你看來我在這一群歡樂的靈魂當中較其他都更喜悅。你相信的是真理；因為在這天國生活中，福小和福大的靈魂皆觀照著那一面明鏡，在你尚未進行思維活動之前，你就已將思想顯示在那面明鏡當中[7]。但是，為了使那令我永久處於觀照狀態、並在我心中引起甜蜜渴望的神聖之愛，更能完善得以實現，你就以堅定、大膽、喜悅的聲音表達你的願望吧，對此，我的答案已經注定。」

我將目光轉向貝雅特麗齊，沒待我開口，她就已領會我的意思，向我微微一笑暗示同意，這使得我願望的翅膀增強了。於是我說：「當第一平等者[8]一出現在你們眼前，你們各自的感情和智力就都變成等量的了，因為普照你們、溫暖你們的太陽，就他的熱和光來說，是絕對相等的，任何其他相等事物都無法與之相比。但是，對凡人來說，由於你們明白的原因，願望和語言的翅膀卻有不同的羽毛；因此，我作為凡人，自覺處於這種差別的矛盾當中，因此只能由衷感謝你如慈父般的歡迎。但我懇求你，你這裝飾此一鮮艷珍貴珠寶、活生生的黃玉[9]，且說出你的名字，以滿足我的願望。」

「啊，我的樹葉呀，單單在盼望你時，我就已對你感到喜悅，我就是你的樹根；」他這麼答覆我，然後對我說：「我的兒子是你祖父的父親，你家族的姓氏起源於他，他在第一層平臺上已環山行走一百多年[10]；你確實應該透過你的禱告縮短他的長期勞役。

「彼時在她如今仍從其中的修道院鐘聲得知第三和第九祈禱時刻[11]的古城圈內，佛羅倫斯一直過著和平、簡樸、貞潔的生活。彼時沒有項鍊、寶冠、綉花裙，沒有腰帶令這些服飾比穿戴它的女性更引人注目。女兒生下來還不會令父親擔心，因為出嫁的年齡和嫁妝這兩方面都未超過合宜的限度[12]。彼時沒有無家族居住的空房[13]；薩爾達納帕魯斯還沒來到這裡表現在房裡能幹出何等勾當[14]。那時蒙特馬洛還沒被你們的烏切拉托約超過，後者興起之速超過前者，衰落之速也將超過前者[15]。我曾見到貝林丘內・貝爾提[16]繫著以獸骨為帶扣的皮帶出門，我曾見到他的夫人離開鏡子走來時臉上未塗脂抹粉；我曾見過奈爾里家族的人和維契奧家族[17]的人滿足於身穿無布面和襯裡的皮上衣，他們的夫人滿足於手拿紡錘和紡紗桿。啊，幸福的婦女們！她們都知道自己的葬身之地，還沒有人因為法國之故而獨守空床[18]。這一個精心照看著搖籃，哄哭著的嬰兒時，用的是會先逗樂父母的兒語；另一個邊將捲在紡紗桿上的羊毛拉到紡錘上、邊向家人講起關於特洛伊人、菲埃佐勒和羅馬的故事[19]。那時，出現一個像錢蓋拉那樣的人，一個像拉波・薩爾台萊洛那樣的人，會像現在出現一個像辛辛納圖斯那樣的人和一個像柯內麗亞那樣的人一樣，被認為奇事[20]。

「瑪利亞被我母親在陣痛中高聲呼叫[21]，使我在如此安定美好的市民生活中，如此忠實可靠的市民社會中，如此稱心如意的住所中誕生；我在你們古老的洗禮堂[22]裡同時成為基督徒和卡洽圭達。牟隆托和埃里塞奧是我兄弟；我的妻子從波河流域來到我家，你的姓氏正出自她家。後來，我追隨康拉德皇帝[23]；由於我優良的政績，我深受其恩寵，他授予我騎士稱號。我跟隨他去討伐那個教的罪，信奉它的民族由於教皇們的過錯，篡奪了你們的權利。在那裡，我通過那些邪惡的人之手，脫離了那使許多靈魂因為愛它而遭它玷污的虛偽世界[24]；我是從蒙難殉教中來到這平和的福域。」

1 上帝讓悅耳的豎琴停止彈撥，幸福的靈魂在詩人請求下全都沉默不語，好讓但丁與他的高祖父會面交談。

2 「火亮飛掠而過」：指那顆星在移動，實際上那顆星仍在原位，並未移動。

3 但丁的高祖父卡治圭達（Cacciaguida）的光，就像那座星座（十字架）上的一顆星，落到星座下與但丁見面。「猶如在雪花石膏後面的火光」：這是又一個極美的比喻。據說但丁曾見過燈光照耀在雪花石膏的祭壇和窗戶上所產生的透明閃爍效果。

4 但丁又用埃涅阿斯與其父安奇塞斯的靈魂在樂土相會（見《埃涅阿斯紀》卷六），比喻他與高祖卡治圭達的會面。

5 此段原文為拉丁文，意謂但丁生前到過、死後也將進入天國，因此天國的門兩度向他敞開。

6 「白紙黑字……的大部頭的書」：可理解為一頁紙上未書寫的空白部分，和已寫上黑字的部分，意謂神的真正意旨本身是永不會改變的。

7 「那面明鏡」：指上帝，祂能照見所有人的思想。

8 「第一平等者」：指上帝，祂具有完全平等對待眾幸福靈魂的感情和能力，然而凡人的感情和能力並不相同，因此，他們的願望和表達思想的能力（語言工具）也不相同。

9 本章二十二行詩中寫的「這顆寶石沒有離開它的絲帶」，顯然是指詩人在火星上看到的那個靈魂。

10 卡洽圭達的兒子是但丁的曾祖父阿利吉耶羅（Alighiero）一世，他隨母親的姓阿利吉耶里（Alighieri），也就是他家族的姓氏來源。但丁在詩中說曾祖父在煉獄中環山走了一百年之久。但從一份文件上得知，其曾祖父在一二〇〇年仍活在人世。

11 據說巴迪亞教堂建在古城圈內，以鐘聲報時，第三和第九祈禱時分別為早晨九點和下午五點。古城牆建於九至十世紀間。第二城牆建於一一七三年。在但丁時代，一二八四年又建造了較寬大的第三城牆。

12 詩人談古佛羅倫斯的風俗，暗指在他那年代的壞風氣：女兒出嫁時要陪送豐厚嫁妝，因此在女兒呱呱落地時，做父親的就開始為妝奩發愁了。

13 「彼時沒有……空房」：對此句有幾種理解，但從上下文看，最佳理解應為詩人暗指他生活的城市由於腐敗的壞風氣傳入，子孫不旺，而有空房。

14 「薩爾達納帕魯斯」（Sardanapalo）：是亞西里（Assiri）國王，於公元前六六七至六二六年執政；在中世紀被視為奢侈和腐敗的典型。

15 「蒙特馬洛」（Montemalo）：或稱馬里奧山，是羅馬附近的山丘；烏切拉托約（Uccellatoio）山離佛羅倫斯僅五千步（古羅馬的量度單位）。當時佛羅倫斯的建築物數量之多、規模之大，都超過羅馬，然而它的興起和衰落速度也都超過後者。這裡所說的興衰，顯然是指佛羅倫斯城的政治道德。

16 「貝林丘內・貝爾提」（Bellicion Berti）：是佛羅倫斯最著名家族之一的族長，德高望重，堪稱簡樸和廉潔的典範。他是貞潔賢淑的郭爾德拉達的父親（見《地獄篇》第十六章注6）。

17 奈爾里（Nerli）和維契奧均為昔日佛羅倫斯貴爾弗派的大家族。

18 這裡所說婦女「知道自己的葬身之地」及「沒有人……獨守空床」含義為：古佛羅倫斯的男人不必出遠門經商，在十三世紀中葉才有人結夥去法國經商，或是被流放到那裡。

19 指向家人講述羅馬和佛羅倫斯的起源及傳說。有關菲埃佐勒城的歷史，可參見《地獄篇》第十五章注12。

20 錢蓋拉（Cianghella）：是佛羅倫斯人阿利果・達拉・托薩（Arrigo della Tosa）之女，是個傷風敗俗的悍婦。「拉波・薩爾台萊洛」（Lapo Salterello）：但丁同齡人，法學家和詩人，曾參加反對波尼法斯八世入侵的愛國活動，因此被流放。但丁在此指責他是個在政治上不光明磊落的人。「辛辛納圖斯」：即昆克提烏斯的綽號，古羅馬共和國的英雄（見第六章注13）。「柯內麗亞」：是古羅馬時代的著名賢母（見《地獄篇》第四章注36）。

21 義大利產婦在分娩時，會祈求聖母瑪利亞保佑自己減輕陣痛。

22 指佛羅倫斯的聖約翰洗禮堂。但丁對自己受洗的洗禮堂有數次難忘回憶（見《地獄篇》第十九章注6）。

23 康拉德三世（Conrado III）自一一三八至一一四九年為日耳曼霍亨斯陶芬王朝皇帝，是第二次十字軍東征（1147-1149）首領之一。

24 卡洽圭達在與異教徒作戰中殉教。

第十六章

啊，我們微不足道的高貴血統呀，如果你在我們感情脆弱處的下界，令世人以你為榮，對我而言也不再是奇異之事。因為我在欲望不會誤入歧途之處，也就是在天上，曾以此為榮。你實為一件迅速縮短的大衣，若不天天加上新布，時間便會拿著剪刀圍著你走[1]。

我又開始說話，對他用了「您」這個最早用於羅馬、其居民卻最罕堅持使用的尊稱[2]；對此，站得離我們遠些的貝雅特麗齊微微一笑，一如那位夫人對書中所說的圭尼維爾的第一次過錯咳嗽了一聲[3]。我說：「您是我的父親；您給了我說話的所有勇氣；您抬舉我，使我超過自己。我的心經那麼多渠道將歡樂注入其中，使得它慶幸自己能容受而不破裂。那麼，我親愛的高祖[4]，請告訴我您的祖先是誰，您的童年又是在哪些年月度過。請告訴我聖約翰的羊圈的情況[5]，彼時它有多大，其中配得上占最高職位的又是哪些家族。」

如同點著的火炭經風一吹就旺得冒出焰火，同樣地，我看到那個發光體聽到我這些親切的話就變得通紅；正如他在我看來變得更美，他以更為柔和的聲音、但並非這現代語言說[6]：「從天使說 Ave 那天，到如今已是聖徒的母親分娩生下胎中的我時，這火星回到它的獅子宮重新燃燒已有五百八十次[7]。我的祖先和我誕生在參加你們每年一度的賽馬之人進入最後一區時首先抵達的地方[8]。關於我的祖先，你聽

您是我的父親；您給了我說話的所有勇氣；你抬舉我，使我超過自己。

到這些就夠了；至於他們是誰，又從哪裡來到這裡，略去要比說出更為適當[9]。

「彼時，那裡在瑪爾斯神像和施洗者約翰洗禮堂之間能執兵器者，是現在人數的五分之一[10]。但現在市民中已混有來自堪皮、切爾塔爾多和斐基內的人，而那時甚至最低下的工匠也都自視為純粹的佛羅倫斯人[11]。啊，假如我說的那些人是鄰居，你們的邊界在加盧佐和特雷斯皮亞諾的話，那要比讓他們住在城內、而你們去忍受阿古里奧內的野人，和那個已凝眸伺機營私舞弊的席涅人的臭氣要好上多少啊[12]！假如那些在世界上蛻化變質最甚的人不像後母一般對待凱撒，而像生母對待兒子一樣和善，那樣一個已成為佛羅倫斯市民，並以兌換貨幣和經商為業的人，就勢必會繼續住在他祖父當巡邏兵時巡查的席米豐提城堡[13]。蒙特木爾羅城堡就會依然屬於它的伯爵家族，切爾契家族就會在阿科內教區，波恩戴爾蒙提家族也許還在瓦爾迪格萊維[14]。人口混雜向來是城市災禍的肇因，一如胃裡積存食物不消化是疾病的起因。眼盲的公牛比眼盲的羔羊會更快跌倒；一把寶劍砍起來常常較五把更厲害，更準確[15]。

「你若是細思盧尼和奧爾比薩利亞這兩座城如何毀滅，而且丘席和席尼加利亞這兩城正步其後塵，既然各個城市皆有其存在期限，那麼，聽到許多家族滅絕，對你而言也就不再新奇難解[16]。你們人世間的事物，正如你們人一樣，皆有死盡之日；只是有些事物持續很久，人的生命短促，看不到它們死亡。如同月天的運轉使得海水不停漲落，覆蓋海岸，又將之露出，時運之神對佛羅倫斯也是這麼做；因此，我要說的幾位高貴的佛羅倫斯人，其名聲已被時間湮沒，也不應視為令人驚奇之事。我見過烏吉家族，我見過卡斯台里尼家族，腓力比家族，這些皆是有名的公民，當時已日趨衰敗；我見過阿爾卡家族和桑奈拉家族的人，以及索爾涅埃里、阿爾丁基和波斯提齊家族，其勢力之大，依然與其世系之古老相應[17]。

如今已新裝滿沉重的背叛之罪，因而不久後將要壓翻小船的那座城門附近，當初住著拉維尼亞尼家族，圭多伯爵，和所有後來以高貴的貝林丘內之名為姓氏的人，從母系上來說，他們均出於這個家族[18]。普賴薩家族已知道如何進行統治，加利蓋約家族中的寶劍已有鍍金劍柄和柄上的圓頭[19]。紋章刻有一條垂直毛皮紋圖案的那個家族[20]已然強大，薩凱蒂[21]、基奧齊、菲凡提、巴魯齊、加利家族，以及那些仍然為了那一斗鹽而臉紅[22]的人也已強大。派生出卡爾夫齊家族的那個世族已經強大，席齊伊和阿利古齊家族[23]已被提選去擔任最高職位。啊，我曾看到那個因為驕傲、如今已家破人亡的家族當時是多麼強大呀[24]！我曾看到那個刻著金球圖案的紋章在佛羅倫斯所有的偉大事業中都為她增光[25]。那些家族的祖先也曾這樣為她增光，如今你們每逢教區主教出缺，這些家族就坐在教士會議廳內侵吞公款自肥[26]。尾追逃亡者如惡龍，面對齜牙者或拿出錢袋者如羔羊、狂傲自大的那個家族集團已經發跡，然而他們全為出身低微之人；所以烏伯爾提諾・竇那蒂不高興他岳父後來讓他成為他們的親戚[27]。那時卡彭薩柯家族已從山城菲埃佐勒下山遷居佛羅倫斯市場，丘達家族和殷凡加托家族已是良好公民[28]。我要告訴你一件難以置信的事：進入這個小城圈內的一座城門，竟是以德拉・佩拉家族的姓氏為名[29]。聖托馬斯節令人對那位偉大人物的名姓和品德永誌不忘，凡是佩帶這位偉大人物的美麗紋章者，都從他獲得了騎士地位和特權[30]；雖然那個紋章鑲有一道金邊的家族其中一人如今和平民站在一起[31]。彼時已有瓜爾台洛提家族和殷泡爾圖尼家族；假如他們沒有新鄰居，他們那條街如今仍會比較清靜[32]。那個因為義憤而使你們遭受損害，終結了你們的幸福生活，成為你們悲痛之根源的家族，彼時它和同黨都享有擔任公職的榮譽：啊，波恩戴爾蒙特，你因為聽從他人勸告而逃避與它家女兒的婚禮，此舉帶來的危害多麼大呀！假如上帝在你初抵此城時就讓你淹死在埃瑪河中，眾多如今悲傷的人就會是快樂的[33]。但天命注定，佛羅倫斯在她和平的末日，要向守衛那座橋的殘缺不全石像獻上一個犧牲品[34]。

「我和這些家族以及與它們同在的其他家族，看到佛羅倫處於這樣的和平狀態，因而毫無悲痛的理由。我和這些家族一起看到佛羅倫斯的人民如此光榮，如此正直，百合花旗因而從未被倒掛旗桿上，也從未因為內部分裂而變成紅色[35]。」

1　卡洽圭達告訴但丁，家族的貴族稱號是皇帝封的。但門第的高貴將隨歲月流逝成為過去，子孫後代要不斷以自己的豐功偉業將之發揚光大。

2　這裡的尊稱「您」在原文中為第二人稱複數「你們」，據說這個尊稱始用於古羅馬，是人們對大權在握、身兼數職的凱撒大帝的稱呼。到了但丁時代，羅馬人仍保留原來的稱呼「您」。

3　「那位夫人」：即加勒奧托。法國騎士傳奇《湖上的朗斯洛》中王后圭尼維爾的女管家。當王后與騎士朗斯洛初次相會接吻時，女管家以咳嗽警告騎士，她人在現場，而且知曉他的祕密。此處，貝雅特麗齊以微笑提醒詩人切莫流露出內心的自高自大和虛榮，如用「你們」代替「您」稱呼高祖。

4　「親愛的高祖」：與前面說的「我的父親」都是指族長卡洽圭達。

5　「聖約翰的羊圈」：這是佛羅倫斯的別名，因為施洗者約翰是保護該城的聖人（見《地獄篇》第十三章注24）。

6 在這裡，卡洽圭達沒有如前面歌中用拉丁語說出下面的話，而是以當時的古佛羅倫斯方言。但丁在《論俗語》中指出，當時的口語未被一種標準文字固定下來，因此變化迅速。

7 從三月十五日聖母領報節，即耶穌基督降生，到卡洽圭達出世，火星在這期間轉回獅子座共五百八十次，即一千零九十一年。根據Alfragano的計算：火星的恆星周為六百八十七天，這個天數乘以五百八十次，為三十九萬八千四百六十天，再除以三百六十五天，為一千零九十一年。這個計算結果和第十五章所說的卡洽圭達的生平年代完全相符。

8 古佛羅倫斯共分六個區，但丁的祖先就住在第六區內。每年在聖約翰節舉行的賽馬，會先進入聖彼得門，到達老城圈內的斯佩齊亞利大街（Speziali），上章提到的埃里塞奧家族就住在這裡。但丁家族的住處離此稍遠點，在聖馬丁教區，並不在賽馬經過的路線上。

9 在這裡不談門第的高貴，以示謙遜。但丁認為自己有古羅馬血統（見《地獄篇》第十五章注18）。

10 佛羅倫斯古橋的北端有戰神瑪爾斯雕像，南端有聖約翰洗禮堂，老橋坐落在第一城圈內，這意味標示出了全城面積。「能執兵器者」：指壯丁。

11 佛羅倫斯的人口在一三〇〇年有三萬餘人，在卡洽圭達時代則不足六千人，均是道地的佛羅倫斯人。這說明了該城城內人口從十一世紀末到十四世紀初增加了五倍，居民當中同時混雜著外來戶，來自：「堪皮」（Campi）：離佛羅倫斯十二公里的西邊小鎮；「切爾塔爾多」（Ceraldo）：是瓦爾德爾沙（Vadelsa）的南邊小鄉鎮；「斐基內」（Fegghine）：離佛羅倫斯三十公里，在東面的亞諾河旁。但丁提及這三個地方，顯然是要說明，在十三世紀中葉，這些地方的人還是些鄉野村夫。

12 「加盧佐（Galluzzo）和特雷斯皮亞諾（Trespiano）」：是離佛羅倫斯市中心不遠的兩個小鄉鎮，在十一世紀是佛羅倫斯的南北邊界。後來，外地人的遷入使得邊界擴大，由於外來戶未能與當地老住戶融合，沒有增加城市的力量，反而削弱了。阿古里奧內的巴爾多（Baldo d'Agulione）和席涅的法齊奧（Fazio dei Murubaldini da Signa）就是二例。巴爾多的家族是來自佩薩流域的阿古里奧內城堡，他本人是律師，政治家，是但丁的同時代人。他參與了法律「改革」。一三一一年九月二日，他宣布召回被流放的吉伯林黨和貴爾弗黨回國，但明確宣布但丁除外。他曾於一二九九年受尼古拉·阿洽伊奧里舞弊案牽連而受懲罰（見《煉獄篇》第十二章注33）。席涅是離佛羅倫斯不遠的亞諾河畔小鎮。法齊奧是律師，幾度為教長和最高司法官，伺機從政局中大撈好處。一三一六年但丁被流放，背後就有他在運作。

13 「蛻化變質最甚的人」：指教皇，凱撒代表皇帝。教皇企圖獨攬政教兩權，妨礙皇帝施政，壓迫與陰謀並用，導致了種種混亂，尤其是貴爾弗和吉伯林兩黨的紛爭（見《煉獄篇》第六章）。席米豐提城堡被佛羅倫斯人拆毀。

14 「蒙特穆爾羅」（Montemurlo）：是圭迪伯爵的城堡，坐落在帕拉托（Prato）和皮斯托亞（Pistoia）之間，由於抵禦不了皮斯托亞人的攻擊，伯爵將城堡賣給了佛羅倫斯城邦。切爾契家族是「新人」，暴發致富的商人，白黨的首領（見《地獄篇》第六章注8）。
「波恩戴爾蒙提家族」（Buondel Monti）：其城堡位於佛羅倫斯南面亞諾河支流瓦爾迪格萊維河旁，該城堡被毀後，波恩戴爾蒙提家族便遷徙到城內。這兩個家族的遷入引發了城邦後續的長期分裂和爭鬥。

15 這句意味若無計謀，一個城市雖強大，也會比小城市衰敗得更快。一個弱小的人民團結一致，會比人數眾多但一盤散沙的人民好得多。

16 「盧尼」（Luni）：在古伊特魯里亞城（Etruria），現已無人居住，成為廢墟。
「丘席」（Chiusi）：是古伊特魯里亞的名城，在但丁時代衰敗，成了不起眼的小鎮。
奧爾比薩利亞城（Orbisaglia）被維西戈蒂人（Visigoti）摧毀。在但丁時代，在這座古羅馬廢城旁興起了一座堅固的鄉鎮。
「席尼加利亞」（Sinigaglia）：此城在十三世紀因遭到搶劫和瘧疾襲擊而衰敗。

17 從烏吉家族（Ughi）到波斯提齊家族（Bostichi）均是古佛羅倫斯的名門望族，到但丁的時代多數已衰亡。

18 「那座城門」：指聖彼得門。切爾契家族住在城門附近。昔日此屋宅為拉維尼亞尼家族所有，家族族長貝林丘內．貝爾提是嫁給圭多．貴拉四世的郭爾德拉達的父親。貝林丘內的另外兩個女兒嫁到了阿狄瑪里和竇那蒂家族。她們的後裔繼承了外祖父的姓氏。聖彼得門附近的房屋則轉給圭多伯爵。一二八〇年被切爾契氏購入（見《地獄篇》第十六章注6、7、8）。

19 「普賴薩家族」（Pressa）：住在大教堂門附近，屬吉伯林黨，在蒙塔培爾蒂戰鬥中出賣了佛羅倫斯人。「加利蓋約家族」（Galigaio）：住在聖彼得門區，現已衰敗。「鍍金的劍柄和劍柄上的圓頭」：是騎士的標誌。

20 「毛皮……紋章」：指比利家族（Pigli）的松鼠皮毛紋章。

21 薩凱蒂（Sacchetti）家族是但丁家族的仇人（見《地獄篇》第二十九章注4）。

22 指多納托．德．洽拉蒙台西當鹽務長官，利用職務之便，營私舞弊，以小鬥出售公鹽的事（見《煉獄篇》第十二章注33）。

23 「卡爾夫齊」（Calfucci）：是竇那蒂家族的支系。「席齊伊和阿利古齊家族」：均屬貴爾弗黨。

24 指烏伯爾蒂（Uberti）家族屬吉伯林黨，家族中最有名的人物是法利那塔（Farinata），曾與貴爾弗黨戰鬥多年，最後取勝（見《地獄篇》第十章注8）。

25 指朗貝爾提（Lamberti）家族。家族的紋章的圖案為藍地金球。家族成員的莫斯卡在佛羅倫斯市民分裂成貴爾弗和吉伯林兩黨問題上負有很大責任（見《地獄篇》第二十八章注26）。

26 指維斯多米尼（Visdomini）和托星齊（Tosinghi）家族，他們在主教職位空缺期間掌管教堂的財務，從而中飽私囊。

27 指阿米戴伊（Amidei）家族，出身低微、狂妄自大的新興貴族。「烏伯爾提諾・竇那蒂」：反對岳父貝林丘內・貝爾提把女兒嫁給阿氏家族中的成員。

28 「卡彭薩柯（Capon Sacchi）家族」：從菲埃佐勒遷到老市場附近，屬吉伯林黨，後被流放。「丘達（Giuda）家族和殷凡加托（Infangato）家族」：均屬吉伯林黨。

29 佛羅倫斯古城牆的小城圈內有一城門叫佩魯薩門（Porta Peruzza），名稱可能來自德拉・佩拉（Della Pera）家族，但注釋家對此看法不一。

30 「那位偉大人物」：指烏哥（Ugo il Grande），托斯卡那男爵，日耳曼皇帝奧托三世（Otto III）王室代表，卒於一〇〇一年十二月二十一日聖托馬斯節。家族紋章圖案為白地上有七條朱紅色條紋。

31 德拉・貝拉（Giano della Bella）男爵的家族紋章鑲有金邊。他是著名的「正義法規」的制定者，站在人民一邊反對大貴族。一二九五年被放逐。

32 「瓜爾台洛提（Gualterotti）家族和殷泡爾圖尼（Importuni）家族」：均屬貴爾弗黨，住在聖徒鎮。他們的新鄰居波恩戴爾蒙特覺得那裡再無寧日。

33 波恩戴爾蒙特從奧爾特拉諾（Oltrarno）遷到古城圈外，第二城圈的聖徒鎮。遷徙途中他要渡過埃瑪（Ema）河，如果當年他溺死河中，也就不會對佛羅倫斯造成種種災難。

34 佛羅倫斯在異教時期是以戰神瑪爾斯為保護神，改信基督教後，便以施洗者約翰代替瑪爾斯，作為保護該城的聖者，並將戰神廟改為聖約翰洗禮堂，戰神石像則被移往亞諾河畔的一座塔樓上。因為這事得罪了戰神，他就經常用他的「法術」（即戰爭）禍害佛羅倫斯，使其內訌不斷，對鄰邦則以兵戎相見（詳見《地獄篇》第十三章注25）。但佛羅倫斯注定要在其和平的最後一刻獻出一名犧牲者，給那個守衛橫跨亞諾河的「古橋」殘缺不全的戰神石像。這名犧牲者就是波恩戴爾蒙特，他在戰神殘像下被敵對的阿米戴伊（Amidei）家族一員暗殺致死，從此佛羅倫斯再無和平之日。

35 佛羅倫斯的旗幟為紅底有白百合花。一二五一年貴爾弗黨戰勝吉伯林黨後，旗幟圖案改成了白底紅百合花。但丁藉此改變想表明：內戰使得百合被鮮血染紅。

第十七章

如同仍使父親不輕易答應兒子要求的那人，向克呂墨涅詢問那些他聽到對自己不利的話是否屬實，我就是那樣；貝雅特麗齊和那盞先前為了我而改換位置的神聖明燈也看出我就是那樣[1]。因此，那位聖女對我說：「表達出你熱烈如火的願望，明確顯示你內心感情打下的印記：這麼做不是為了讓我們增加對你的瞭解，而是讓你習慣表明你如何口渴，以便旁人為你提供飲料[2]。」

「啊，我親愛的根源哪，你的睿智已如此高深，因而你在觀照所有時間對它而言皆是現在的那一點中，已預見所有尚未成為事實的偶然事件，如同凡人心智知道一個三角形不能包含兩個鈍角[3]；當我和維吉爾一起登上那座治療靈魂之病的山，下到那死人世界裡時，我聽到了一些關於我日後生活的嚴重的話[4]，儘管對於命運的打擊，我自覺確實堅如磐石；但要是能預先聽到什麼命運將臨至我頭上，我的願望將得以滿足：因為預先見到的箭，射來得比較遲緩。」我對先前和我說話的發光體這麼說，而且一如貝雅特麗齊希望的，表達出了我的願望。

那位在自己的微笑之光中既隱藏又顯現的慈父，未以那在消除罪孽的上帝的羔羊在被宰殺前曾令古時愚民迷惑的模稜兩可隱語[5]，而是語句明確、言詞貼切地答道：「超不出你們的物質世界這卷書之外的偶然事件，皆一一顯現在那永恆的心目中，但不從中獲得必然性，一如順急流而下的船不從它映入的眼簾獲得動力。正等著你的未來生活遭遇，就從那裡映現在我眼前[6]，如同美好的和聲從管風琴傳入我耳中。如同希波呂圖斯受到殘酷奸詐的繼母誣陷，因而離開雅典，你將被迫離開佛羅倫斯[7]。這是天天都拿基督交易的那地方的人所要求，他們已策劃妥隨即將由其主謀實現的事[8]。一如常有的情況，輿論傳聞會將罪責歸於受傷害的那方；然而上帝的公正處罰將會見證事實真相[9]。你將捨棄所有最珍愛的事物，這是放逐之弓射出的第一箭。你將感受到別人家的麵包滋味是多麼的鹹，爬上走下別人家的樓梯有多麼艱難[10]。壓在你肩上最沉重的負擔，將是那些和你同墮入這峽谷之中的邪惡愚蠢同伴；他們盡數都將忘恩負義、都將窮凶極惡地瘋狂與你作對；然而不久後，他們、而不是你，將為此碰得鮮血染紅額角[11]。他們的行動將證實他們的愚蠢；所以你自己獨自成一派，對你將是光榮的[12]。

「你的第一個避難所和寄居處，將是那位偉大的倫巴底人慷慨好客的宮廷，其家族紋章是以梯子上落著神鳥為圖；此人將給你深切關懷，以至於在你們二人之間和在他人之間的情況截然相反，『乞求』要比『供給』來得緩慢[13]。在他那裡，你將見到那個人，他在誕生之際受到這顆行星影響，如此強烈，使得他的戰績將值得世人注意。由於他年紀幼小，這幾層天圍繞他僅僅運轉了九年，世人仍未注意到他；但在那個加斯科涅人欺騙崇高的亨利之前，他美德的火花將顯現在輕財重義和不顧作戰勞苦上[14]。屆時，他慷慨英勇的行為將廣為人知，使得仇敵對此也無法緘默。指望他和他施予的恩惠吧；許多人將被他改變，富人和乞者將要調換地位。你要將我所說關於他的話牢記在心，但切莫透露。」他還告訴我一些就連日後的目睹者都將難以置信的事。接著，他又說：「兒子啊，這些即是別人對你說的那些話的注釋；你看，這就是今後短短幾年隱藏的陷阱。但我不願你嫉妒你的鄰居，因為你的壽命將持續下去，直至他們背信棄義的行為遭受懲罰之後多年。」

那聖潔的靈魂沉默了，這表示他已將緯線織進我捧到他面前的那匹布的經線當中[15]。於是，我像滿腹疑團之人向滿懷善意和慈愛之心的智者求教那樣，說：「我的父親哪，我清楚看到時間正策馬朝我追來，要對我施加對一個最無思想準備的人而言最為沉重的打擊；因此，我最好以先見之明武裝自己，好讓自己若是被剝奪了最心愛的地方，也不至於因為我的詩歌又再失去其他地方[16]。在痛苦無窮盡的地底幽冥世界，在那位聖女的目光引導我從其秀麗的頂峰升空的那座山上，隨後穿過重重諸天，我知曉了一些事情。如果我重述，會令許多人倍覺辛辣；對於真理，我若是個膽怯的朋友，我又怕自己無法在那些將把此時稱為古代的眾人之間永生[17]。」

我先前在那裡發現的那件珍寶，正在他所在的發光體中微笑；這發光體先是閃耀如一面日光中的金鏡，而後答說：「受自己或他人的恥辱所污染的良心，的確會覺得你的話刺耳。儘管如此，你要拋棄所有謊言，將你所見到的全部揭露，就讓有疥瘡的人自搔癢處吧。因為你的聲音乍聽雖令人難堪，消化過後卻會留下攝生的營養。你這聲討的威力將如同疾風，對最高的山峰打擊最為猛烈；這將成為你獲得榮耀的不小理由。因此，在這諸天當中，在那座山峰頂上，在那個悲慘深谷裡，僅讓你看到那些聞名於世者的靈魂，因為源於出身卑微、無名之人的事例或其他不明顯的論證，都無法令聽者內心因滿足於你的話而堅信不疑[18]。」

1 希臘神話中，法厄同是日神阿波羅之子，但他聽信傳言，懷疑這段父子關係是否為真，於是急切詢問母親克呂墨涅（Clymene）。和法厄同一樣，但丁也迫切想從高祖那兒得知自己的未來。「明燈」：指卡洽圭達。

2 但丁很想詢問高祖父自己前途如何，但欲言又止，不過卡洽圭達和貝雅特麗齊早已看透他的心思，因而要他坦率說出。

3 「你在觀照……的那一點」：指上帝。上帝心目中不存在過去或未來，只有永恆的現在。「偶然事件」指由人類意志自由的行動而發生的事。

4 前兩篇的靈魂談及但丁未來命運的有：《地獄篇》第十章的法利那塔，第十五章的勃魯內托和第二十四章的萬尼．符契；《煉獄篇》第八章的庫拉多．瑪拉斯庇納，第十一章的歐德利希和第二十四章的波拿君塔。

5 「上帝的羔羊」：指耶穌基督（見《煉獄篇》第十六章注2）。古代神靈預言未來，均使用隱語或難解的神諭。

6 「未來生活遭遇」：在上帝看來是一幅目前的圖畫。祂對人世間各種偶然事件都一目了然，但任其自然，不加干預。

7 「希波呂圖斯」（Hippolytus）：是雅典國家奠基人，為忒修斯與前妻所生，因遭到後母費德拉的勾引和誣告，被迫離開雅典。但丁將會和希波呂圖斯一樣，無辜地被迫離開故鄉。

8 一三〇〇年春，羅馬教皇波尼法斯八世在教廷策劃協助黑黨推翻執政的白黨。但丁認為自己被判流放，完全是教皇的命令。一三〇二年初，對但丁進行了缺席審判，當時他作為代表被派往羅馬。

9 他們將社會混亂的罪過歸咎於弱小的一邊，而上帝的懲罰是真理的見證。此處暗指波尼法斯的可悲下場和佛羅倫斯發生的種種災難，像是卡拉伊亞河橋的坍塌，嚴重火災等。

10 這些詩句以凝練而鮮明的筆觸寫出但丁遭放逐後，無法返鄉，多年四處流浪，備嘗寄人籬下的種種辛酸，使之後同遭放逐的人讀後或憶起，不禁潸然淚下，成為《神曲》中公認的名句。

11 放逐在外的白黨同夥都一起忍受著遠離祖國、家園和親友的損失與痛苦。只是但丁還多了一層痛苦，也就是要忍受與那些邪惡又愚蠢的夥伴共處的痛苦處境。

12 一三〇二年初判決後不久，被放逐的佛羅倫斯人發動了幾次企圖重返故鄉的行動，但都以失敗告終。一三〇四年夏天的行動但丁並不贊成，結果其同伴在戰鬥中遭到徹底失敗。

13 但丁被放逐後，先是寄居在維洛納的斯卡拉家族宮廷，該家族紋章圖案是一隻老鷹站在梯子頂端。「偉大的倫巴底人」指維洛納的封建主巴爾托羅美奧．德拉．斯卡拉，他是堪格蘭德的長兄。在《煉獄篇》第十八章中，但丁曾毫不留情地揭露他們的父親所犯的過錯，足見詩人在《神曲》中的公正無私。

14 「加斯科涅人」（Gascogne）：即教皇克萊孟五世（見《地獄篇》第十九章注20）。他起初贊成新當選的皇帝亨利七世南下義大利，後來又唆使各地貴爾弗黨人反對他。那正是一三一二年堪格蘭德成為維洛納封建主的那年。一三二九年七月二十二日，他死於特雷維佐。但丁對他非常崇敬和熱愛，在他的宮廷客居到一三二〇年初。

15 卡洽圭達不再說話，因為他已解答了但丁的兩個疑問。但丁將問題比作織布機上的經線，其高祖的回答則為緯線。

16 但丁已被逐出他熱愛的故鄉佛羅倫斯；他不想因為在詩中揭露眾人的罪惡，落得無處棲身。

17 但丁從其高祖的預言中清楚知道了自己未來的命運，深知前途艱險；他一方面擔憂在《地獄篇》和《煉獄篇》寫出見聞後，會使得眾多有權勢者憤怒或不悅，另一方面又怕自己出於膽怯而不敢直言，會在後世間失去良好名聲，因而猶豫。

18 卡洽圭達曉諭但丁大膽講出事實真相，不必顧慮會得罪任何人。

第十八章

那面幸福的明鏡已完全沉浸在他的思想中，而我也反思我的思想，以甜蜜調節苦澀[1]；引導我奔向上帝的那位聖女對我說：「改變思路吧；想想我在那解除所有冤屈的重負者身邊吧[2]。」

一聽見安慰者充滿愛的聲音，我便轉身；在此，我不描寫我見到她聖潔的明眸閃耀著何等愛的光芒；這不僅是因為我不相信自己的語言能力，也因為我的記憶回想不起它所記的景況，除非有另一位[3]的指引。對於那一瞬間，我只能說，凝視她，我心中的其他意願便一切皆空；在那永恆的歡樂之光直射貝雅特麗齊的眼睛，由她美麗的明眸反射至我眼簾，令我心滿意足那時[4]，情況一直如此。她閃現微笑的光芒喚醒我，說：「轉身去聽吧，因為天國不只在我眼中[5]。」正如世人的感情若是強烈得完全占據心靈，有時可從他臉上看出如此感情，同樣，一見到我轉身面向的那神聖發光體[6]冒出的火焰，我便明白他還想繼續和我說些話。他說：「從樹梢獲得生命、經常結果、永不落葉的大樹，其第五層枝條中有若干幸福的靈魂；在來到天上之前，他們在下界享有大名，所有詩人皆能從他們汲取豐富素材。因此，你注意看那十字架的四臂上：我說出名字的靈魂，將如同閃電穿雲那般，迅速在彼處移動。」

果然，他一說約書亞，我就看見一個發光體沿著十字架臂開始移動；而且我聽見他說出此名，並不早於我看見發光體移動。他一說傑出的瑪喀貝比[7]，我就看見另一個發光體邊移動、邊旋轉著；喜悅是它旋轉的原因，一如陀螺上所纏的繩線是陀螺旋轉的成因。同樣，一聽他說查理大帝和羅蘭[8]，我就凝望二者的發光體移動，一如獵人凝望他的獵鷹飛翔。之後，威廉和雷諾阿爾德，高弗黎公爵和羅伯托·圭斯卡爾多的發光體也吸引著我的目光沿十字架移動[9]。後來，和我說話的那個靈魂便轉移到其他靈魂之間與他們同唱，向我顯示他在天國的歌者當中是何等偉大的藝術家。

我轉身向右，看貝雅特麗齊會以言語或手勢指示我下一步該做什麼。我看到她的眼睛如此明澈，如此喜悅，使得她的容顏美過任何時刻，甚至最近。猶如人因為越行善就越感覺快樂，進而意識到自己的美德一天較一天進步，同樣的，我看到那個奇跡比以前更美，便意識到我和天體一同旋轉的圓周已經擴大了[10]。如同面色白晰的女子臉上褪去害羞的紅暈那瞬間所起的變化，當我轉身見到將我納於其中、那溫和的第六顆星的白色之際，如此變化也出現在我眼前[11]。

我在朱比特之星[12]裡看到一些愛的發光體在當中閃動，形成一些書寫我們人類語言的符號。如同群鳥從河岸上飛起，似是一同歡慶獲得食物，排列的隊形時而呈圓、時而其他那般，那些發光體內的聖潔靈魂同樣邊飛翔邊唱著歌，排成的隊形時而呈D，時而呈I，時而呈L[13]。他們先是依著自己唱歌的節奏飛翔，而後，每逢隊形排成這些字母時，便暫停飛翔，沉默片刻。

啊，神聖的佩格索飛馬泉哪，你讓有天賦者獲得榮耀，永垂不朽，他們藉你之助，讓一些城市和王國獲得榮耀，永垂青史。且以你的光啟發我吧，令我得以鮮明描繪出那些在我心中記憶猶新的靈魂漸次排成的各種隊形[14]；願你的能力盡數顯示於這些薄弱的詩句！

那時，他們最後排成由三十五個元音和輔音字母所組成的圖形；當各個組成部分如口說那般清晰

那些發光體內的聖潔靈魂同樣邊飛翔邊唱著歌。

出現在我眼前時，我依次記下。「*DILIGITE IUSTITIAM*」是整個圖形的第一個動詞和名詞；「*QUI IUDICATIS TERRAM*」是其末尾[15]。他們依序漸次排下去，最後全停在第五個詞的字母M上[16]；所以，木星在那地方看來就像鑲著金黃條紋的白銀。我看到另外一些發光體陸續下降，在M字頂端停下來唱歌；我想，他們是在歌頌將他們吸引到身邊的至善[17]。之後，如同對燃燒的木頭用力一擊，便迸出無數火星，而愚人藉此占卜自己的運氣，同樣的，我看到一千多個發光體從字母M的頂端復又升起，有的升得高，有的升得低，全取決於點燃他們的太陽注定的位置[18]；當每個發光體都固定在其位置時，我看到在木星的白色背景上顯得非常突出的發光體，呈現出一隻鷹的頭頸圖形。在彼處描繪出這圖形者無人指導他畫，但祂卻指導一切，我們認識的鳥類築巢本能即源於祂[19]。其他幸福的靈魂起初似乎滿足於停在百合花形的字母M上，此刻稍稍移動幾下，便完成鷹的圖形[20]。

啊，溫和的星啊，眾多且華美的寶石向我顯示，人間的正義即源於你裝飾的這層天的影響！因此，我祈求那作為你的運動和功能本源的心，能俯視那冒出烟霧、遮蔽你光線的地方，進而使祂此刻能再次對那些在以諸多神跡和殉教者之血建起的聖殿內進行買賣的人發怒[21]。啊，我現在仍歷歷在目的天國軍隊呀，且為世間效法壞榜樣而走上邪路的所有人[22]祈禱吧。古時慣以刀劍作戰，如今卻是以時而在此地、時而在彼處，剝奪那位慈悲的父親從不拒絕賜予任何人的麵包為武器[23]。但是，你這寫下開除教籍令、只為取消它的人[24]，你要想想，為了你正在毀壞的葡萄園而死的彼得和保羅仍然活著呢。你當然可以說：「我的心思已完全置於那個願意獨居曠野，最後是為獎賞一次舞蹈而遭斬首殉道的人身上[25]，所以我不識那打漁者，也不知保羅[26]。」

我現在仍歷歷在目的天國軍隊呀，且為世間效法壞榜樣、因而走上邪路的所有人祈禱吧。

1 「那面幸福的明鏡」：即卡洽圭達的靈魂。在聽完高祖所言後，但丁陷入沉思。「苦」：指他將忍受遭到流放的痛苦，「甜」：含義是他將受到維洛納的斯卡拉家族熱情接待。

2 在前章中，但丁與高祖談話時，貝雅特麗齊在示意但丁表達出想法後便沒再插話；此時她看到但丁在聽到高祖的預言後心緒不安，因此才開口安慰但丁，要他別再想遭到流放的悲傷，因為上帝將會解除他的重負。

3 「另一位」：指上帝。

4 意謂上帝是永恆歡樂的源泉，其光芒直接射入貝雅特麗齊眼中，再由她的雙眼反射到但丁眼裡，使得他心滿意足。

5 意謂你不要只定睛注視我的眼睛，而要轉向卡洽圭達，聽他講話。

6 指卡洽圭達。

7 「瑪加比」：即猶大·瑪加比（Judas Maccabaeus），他和四個兄弟戰勝了敘利亞王安條克四世（Antiochus IV Epiphanes, 175 BC-163BC 在位），將以色列人從這個暴君的壓迫下解放（見《聖經》的逸經《瑪加比傳》）。

8 「查理大帝」：於公元七七八年征伐占領西班牙的撒拉森人（阿拉伯人），遭到失敗，其侄兒、最英勇的武士羅蘭戰死（見《地獄篇》第三十一章注3）。

9 奧蘭治的公爵威廉是查理大帝的主要武士之一，公元八〇六年隱退於自己所建的修道院，卒於八一二年。雷諾阿爾德（Renouard）是他的戰友，查理大帝的十二武士之一。威廉和雷諾阿爾德均非歷史人物，而是中世紀法國傳奇故事中的人物。「高弗黎公爵」（Duke Godfrey, 1058-1100）：是第一次十字軍的領袖，在攻克和保衛耶路撒冷的戰鬥中功勛卓著，成為耶路撒冷王國國王。「羅伯托·圭斯卡爾多」：是諾曼第公國的騎士，來到義大利南部打敗東羅馬人，占領了阿普里亞和卡拉勃里亞，又從撒拉森人統治下解放了西西里島，成為那不勒斯王國和西西里王國的開創者（見《地獄篇》第二十八章注6）。

10 「那個奇跡」：指貝雅特麗齊。但丁看到她比以前更美時，就意識到自己與貝雅特麗齊一起上升到了另一重天。

11 這個比喻意謂但丁發現他進入的這一重天，其星球是銀白色的，而他剛離開的火星天，其星球則是火紅的。「溫和的第六顆星」：即木星，因為根據托勒密的天文學說，火星熱、土星冷，而木星則介於二者之間，是溫和的星。

12 「朱比特之星」：即木星，古代人將它奉獻給羅馬主神朱比特。

13 「群鳥從河岸上飛起」：這裡指群鶴從尼羅河岸上飛起，排列成不同隊形，用以比擬那些幸福的靈魂飛翔時呈現的一些拉丁字母形。

14 「佩格索飛馬泉」：根據希臘神話，佩格索飛馬泉位在九位繆斯所居的赫利孔山（Helicon）。在赫利孔山最高峰處有二泉，分別阿伽尼珀（Aganippe）是及希波克雷（Hippocrene），後者是飛馬佩格索（Pegasus）用蹄踢出的。這裡用這口泉泛指繆斯。但丁祈求繆斯賜予他靈感，讓他能記憶猶新，將那些靈魂排成的各種隊形鮮明地描繪出來。

15 那些靈魂最後排成共由三十五個元音和輔音字母組成的五個拉丁字：*DILIGITE IUSTITIAM, QUI IUDICATIS TERRAM.* 這五個詞是《聖經》中所羅門《箴言》的首句，含義是：「愛正義吧，你們做世間法官之人。」也就是說，治理天下者應秉公行事。

16 「停止在第五個詞的M字母上面」：M為「帝制 Monarchia」的首字母，在但丁看來，這個詞與「Impero」是同義詞，它和法律及正義是分不開的。

17 「至善」：指上帝。

18 意謂如同用力敲打燃燒的木頭，會迸出無數火星，愚昧的人以此占卜自己內心想得到的財物會有多少；同樣地，但丁看到一千多個發光的靈魂從M字母頂端升起，高度各不相同，都根據點燃他們的太陽（即上帝）給他們注定的位置而定。

19 指上帝。

20 眾靈魂組成的M先是由馬蹄形的哥特體字M變為百合花形M：這預示帝國的權力將落入國旗為百合花圖案的法國手中，但這圖形只有短暫停留，靈魂們就將M又變為鷹形，這預示帝國的權力將復歸神聖羅馬帝國。

21 中世紀人認為正義源自溫和的木星的影響。「寶石」：指眾靈魂。但丁祈求作為木星運動和功能本源的上帝，俯視冒出貪婪的煙霧、遮住了木星正義之光的那個地方，也就是當時的教廷。貪婪在教廷中是腐化的主因，使得正義因此滅絕。他也希望上帝對如今在本以眾多神跡和殉教者的血所建成的教會裡貪財、玷污了正義的教士再次發怒，一如當初耶穌在耶路撒冷為了潔淨聖殿，趕出所有在聖殿內做買賣的人那樣（見《新約．馬太福音》第二十一章）。

22 「天國的軍隊」：指但丁見到木星中那些幸福的靈魂。「效法壞榜樣而走上邪路的所有人」：指所有效法教皇們的壞榜樣，貪婪成風的眾人。

23 「那位慈悲的父親從不拒絕賜予任何人的麵包」：指上帝賜予所有信徒的精神食糧—聖餐；「時而在此地，時而在彼處」：意謂對這個人或者對那個人；「剝奪……的麵包」：指教皇下令開除他的教籍和禁止他參加宗教活動，以此作為政治鬥爭的武器。注釋家認為，此處特指教皇約翰二十四世。他在一三一六年被選為教皇，當亞維農下令開除帝國的代理人、維洛納封建主堪格蘭德．德拉．

斯卡拉的教籍當時，但丁正在他的宮廷中作客，並繼續寫著《天國篇》，因而心中牢記此事。

24 約翰二十四世發布了開除教籍的命令，但是為了藉此手段搜刮錢財。因為被開除教籍者只要獻上相當數量的錢財，原本開除教籍的命令就能撤銷。

25 指施洗約翰被希律王下令斬首，因為希律王答應在他生日時當眾跳舞的希羅底之女莎樂美的要求（見《新約．馬太福音》第十四章）。

26 「那個打漁者」即聖彼得（見《煉獄篇》第二十二章注14），這裡用打漁者代表他；「保羅」在原文中寫作「Polo」，而非「Paolo」，這都流露約翰二十四世說話時對他們的輕蔑口氣。

第十九章

那些歡樂的靈魂在甜蜜的至福中交織而成的美麗形象展開雙翼，出現在我面前；各個都像被一線日光照射的紅寶石般，發出強烈的光，似乎將太陽折射到我眼裡。現在我需要轉述的話，是聲音從未說過，筆墨從未寫過，想像力從未構思過的；因為我看見、而且聽見鷹嘴說話，那聲音聽似是「我」和「我的」，雖然概念上應該是「我們」和「我們的」[1]。牠說：「由於做到公正和慈悲，我在這裡被提升至不可能為任何願望超過的光榮程度；我在世上留下良好的紀念，即便凡間惡人也都讚揚，儘管他們並不效法關於我的歷史流傳事跡。」一如諸多炭火只發出一種熱，那由眾多熱愛上帝的靈魂構成的形象，從中也只發出一個聲音。

於是我立刻說：「啊，永恆幸福之境裡永久不謝的眾花朵呀，你們使得所有芬芳在我聞來只是一種香氣[2]，請散發這種香氣，為我解除這巨大的斷食之苦吧；我長期處於飢餓，因為我在世上找不到任何適宜的食物。我確知神的正義若是以天國的另一重天為其鏡子，你們這一重天也不是隔著面紗看到它[3]。你們知道，我準備如何聚精會神聆聽；你們知道，我長期渴望解決的那個疑問為何[4]。」

猶如摘去頭罩的獵鷹抬頭振翅，展現高飛的意願，顯得神氣十足，我看到那個由眾多讚頌神恩的靈魂形成的形象就變成那個樣子，他們所唱的歌，唯有在天上得享至福者方能領略。於是，牠開始說：

那些歡樂的靈魂在甜蜜的至福中交織而成的美麗形象展開雙翼，出現在我面前。

「那轉動圓規畫出宇宙邊界，在當中將隱密和明顯的繁多事物安排得井然有序者，不可能不將祂的力量印入全宇宙，使得祂的智慧無限高於祂所創造的一切[5]。那第一個驕傲者就證明了這一點，他曾是創造物中最高貴者，因為不等待神恩之光，他猶未成熟便已墜落；由此可知，對那僅能由自身測量自身的無限至善而言，所有低於他的創造物，顯然都是太小的容器[6]。因而你們那必然是普遍滲透萬物的神智之光之一的智力，根據其性質不可能那樣強，以至於對其自身來源的認識能遠遠超過它所能及的程度。所以，你們世人受自上帝的智力窺測永恆的正義，就如同以肉眼窺測大海，從岸邊雖看得見海底，在深海上卻看不見；然而海底仍在那裡，但深不可見。除了來自那永不被遮蔽、晴朗天空的光之外，再無其他光芒；反之，來自別處的盡是黑暗，或是肉體的陰影，或是其流毒[7]。

「現在對你已足夠明確指出，你常提起關於神的正義的問題，其隱蔽處何在[8]；因為你說：『一個人生在印度河畔，那裡無人宣講基督教義，無人傳授、也無人寫這方面的書；就人的理性所見，他的所有意向和行為皆是善良的，行事或說話方面也無罪。他死時沒受洗，也無信仰：判他罪的這正義何在呢？如果他沒信仰，他的罪又在哪裡？』咦，你是什麼人，竟想坐上法官椅，以一拃視距的目光判斷千里之外的事物[9]？倘若沒有《聖經》在你們之上指導，過於精細地與我探討神的正義問題之人，確實極有理由產生疑問。啊，塵世間的眾生呀！啊，愚鈍而無知的心哪！那自身是善的第一意志，永遠不會離開其作為至善的自身。凡是符合它的，皆是公正：任何被創造的善都不吸引祂，相反地，祂將自身恩澤射入被創造物中，造成了善[10]。」

正如同母鸛餵過巢中雛鸛後盤旋上空，而吃飽的雛鸛抬頭仰望，那個有福的形象被協調一致的眾多意志推動著，環繞我振翅飛翔，我同樣抬起眼睛看它。它邊盤旋、邊歌唱著；它說：「正如同你無法理解我的歌，你們凡人也無法理解那永恆的判斷。」

那些神聖靈魂光輝燦爛的火焰停止盤旋和歌唱後，仍以那令羅馬人受全世界尊敬的形象[11]又開始說：「不信基督者從未有人升入這個國度，不論在他被釘死於十字架之前或之後[12]。但是，你看，許多口喊『基督，基督！』的人，在最後審判時，將比不識基督之人與基督相距得更遠；當這兩群人，一群永久富有，另一群一無所有，互相分離時，衣索比亞人將譴責這種基督徒[13]。當波斯人看到那本記載你們諸王所有惡行的案卷攤展開來時，會向他們說什麼[14]？在那案卷裡將看到，在阿爾伯特的事跡中，那件不久就要被動筆記下、致使布拉格變成一片荒漠的行動[15]。在那裡將看到那個將被野豬撞死的人偽造錢幣，為塞納河畔帶來損失[16]。在那裡將看到渴望擴張領土的狂妄野心，驅使蘇格蘭王和英格蘭王發瘋，不甘守在各自疆界內[17]。在其中將看到那個西班牙王和那個波希米亞王[18]生活淫蕩奢逸，後者從來不知、也不願遵循為人君者的道德準則。在其中將看到那個耶路撒冷跛子的善行以一個字母I標明，而他與此相反的行為將以一個字母M標明[19]。在其中將看到那個統治火島之人的貪婪和怯懦，該島就是安奇塞斯終結他漫長一生之處[20]；而且，為了讓人知道這個人多麼沒價值，關於他的記載將用縮小的字來書寫，以便能在短小的篇幅內記下眾多劣跡。而且，他的叔父和兄弟玷污如此卓越的家世和兩頂王冠[21]的穢跡，都將攤現在世人眼前。而且，那個葡萄牙王和那個挪威王[22]將在那裡為人所知，還有那個看到威尼斯錢幣使自己遭殃的拉沙王[23]。

「啊，匈牙利幸福呀，如果她不讓自己再受虐待[24]！納瓦拉幸福啊，如果她以圍繞她的高山武裝自己[25]！大家都該相信，作為此事的先例示警，尼科西亞和法馬古斯塔[26]因為它們那隻野獸之故，已在悲痛和發出怨聲；這隻野獸無意離開其他野獸身邊。」

---

1 出現在但丁眼前的鷹圖像突然張嘴說話。儘管這鷹形是由無數靈魂組成，但代表的是公正的帝王們異口同聲地說話，表示所有公正的統治者其業跡是同一的，而他們的聲音也是同一正義的聲音。

2 「永久不謝的眾花朵」：指天國中的幸福靈魂。詩人以花朵為喻，說明他們散發的種種香味是他們發出的同一正義之聲。

3 神的正義將由眾寶座天使所在的那一重天反射出來，但木星天的諸靈魂也能明確地認出。

4 未信仰基督者，儘管有德也不能入天國，這似乎不符合神的正義，這是但丁內心長久以來的疑問。

5 大意是：神的正義高深莫測，上帝的智慧無窮，所有創造物都不可能達到如此智慧。

6 「第一個驕傲者」：指盧奇菲羅（魔王撒旦）。撒旦原本是上帝的創造物中最高貴的，但他不等上帝使他達到完美的程度，就背叛了上帝，因而從天上墜落。所以，所有次於撒旦的創造物都無能完全理解那無限、只有祂能測量其自身的至善（即上帝）。

7 意謂對人類來說，真正的真理之光只能來自上帝，他是真理的永恆泉源。反之，若是來自其他泉源的光，便不是光，而是黑暗，那或是損害靈魂的陰影，或是危害肉體的毒素。

8 意謂現在對你的說明已夠透徹，說明了那隱藏上帝真正正義的幽暗隱蔽所是什麼，那使你看不到你心中常懷疑的問題原因所在。

9 「鷹」明確指出但丁內心長期的疑問：他無法同意以信仰或不信仰上帝來定一個人的罪。
「一個人生在印度河畔」：泛指生在遙遠東方的人。但丁本人及其他人都無法解答這個疑問，因為這涉及上帝的正義，必須求助於

10　《聖經》，鼠目寸光的世間凡人是無法判斷上帝深奧的正義深淵的。要是沒有《聖經》指導，世人必然很難理解神的正義，因此會驚訝和懷疑已是理所當然。

11　「善的第一意志」：即上帝的意志，凡是符合上帝意志的就是公正的。

12　指「鷹」的形象讓羅馬人受到全世界尊敬，因為羅馬帝國的國旗是鷹旗。

13　那些將基督之名掛在嘴邊，卻不遵循其教導的人是無法進入天國的（參看《新約．馬太福音》第七章第二十一節）。

14　這裡泛指不信仰基督的非基督教徒。不識基督並非他們的過錯。他們有的生前為人正直，行為遠比那些對教訓陽奉陰違的基督徒良好。在最後審判時，所有人將被分為「永久富有」者（即得救者）和「一無所有」者（即被打入地獄者），而生前不識基督、但為人正直者將列入前者當中。衣索比亞及下句中的波斯人皆代表非基督教徒。

15　「記載你們諸王所有惡行的案卷」：指《新約．啟示錄》第二十章關於最後的審判所說的生命冊：「死了的人都憑著這些案卷所記載的，照他們所行的受審判。」

16　「阿爾伯特」：指哈布斯堡家族的阿爾伯特一世，後來當選為神聖羅馬帝國皇帝，自一二九八至一三〇八年在位（見《煉獄篇》第六章注26）。他在一三〇四年入侵波希米亞王國，這是一樁受譴責的軍事罪行，因為此舉使得該王國的首都布拉格盡成廢墟，而且入侵又是濫用帝國名義和權威進行。

17　法國國王腓力四世（1285-1314 在位）是但丁最痛恨的人之一，但《神曲》中從未指名提過他（見《煉獄篇》第七章注22）。由於在對佛蘭德斯的戰役中虧損甚鉅，腓力四世於是降低了金幣的含金量，價值僅及原幣三分之一，此舉使得法國人受到嚴重損失。一三一四年，他在打獵時，一隻野豬衝向他的坐騎馬腿中間跑，使得他墜馬受傷身亡。但丁認為這正是上帝對腓力四世種種罪行的懲罰。

18　指英國金雀花王朝亨利三世之子愛德華一世（見《煉獄篇》第七章注28中有關說明），或其子愛德華二世與蘇格蘭王羅伯特．布魯斯為爭奪領土而進行的戰爭。

19　指西班牙王斐迪南四世（1286-1312），他在其父死後繼位，在位九年。波希米亞王：指瓦茨拉夫（見《煉獄篇》第七章注20）。

20　「跛子」：指那不勒斯王查理二世（1285-1309），他是名義上的耶路撒冷國王；I是羅馬數字的一，M是一千；詩句意謂他所做的壞事是好事的一千倍。

指阿拉岡的斐得利哥二世，此人從一二九六年起為西西里王（見《煉獄篇》第七章注24）。安奇塞斯是埃涅阿斯之父，在他們逃出特洛伊之後的途中死於西西里。西西里因為島上有活火山埃特納，故稱為「火島」。

21 「他的叔父」：指阿拉岡國王斐得利哥二世的叔父賈科莫，他是馬約卡島之王；「他的兄弟」：指斐得利哥二世的兄弟賈科莫二世，他先是西西里王，一二九一年登上阿拉岡王位，死於一三二七年（見《煉獄篇》第七章注24），「兩頂王冠」：指馬約卡王冠和阿拉岡王冠。

22 「葡萄牙王」：指迪奧尼西奧（Dionisio Agricola, 1279-1325）。

「挪威王」：指阿科納七世（Acone Ⅶ，其綽號為長腿）。

23 「斯特凡二世」（Stefano Urosio II, 1282-1321）：為塞爾維亞王，因為拉沙（Rascia）地區相當於現今塞爾維亞；他曾偽造威尼斯的貨幣。

24 意謂要是能自衛，遠離法國王族的暴政，那麼匈牙利會是幸福的。事實上，一三〇一年，匈牙利是在查理·馬泰羅之子的統治下。

25 意謂如果北方的庇里牛斯山能抵擋法國勢力的侵犯，納瓦拉（Navarra）就會幸福。事實上，納瓦拉王國的末代國王之女胡安娜（Juana）繼承了王位，她在嫁給法王腓力四世後仍然保有其王位。她死後，兒子路易十世為法國國王和納瓦拉王，納瓦拉於是併入了法國。

26 尼科西亞（Nicosia）和法馬古斯塔（Famagosta）是塞普勒斯的兩座重要城池。「那隻野獸」：指原為法國人的那個塞普勒斯王亨利二世，此人驕奢淫逸、殘酷無情。「其他野獸」：指前面提及的其他君主。

第二十章

當普照全世界的太陽由我們這半球落下，白晝消逝於四面八方之際，原先獨受陽光照明的天空，忽而復又因為反射此光的繁星閃爍而明亮；當那隻作為世界及其領袖之旗幟的鷹剛閉上牠有福的嘴喙而沉默[1]，如此天象變化便浮現在我心中；因為構成這鷹形的所有明亮發光體，遠比先前更加燦爛，而且齊聲唱起迅速從我記憶中消散的歌。

啊，披著微笑之光外衣的甜蜜之愛呀[2]，你在那些單從聖潔思想獲得靈感的笛聲中表現得多麼熱烈！當我看到那些裝飾第六重天的珍貴明亮寶石停下天使般的歌聲後，我彷彿聽到清澈溪水在岩間流落的潺潺聲，顯示山頂水源的充沛。如同撥弄六弦琴頸而成聲，又如吹奏風笛中的氣而在管孔形成聲音，那種低沉、單調的響聲立刻通過那隻鷹的頸項而升起，好似那鷹的頸項是空的。這響聲在那裡變成了嗓音，繼而以我期望的言語形式，透過鷹嘴說出，這些言語我都銘記心裡[3]。

牠開始對我說：「現在，你必須注視我身上相當於塵世的鷹用以觀看和忍受太陽光芒的部位，因為在構成此形象的眾多靈魂發光體中，那些在我頭上那隻眼裡閃耀的靈魂品級最高。那位如瞳孔般在中央發光的，就是曾將約櫃從一城運到另一城的聖靈的歌手[4]：如今他知道他的歌的功德，因為那是他意志的成果，因為他獲得了適當的報酬。在構成我弓形上睫毛的那五位發光靈魂中，離我嘴最近的，就是那

構成這鷹形的所有明亮發光體，遠比先前更加燦爛，而且齊聲唱起迅速從我記憶中消散的歌。

曾安慰可憐的寡婦、為她兒子洗雪冤屈的人：如今他知道，不跟從基督要付出何等代價，因為他體驗過這種甜蜜的生活，以及與之相反的生活[5]。在這弧線上列於他之後、位在弓形睫毛較高處的那靈魂，就是透過真誠悔罪，推遲了死亡的那個人[6]：如今他知道，當下界值得答應的禱告使得注定在今天發生的事延遲到明天時，並非是永恆的天命改變。在他之後的那位，本懷善良意願卻產生了惡果，為了讓位給那名牧師，帶著法律和我離開羅馬，自己成為了希臘人[7]：如今他知道，因他的善行所產生的惡果雖令世界因此遭到破壞，卻無害於他。你看見在弓形睫毛向下傾斜處的那個靈魂，就是為那個國家痛惜的威廉，這個國家因為活著的查理和斐得利哥而哭泣[8]：如今他知道，上天多麼喜愛公正的國王，他還以他光輝的外表顯示這一點。在下界經常容易判斷錯誤的世人裡，有誰會相信特洛伊人里佩烏斯竟是這弓形睫毛上那些神聖發光體中的第五位呢[9]？如今他對神恩的所知遠多於世人，儘管他的視力無法徹底洞見[10]。」

如同翱翔空中的小雲雀先是歌唱，而後寂然無聲，滿足於令牠陶醉的最終悅耳歌調，同樣，那鷹的形象看來也滿足於「永恆的喜悅」所打下的印記，繼而沉默，根據「永恆的喜悅」的意志，萬物各得其所。儘管我心中疑問就如同玻璃板覆蓋著顏色一樣明顯，它還是忍受不了沉默的等待，以其壓力之重迫使我迸出一句話：「這些事怎麼會發生[11]？」由於這句話，我看見那些靈魂發出皆大歡喜的光芒。隨後，為了不讓我繼續感覺驚奇，那隻鷹更加目光炯炯地回答我說：「我看出你相信這些事，因為那都是我告訴你的，然而你不知其所以然；所以，雖然相信，還不理解。你就如同一個雖熟悉事物名稱，但若無他人說明，就無法認識其本質的人。*Regnum celorum* 受到熱烈的愛和強烈希望的猛烈進攻，二者戰勝了神的意志：並非以人征服人的方式，而是因為它願意被戰勝，因而才戰勝它；被戰勝後，它又以其愛戰勝[12]。那睫毛上的第一和第五個靈魂令你驚奇，因為你看到他們妝點著眾天使的王國。他們在脫離肉體時並非如你所想的那樣皆為異教徒，而是有堅定信仰的基督教徒，其一相信兩腳將受難的基督，另一相信兩腳已受難的基督[13]。因為一個從絕無可能回心向善的地獄裡回歸自己的骸骨[14]，這是強烈的希望所獲的報酬：這強烈的希望增強了懇求上帝使他復活的禱告效力，使得他的意志因而得以轉變向善[15]。我說的這個光輝靈魂在返回他的肉體後不久，就信奉了能救助他的那位[16]，而且在信奉中燃起真實之愛的至大火焰，因而在第二次死時才配來到這歡樂境界[17]。由於任何創造物竭盡視力下望都不見其底的深泉湧出的神恩，另一個靈魂在世時將他所有的愛放在正義上，因此，上帝恩上加恩，讓他睜眼看到我們未來的得救[18]；因此他對之深信不疑，自此不再忍受異教的臭味；他還為此斥責那些走入邪路的人[19]。你曾看到站在車子右輪旁的那三位仙女，早在洗禮制定之前一千餘年，對於他，她們就已代替了洗禮[20]。

「啊，天命預定的靈魂歸宿呀，對於無法完全見到第一原因[21]之人的目力，你的根源多麼遙遠哪！你們凡人哪，你們在判斷時要謹慎：因為我們這些見到上帝的人，還不知道上帝所有的選民；對我們而言，這種缺陷是愜意的，因為我們的福正是在這種福中得以完善，上帝的意志也就成為我們的意志[22]。」

為了讓我明白自己的目光短淺，那神聖的形象就這樣給了我美妙之藥[23]。如同熟練的六弦琴樂手撥弄琴弦為熟練的歌手伴奏時，琴弦顫動的聲音使得歌聲更加悅耳，同樣地，我記得在這神聖的形象說話時，我看到那兩個有福的靈魂的發光體，使他們的火焰隨他的言語一齊顫動，猶如兩隻眼睛一齊眨起似地[24]。

1 鷹的話一停，那些組成牠形象的眾多靈魂便齊聲歌唱。當時但丁腦海中就浮現出這樣的天象：太陽隱沒，眾星閃現。牟米利亞諾對此在注釋中作出簡潔而明確的表述，大意是：「日沒後，原本被一顆單獨的星，也就是太陽所照耀的天空，如今則受閃爍繁星照耀；同樣的，原來那單獨的聲音——鷹聲的歌一停，眾多組成那形象的有福靈魂也就接著唱了起來。」

「作為世界及其領袖之旗幟的鷹」：意謂鷹象徵世界帝國，也就是羅馬帝國，其領袖也就是組成鷹形的諸位正義的帝王的靈魂。

2 「甜蜜之愛」：指有福的靈魂對上帝的熱愛，這種愛由他們的光和歌表現出來，他們的歌則來自上帝給予的靈感，而非出於世人空虛的思想感情。

3 但丁既用視覺、又用聽覺察覺木星天的眾靈魂，這些正義的靈魂透過鷹的喉嚨發出悅耳聲音。鷹又開始原已中斷的講話。牠所說的正是但丁期望知道、有關那些靈魂的情況。

4 眾靈魂根據其享受至福的級別，組成了鷹體各個部分。最高品級的六位靈魂組成鷹眼。以色列王大衛位居眼睛中央，也就是瞳孔處。大衛在當上以色列猶太國王後，曾將約櫃從山上的亞比那達家運到迦特城，再運往耶路撒冷，他在約櫃前歡呼跳舞（見《舊約・撒母耳記下》第六章和《煉獄篇》第十章注11）。

5 羅馬皇帝圖拉真被譽為是公正寬厚的君主，他在進軍前答應為貧窮的寡婦的兒子報仇（見《煉獄篇》第十章注16）。據說，他的靈魂是由教皇格葛利果一世為他祈禱，而從地獄中解救出來的。

「甜蜜的生活」：指在天國的幸福生活；「與之相反的生活」：指在地獄中的親身經歷。

6 指猶太王希西家（Ezechia），他本患重病將死，因祈告上帝而得以延長十五年壽命，並且讓耶路撒冷不被亞述王占領（參閱《舊約．以賽亞書》第三十八章）。

7 指君士坦丁大帝（見《地獄篇》第十九章注28和《煉獄篇》第三十二章注33），他將羅馬帝國首都遷到拜占庭，為的是將羅馬贈給教皇。如此說法並非史實，但丁卻深信不疑，他斷定君士坦丁的「贈送」是教皇執掌政權的開端，也是教會腐敗的根源。君士坦丁本意良善，卻產生了極壞的後果。

8 指西西里王威廉二世（1166-1189在位），號稱明君，正義與和平的國王，深受臣民愛戴。與之相反的，當今的那不勒斯國王查理二世和阿拉岡王朝的西西里王斐得利哥的統治卻使人民蒙受苦難。

9 鷹睫毛上的第五位靈魂為里佩烏斯（Ripheus），維吉爾在《埃涅阿斯紀》卷二中稱他是「特洛伊最公正的人，向來都是走正路的人」。里佩烏斯在抵抗希臘人毀滅特洛伊的血戰中陣亡。但丁將這位公正的異教徒的靈魂放在木星天中，藉此破除世人以為上帝的仁慈是有限度的，不可能讓異教徒得救的成見。

10 意謂里佩烏斯是因為上帝的恩澤而得救，所以他對如此恩澤的了解遠比世人多，但就連他對此也無法透徹瞭解。而且不僅如此，舉凡上帝的創造物（包括天使）也都無法徹底瞭解上帝的所為或將為的一切。

11 但丁以小雲雀在空中先是飛鳴，然後寂然翱翔，比擬由眾靈魂組成的鷹的形象在滿足了說話的意願後，接著沉默的情況。對於這個比喻的後半，注釋家有不同的理解；萬戴里和格拉伯爾都認為，這意謂鷹的形象被上帝的永恆喜悅的正義的意志打上印記，根據祂這種意志，萬物得以各得其所。正當眾靈魂沉默時，但丁迫不及待說出了心中疑問：異教徒里佩烏斯和圖拉真怎麼能進入天國呢？

12 「*Regnum celorum*」源於拉丁文《聖經》《新約．馬太福音》第十一章第十二節，中文《聖經》譯文為：「天國是努力進入的，努力的人就得著了。」鷹引用《聖經》中的話，而後立即補充說，天國是透過三超德中的「愛」和「望」進入的，熱烈的愛和強烈的希望戰勝了神的意願，但不是像人戰勝他人那樣透過武力，而是由於神的意願自身願意被戰勝。它被戰勝了，又轉過來以其善心戰勝世人（給予世人恩澤）。

13 指里佩烏斯和圖拉真。他們一個生在耶穌之前，一個生在其後。「兩腳已受難的基督」：意謂耶穌雙腳被釘在十字架上。

14 地獄中的靈魂將永遠留在地獄，不可能脫離永久之苦。只有當靈魂再歸回肉體，其意志才可能在地上改變。

15 據傳說，教皇葛利果一世向上帝祈禱，讓在地獄裡的圖拉真靈魂得以超升天國。

16 圖拉真在靈魂和肉體合一後，便信奉耶穌基督。

17 這裡說的真實之愛的火焰，讓圖拉真有了第二次有血肉的生命，唯有如此才能進入天國。這與《地獄篇》第一章所講的靈魂乞求第二次死不是同一回事。

18 「那另一個靈魂」：指異教徒里佩烏斯。他在世時崇尚正義，上帝對他格外施恩，就像對以色列人那樣，向他揭示了未來得救的奧秘。

19 里佩烏斯深信有朝一日會得救，他不再信仰異教，還斥責那些被異教引入邪途的人。

20 「三位仙女」：代表信、望、愛三超德。里佩烏斯在耶穌降生前一千年就已具備這三超德，因此能進入天國。

21 「第一原因」：即上帝。

22 「鷹」的形象在消失之前，首度以第一人稱複數「我們」說話，這不僅指組成鷹的圖形的靈魂，而且還指所有出現在木星天的靈魂。

23 「鷹」沒有指明神的正義有多麼深不可測，而且這也無法明示。但丁感到這一切大道理就像靈丹妙藥，讓他明白他的眼力與其他的上帝創造物的眼力一樣，永遠不可能達到永恆天命的深處。

24 「那兩個有福的靈魂的發光體」：指圖拉真和里佩烏斯靈魂的發光體。

第二十一章

我的目光再度集中於我那位聖女的容顏上，心也隨著離開所有其他意念。她沒有微笑，而是對我說：「我要是現出微笑，你就會像塞墨勒一樣化為灰燼[1]；因為，正如你所見，順著這永恆宮殿的臺階拾級而上，上得越高，我的美就點燃得越旺，如果不被減弱，它就會發出強烈光芒，你們凡人的視力經它一照，會像遭雷擊斷的樹枝。我們已升上第七重天的天體內，它就在熾熱的獅子座胸脯下，與這星座的影響相結合，照射下界[2]。你要讓你的心緊隨你的眼，要讓你的眼成為這面鏡子將對你顯示的那形象的鏡子[3]。」當我將注意力轉移到另一對象上時，任何知道我的雙眼有多麼喜愛注視她那有福容顏的人，只要稍微衡量這一方面和另一方面，就會知道我多麼樂意聽從我的天上嚮導[4]。

這個圍繞世界運轉的水晶體，以世上那位最佳領袖之名為其名，在他的領導下，一切邪惡均告滅絕[5]，我看到這個水晶體內有一道梯子[6]，呈現日光照耀下的黃金顏色，而且豎得如此之高，為我的視力不及。我還看到眾多發光體順著梯級下降，其數量之多，使得我認為所有天上星辰全都湧向了那裡。

正如喜鵲按習性天一亮就結隊飛出去，溫暖在夜裡凍僵的羽毛；而後，有的一去不復返，有的飛回原出發地，有的盤旋空中，遲遲不離開原地；在我看來，那些結隊而來、閃閃發光的靈魂一踩在某一梯階上，舉動就是這樣。在離我們最近處停下的那靈魂變得如此明亮，使我心裡想道：「我明白你對我暗

我的目光再度集中於我那位聖女的容顏上，心也隨著離開所有其他意念。

我看到這個水晶體內有一道梯子，呈現日光照耀下的黃金顏色，而且豎得如此之高，為我的視力不及。

示的愛。但是，我等著會示意要我如何、何時說話和緘默的那位聖女並無任何表示；因此，我還是違反自己的意願，不問為佳。」在觀照洞見一切的上帝中，她看到了我沉默的原因，對我說：「表達你的熱切願望吧。」於是我說：「我的功德讓我不配得到你的回答；但是，為了那位允許我發問的聖女之故，隱藏在自身喜悅光輝中的靈魂哪，還請讓我知道讓你停留離我如此之近的原因吧；還請告訴我，在下面其他天體中那麼虔誠唱出的天國美妙樂曲，為何在這個天體中沉寂。」

那靈魂答道：「你的聽覺一如你的視覺，同為凡人的，所以這裡不唱歌，原因就和貝雅特麗齊為何不微笑相同[7]。我順著這些神聖的梯階下到這麼低處，只為了以言語和我所披的光對你表示歡迎。促成我下來得更快的，不是因為我的愛更熱烈，而是因為從這裡向上望，梯子上的靈魂心中都有愛點燃，有的炙烈更勝於我，有的和我一樣熱烈，如同其光芒向你顯示的那樣；而是因為那讓我們成為遵從主宰世界的天命的敏捷僕從的至高無上之愛，對這裡的靈魂分配了任務，正如你可從我的情況看出來。」

我說：「神聖的明燈啊，我很明白，在天庭中，自發的愛足以讓你們遵從永恆的天命；但是，在你的同伴當中，為什麼唯獨你被預定擔負這個任務，這是我難以理解的。」我言猶未盡，那光輝的靈魂就以自身為軸心，像轉得飛快的石磨般旋轉起來；隨後，旋轉的發光體內那充滿愛的靈魂答道：「神的恩澤之光穿透包裹著我的光直射到我身上，它的能力和我的心智結合起來，將我提升到了遠遠超過自身的程度，使得我能見到那光的來源的「至高無上本質」。那令我發出光焰的喜悅正來自這裡；因而我光焰的亮度就相當於我對「至高無上本質」觀照的明晰程度。但是，就連天上最光輝的靈魂，連觀照上帝最深刻的撒拉弗，也都無法滿足你的疑問，因為你問的事深藏在「永恆律法」的深淵當中，所有創造物的眼光全數與之隔絕。待你回到人間時，要轉述這一點，讓世人不敢再朝這樣偉大的目標移動腳步。在這裡閃閃發光的心智，在塵世就陷入迷霧；因此，你想想，連升入天國者的心智都做不到的事，下界者的心智又怎能做到[8]。」

他的話對我的求知欲設下了限度，讓我放棄了這個問題，只限於謙卑地請問他是誰。「在義大利的兩個海岸之間，離你家鄉不遠處，群山聳立，異常高峻，雷聲也遠在其下，還形成了一個頂峰，名曰卡特里亞，這頂峰之下建有一座曾專供崇拜上帝的修道院[9]。」他就這麼對我開始第三次的說話；而後繼續說道：「我在那裡堅定不移一心信奉上帝，只以橄欖油拌的食物充飢，輕快地度過一年一度的寒暑，滿足於沉思默想[10]。那座修道院先前常對這幾重天供獻豐富的收成，而今卻已變得如此貧瘠，因而必然會顯示它的後果[11]。我在那地方名叫彼埃特羅．達米亞諾，在亞得里亞海濱的聖母院，名叫罪人彼埃特羅[12]。我在世上的餘年無幾時，被請求和拖去戴上一頂帽子，那帽子曾在許多不配戴上的頭上戴過。磯法來時，聖靈的偉大器皿來時[13]，都是身體削瘦而且赤腳地向人乞討食物。而今的牧師需要一個人在這邊、一個人在那邊攙扶，一個人抬著他們，因為如此之重，他們還需要一個人在背後為他們拉著袍裾。騎馬時，他們的長袍覆蓋坐騎，結果兩頭牲畜就像蒙著一張皮走路。啊，上帝的耐心哪，對於這種事，你已容忍到如此程度！」

我看到更多發光體一聽見這些話，就順著梯子一級級登下，而且旋轉著，每轉一圈都使得他們變得更美。他們來到這個發光體周圍便停下，發出人世間沒有任何事物堪可比擬的高聲呼喊[14]；這巨聲壓倒了我，讓得我聽不懂其中話語。

1. 貝雅特麗齊向但丁說明她之所以不笑，是因為她微笑射出的強光會讓但丁這個凡人的眼睛承受不了，會像眾神之王朱比特鍾愛的塞墨勒一樣，被他的光芒燒成灰燼（詳見《地獄篇》第三十章注1）。
2. 「第七重天」即土星天，此時土星正處在獅子座裡。
3. 她要但丁注意觀看「這面鏡子」即將向他呈顯的形象。「鏡子」：即土星，後文亦稱之為「水晶體」。
4. 但丁樂意服從貝雅特麗齊嚮導的程度，喜悅地注視她美麗的面容。
5. 土星是以薩圖努斯神命名，他是朱比特的父親。據傳說，他主宰世界那時期史稱「黃金時代」，人民過著和平幸福、無憂慮、無罪惡的生活。
6. 指「雅各夢中的梯子」（見《舊約．創世記》第二十八章：「雅各在伯特利的夢」）。
7. 這個靈魂所在的這重天，並不是真的讓歌聲停止，但默想完全是內心的活動，但丁身為凡人，還沒有接受這種歌聲的聽覺，一如他沒有能夠接受貝雅特麗齊的微笑之光的視覺。
8. 天上的靈魂與上帝交通，得以認識上帝的本質，但還不足以瞭解祂的意志規定的永恆命令，也就是天命、宿命，因此世人不應存此奢望。
9. 「卡特里亞」（Cateria）山：在靠近古畢奧（Gubbio）即阿戈畢奧（Agobbio）的亞平寧山脈中，高一千七百公尺。山下有阿維拉那泉（Fonte Avellana）的聖十字修道院。
10. 過著苦行者的生活，只食用橄欖油，不食動物油，一心一意虔誠修行。
11. 意謂這座修道院出了不少高僧，如今則已每況愈下。
12. 這位有福的靈魂名叫彼埃特羅．達米亞諾（Pietro Damiano），一〇〇七年生於拉溫納的貧窮人家。他年輕時致力於七藝和法學研究，在拉溫納和法恩扎當過教師和法庭辯護律師。他在短時間內贏得了榮譽和財富，三十歲時進入阿維拉那泉修道院。由於在苦行修心上有理論與實踐，獲選為修道院院長。一〇五七年，他獲任命為紅衣主教。一〇七二年逝於法恩扎。達米亞諾留有許多著作，這些著作突出體現了苦行主義，讚美僧侶生活，竭力反對教會的腐敗墮落。「罪人彼埃特羅」：有可能是達米亞諾在亞得里亞海濱的聖母院名稱，或是另一個同名之人的稱號。

13 「磯法」（Cefae）：即聖彼得（見《新約．約翰福音》第一章第四十二節）。

14 「聖靈的偉大器皿」：指聖保羅，他乃上帝所揀選的器皿（見《新約．使徒行傳》第九章第十五節和《地獄篇》第二章注7及注9）。

「高聲呼喊」：即強烈懇求懲罰那些腐敗、墮落的神職人員的呼聲。

第二十二章

我驚慌失措，轉身向著我的嚮導，好似孩子受驚時總是跑向最信賴的人求救那般；她立刻如同人母以那常令他安心的聲音，安慰驚恐失色、焦急氣喘的兒子般對我說：「你不知道你在天上嗎？你不知道天上全是神聖的，這裡的所有行為皆是出於正義的熱情嗎？既然這喊聲令你如此激動，現在你能想見，有福的靈魂的歌聲和我的微笑會使你心情變得如何；你若是聽得懂那喊聲中的禱告，就會知道，你在死之前將會看到何種懲罰[1]。天上的寶劍不會太早砍下，也不會過遲；太早或過遲不過是盼望它或畏懼它的人在等待時的感覺。但是，你現在轉向其他人吧，因為你若是如我所說，將目光轉過去，就會看到眾多赫赫有名的靈魂。」

遵照她的意旨，我轉過目光，看到一百個發光的小球體正以其光線互相照射，一同變得更美。我站在那裡，好似生怕冒失而抑制內心願望的刺激，不敢發問之人；當時，眾寶石當中最大、最燦爛的一個[2]走上前來，滿足我心中關於他的願望。於是，我聽見火光中說：「你若是像我一樣，知道我們之間燃燒的愛，你早就表達出你的思想來了；但為了不讓你因為等待而耽誤到達崇高的目的，我只回答你猶豫不敢提出的問題。喀西諾坐落在其斜坡上的那座山，彼時那些被欺騙、不願改信新信仰的人常去山頂朝拜[3]；我是最先將那位向世上傳播令人得升天國之真理者[4]的名字帶到那山上的人；上帝的恩澤之光照臨我頭上，我終於讓周圍村鎮脫離了迷惑世人的瀆神迷信。其他這些火光都是專心沉思默想之人，他們的熱情都是被那種產生神聖花朵和果實點燃起來的。這裡是瑪卡里奧[5]，這裡是羅穆阿爾多[6]，這裡是我那些足不出修道院、心堅定不移的兄弟。」

我對他說：「你和我說話時表現的感情，我從你們大家的火焰中注視到的慈祥面容，都讓我信心增大，一如陽光令玫瑰花盛開。因此，我請求你，父親哪，讓我確切知道，我能否受到那至大的恩惠，讓我能看到你不被光遮住的形象。」

於是，他說：「兄弟呀，你崇高的願望將在最後一重天得到滿足，在那裡，所有其他靈魂和我的願望都將得到滿足[7]。在那裡，每個願望皆是完美、成熟、完整；唯有這一重天各部分永久皆在各自所在之處，因為這一重天不在空間之內，也無兩極[8]；我們的梯子一直通往那裡，因而為你的視力所不及。當梯子上有眾多天使出現在族長雅各眼前，他望見梯頂一直伸向那一重天上。然而如今已無人為了登上這梯子而讓腳離地，我的教規留在世上，不過是為了白費紙張抄寫它[9]。本是修道院的四壁之處成了賊窩，僧袍皆是裝滿變質麵粉的口袋。但是，嚴苛的高利貸違背上帝的意旨，也不及令眾僧侶的心如此發狂的果實嚴重[10]；因為教會保管的所有財物，皆屬於以上帝名義乞討的眾人，而不屬於教士的親戚，或是更骯髒的東西所有。人類肉體裡的人性如此軟弱，軟弱到始於世上的善事竟持續不到櫟樹從發芽到結果的時間。彼得既無金又無銀地開創了教會，而我以祈禱和禁食開創了我的修道院，方濟各則以謙卑開創了他的修士會；若是觀察各個團體最初是什麼情形，而後再觀察現在蛻化到何等程度，你就會看到白的已變成黑的。然而當上帝作出決定時，約旦河就倒流，紅海就奔逃，這比挽救這些蛻化變質的團體，看來更是不可思議。」

對我這麼說完後，他便從我身邊返回同伴之間，那些同伴集合在一起，而後，如同旋風般，全體迅速旋轉著向上飛去。溫柔的聖女只使了個眼色，就促使我跟在他們後面登上那道梯子，她的力量就這麼戰勝了我身體的自然重量；在依循自然規律升和降的人世間，從來沒有能與我的飛升相比的快速運動。讀者呀，我真希望有朝一日能回去看那些虔誠靈魂的凱旋，我經常為此痛哭、捶胸懺悔自己的罪過，好似這個希望確實會實現。在你將伸入火中的手指縮回的那一瞬間，我就看到了金牛星座之後的雙子星座，而且進入其宮中[11]。

啊，光榮的星座呀，啊，孕育巨大力量的光啊，我承認我所有的天才，無論是什麼天才，都源自於你們；當我初次呼吸托斯卡那的空氣時[12]，作為世上一切生命之父的太陽與你們一起升起，一同隱沒；後來，當上帝賜我恩澤，讓我進入那帶動你們運轉的崇高天體之內時，天命又注定我來到你們所在之處。現在，我的靈魂虔誠向你們祈求，為了獲得力量來經受那吸收我所有心力的艱苦考驗[13]。

貝雅特麗齊說：「你離至福[14]如此之近，以致你的眼睛已經明亮、銳敏。因此，在你進入當中之前，要放眼俯視下方，看一下我已讓多大的宇宙展現在你腳下，為的是令你的心對那群經由這個天體欣然前來的凱旋之人表示極度喜悅。」

我的目光逐一回顧走過的七個天體，看到地球那麼小，不禁對它那副可憐相微微一笑；我贊同那種將它看得最輕的意見是最好的意見；心中想著別處的人可謂真正英明的人。我看到拉托娜的女兒閃耀白光，並無我曾認為是因為其身軀疏密不同而形成的那種陰影[15]。伊佩利奧內[16]呀，在那裡，我禁得起注視你兒子的面貌；看不到麥雅和狄奧內在他周圍和他附近轉動[17]。隨後，在其父和其子之間調和的朱比特出現我眼底[18]；隨後，我又清楚看到他們的位置變化[19]。這七顆行星都對我顯示其各自的體積多大、轉動速度多快，所在處相距又有多遠。當我隨著永恆的雙子座一起轉動，那個讓我們人類變得如此凶猛的小打穀場[20]，從一座座山丘到江河的入海口，一切盡收眼底。於是，我的眼睛復又轉向那雙美麗明眸。

1 貝雅特麗齊說明呼喊的原因，是上帝對有罪的司聖職者的懲戒。有的注釋家認為，教皇波尼法斯八世被俘致死就是上帝對他的懲罰。

2 指聖本篤（San Benedetto di Norcia, 480-543），有關他的詳細情況，見注釋4。

3 喀西諾山（Montecassino）高五百公尺，聖本篤在此處建立了著名的修道院。當地原有一座阿波羅神廟，又有奉獻給愛神維納斯的神林。當地居民原本信仰異教，但在聖本篤努力宣教下，後來皈依基督教。

4 聖本篤先是讓山民知道「傳播……真理者」的名字——耶穌基督。聖本篤生於翁布里亞的諾爾恰（Norcia），十四歲時在蘇比亞科（Subiaco）的山洞內過著隱士生活。他在喀西諾山上創建了第一座修道院和本篤會。後來於五四三年逝於修道院內。他為本篤會修士制定了祈禱、品德規範、學習和體力勞動等方面的規則。在蠻族入侵時期，本篤會修士對維持文化發展和當地農業經濟扮演了重大角色。

5 「聖瑪卡里奧」（San Macario）：是四世紀埃及的隱修士。

6 拉溫納的「聖羅穆阿爾多」（San Romualdo di Ravenna, 954-1027）：住在卡瑪爾多里的隱士修道院，在那裡創建了卡瑪爾多里修士會，成為這一派修士會之祖（參看《煉獄篇》第五章注20）。

7 「最後的一重天」：即淨火天。但丁在那裡將看到所有聖潔的靈魂在人間時的清晰真容，而且較生前更加輝煌和美麗。

8 意謂淨火天是永恆、靜止的。「不在空間之內」：指其大無窮，即空間的全部；「沒有兩極」：指其靜止不動。

9 雅各的天梯標誌著本篤會修士在默禱和苦行上已達到最高點。而後世的修士已不再遵守教規，過著默想和苦行的生活，教規對他們而言不過是一紙空文，結果無人肯吃苦攀登天梯。

10 修道院曾是神聖的庇護所，後來卻變成腐化的僧侶搜刮民脂民膏的賊窩。教會的財產本屬教會和教民，但僧侶卻中飽私囊，其罪要比重利盤剝的高利貸者更深。

11 「虔誠靈魂的凱旋」：指眾靈魂進入天國。聖本篤對但丁說完話後便離開了但丁，回到他的同伴之間，接著一起如旋風般迅速向上飛升。但丁在貝雅特麗齊的示意下立即跟在眾聖徒後面，登上那梯子，進入金牛星座之後的雙子座。

12 但丁生於佛羅倫斯。據推算，他的生辰為一二六五年五月二十一日至六月二十一日間。在這期間，太陽在雙子宮。根據占星家的說法，受雙子星影響的人，生來就有文學天賦。

13 指第八重天，即恆星天，雙子座在此天中。「艱苦考驗」指描寫天國中第十重天，也就是上帝所在的淨火天當中的事物。

14 「至福」：指上帝。

15 女神拉托娜的女兒是月神狄安娜，也就是月球。月球有兩面，一面朝天，一面向地；地球上的人只見到有黑斑的那一面，現在但丁在第八重天看到它沒有黑斑的那面。但丁在《天國篇》第二章曾認為月球上的陰影（黑斑）是因為月球各部分的密度不同所造成。

16 「伊佩利奧內」（Ipperione）：為太陽之父。

17 「麥雅」（Maia）：之子為水星，「狄奧內」（Dione）：之女為金星。

18 「朱比特」：即木星，其父為土星，其子為火星；木星在寒冷的土星和熾熱的火星之間有調和作用。

19 「隨後，我又看清楚他們的位置變化」：意謂他們對恆星來說如何變更位置，也就是，他們時而出現在天空此處，時而在天空的另一處。（萬戴里的注釋）

20 「小打穀場」：但丁將地球比作打穀場。指責人類不該為財富爭奪不休。

第二十三章

猶如一隻在目不見物的夜裡，始終在所愛的枝葉叢中、在她甜蜜的子女巢旁休息的鳥，為了看見渴望看見的面貌，又為了尋覓食物餵養孩子——對她而言，這艱辛的勞動也是愉快的——因而提早飛上外伸的枝頭，杵在那裡凝望天色破曉，心懷熱切願望，昂首挺立，目光轉向那太陽似乎移動得最慢的方位[1]：看到她那熱切期望的神態，我變得就像一個內心希望得到還沒擁有的東西，在如願以償之前，暫且以如此希望讓自己滿足的人。但我等待的時刻和見到天色益發明亮的時刻，二者相隔極短。貝雅特麗齊隨即說道：「你快看基督凱旋的大軍，和諸天運轉收穫的所有果實[2]！」她似乎滿面容光煥發，雙眼洋溢如此喜氣，使得我無法形容，只好從略。猶如滿月之夜的晴空，特麗維亞在裝飾天穹各處的永恆仙女之間微笑著，同樣地，我看到太陽在數千盞燈的上方將之全數照亮，如同人間的太陽照亮我們所見天空的星辰[3]；透過其強烈的光芒，那輝煌的本體[4]對我而言是如此明亮，明亮到我雙眼無法承受。啊，貝雅特麗齊，和藹、親愛的嚮導呀！她對我說：「那壓倒你的光，是所有力量皆無法與其對抗的力量。開通天地之間道路的智慧和能力就在其中；對於這條道路的開通，世人已盼望如此之久[5]。」

正如雲層中的火由於已擴大到那裡無法容納，因而突破雲層，違反其自身本性向下落於地上，同樣，我的心在那些精神食糧當中擴大[6]到脫離了自身，之後它做了什麼，如今我已記不得。「睜眼看看我是什麼模樣吧。你已看到那些事物，讓你變得承受得起觀照我的微笑了[7]。」當我聽到這值得我感謝不盡，因而決意讓它在記載往事的書中永不磨滅的建議時，我就像一個人剛從已忘卻的夢中醒來，努力回想夢中情景，但是枉費心機。即使波呂許尼亞和她的姊妹以最甘美的乳汁哺育得靈感最豐富的詩人此刻全以舌發聲，助我歌頌她那神聖的微笑，以及這微笑令她那神聖容顏浮現何等純潔的光彩，我也唱不出真實情景的千分之一[8]；因此，如同發現自己的思路被切斷的人，當這神聖的詩篇在描寫天國時，也不得不跳過這一點。但是，誰若是想想這主題之重大，想想承擔它的不過是個凡人，也就不會責備他的肩膀在這重擔下會發抖。我勇猛的船頭破浪前進，這趟航行既不是小船、也不是吝惜自己力氣的船夫所能勝任。

「我的面容為何令你如此迷戀，使得你不將眼睛轉向那在基督的光芒照耀下百花盛開的美麗花園？那裡是聖子在其中成了肉身的那朵玫瑰[9]；那裡是以香氣引人走上善路的百合[10]。」貝雅特麗齊這麼說。對於她的勸告，我完全樂於聽從，於是，我復以視力衰弱的眼睛經受戰鬥的考驗。猶如先前曾在陰影遮蔽下所見，明朗日光透過雲縫，照耀開滿鮮花的草坪，同樣，此刻我看到由上射下強烈的光芒照耀著許多群發光體，卻看不見那光芒的來源。啊，照耀他們的仁慈力量呀，你上升到最高的天上，為了讓我這雙承受不了你照耀的眼睛，得以觀察那些發光體[11]。

我時常朝夕禱告的那美麗之花的名字，吸引我聚精會神觀照那最大的火光[12]。這顆在天上勝過一切，如同在下界曾勝過一切的晨星[13]，其光度和體積剛映入我的雙眼，一個形似皇冠的光環便從天而降，在她周圍旋轉，好似為她加冕[14]。世上所有最悅耳、最吸引人靈魂的旋律，若是與圍繞為最明朗的天穹再添光彩的美麗藍寶石旋轉的豎琴聲相比[15]，就會像雲層被其中的火突破時的雷聲一樣。「我是充滿愛的天使，我環繞著散發至福的子宮旋轉，這子宮是我們願望所在的旅舍；天上的女主啊，我要繼續旋轉，直到你跟隨你兒子升至最高的天，讓這重天因為你的進入，更顯光輝燦爛[16]。」他在旋轉中唱出的旋律就這麼結束；所有其他發光體全都齊聲高呼瑪利亞這個聖名。

那包裹宇宙所有行星天的王袍，直接接受上帝的靈感和運動規律，因而運轉速度最快[17]，它內側的邊緣就在我們上方，和我相距如此遙遠，使得我從所在之處還看不見它[18]：因此，我不可能望著那個被加冕的火焰跟在她兒子後面上升[19]。如同嬰兒吃過奶後向媽媽伸著雙臂，表現出心中熱愛，同樣地，那些發光體個個向上昂頸，我進而看出他們對瑪利亞的深厚愛慕。後來，他們都留在那裡，在我能望見之處，齊唱「*Regina celi*[20]」，那歌聲如此悅耳，使得我那時感受到的喜悅後來永遠沒離開我心。

啊，那些最豐富的箱中裝盛的財富多麼巨大呀，這些在人間曾是良好的播種者[21]！如今生活在這裡，享受他們在巴比倫的流放中鄙棄金錢，受苦流淚，因而獲得的珍寶[22]。在這裡，手持天國之鑰的那人，在上帝和瑪利亞崇高聖子的光芒照耀下，與《舊約》和《新約》中的聖徒同在，在他的勝利中凱旋[23]。

1 指太陽向南轉向正午。向南轉向正午的太陽顯得較它在東方或西方要緩慢些。詩人想說明，在這一天的任何時刻，太陽都在他和貝雅特麗齊腳下，這也就意味他們已上升到蒼穹的最高點——天頂。

2 「基督凱旋的大軍」：指基督拯救的所有幸福靈魂。「諸天運轉收穫的所有果實」：指因這些天體環繞地球運轉，對人類施加良好影響而走上獲救之路的所有幸福。

3 「特麗維亞」：月神狄安娜的另一個名字。「永恆的眾仙女」：指眾星辰。「數千盞燈」：指眾幸福的靈魂。「太陽」：指基督；全句意謂基督在眾靈魂當中，如同滿月在眾星之中，基督如同太陽照亮眾星，照亮了眾靈魂。

4 「那個輝煌的本體」：指基督。

5 貝雅特麗齊的話是根據聖保羅在《新約．哥林多前書》第一章第二十四節所說：「在那蒙召的，無論是猶太人，希利尼人，基督總為上帝的能力，上帝的智慧。」

6 「雲層中的火」：指閃電。當時的科學家認為，火的本性是往上冒，但閃電卻往下射。天空的快樂是幸福靈魂的「食糧」。

7 在見過基督及其信徒（凱旋大軍）的景象後，但丁的眼力增強，因此已能忍受貝雅特麗齊微笑的強光。

8 「波呂許尼亞」（Polimnia）：希臘神話中的繆斯之一，主管頌歌。全句意謂即使她與她的姊妹將所有靈感全都給了詩人，他也難以描述貝雅特麗齊的容顏。

9 眾幸福的靈魂儼然就像是美麗花園中的花朵，在基督的陽光照耀下，鮮艷無比。「『聖子』在其中成了肉身的那朵玫瑰」：指聖母瑪利亞。

10 「以香氣引人走上善路的百合」：指基督的使徒，因為聖保羅在《新約．哥林多後書》第二章第十四節說：感謝上帝，常率領我們在基督裡誇勝，並藉著我們在各處顯揚那因認識基督而有的香氣。

11 「那光芒的來源」：指基督，他上升到淨火天，由上往下照射諸靈魂的發光體。「仁慈的力量」：即基督，他讓但丁的視力能觀察其強光照射的那些發光體，又不讓他的眼睛受害。

12 「那美麗之花的名字」：即聖母瑪利亞，基督上升到淨火天后，以最大的火光照耀著她。

13 指瑪利亞在天上以其光輝勝過其他幸福的靈魂，就如同她在世間曾以德勝過他人。在連禱中，「晨星」：是對聖母瑪利亞的另一稱呼。

14 「一個形似皇冠的光環」：就是大天使加百列，他曾奉上帝差遣，去向童女瑪利亞聖告，說她將受孕生下耶穌（見《新約．路加福音》第一章第二十八及三十一節）。加百列這時從淨火天下降，手持似皇冠的光環在她周圍旋轉，好像在為她加冕。

15 「豎琴聲」：指天使優美的歌唱聲。「藍寶石」：指瑪利亞。

16 「我們的願望」：意謂耶穌。「所在的旅舍」：即耶穌從瑪利亞的腹中降生。瑪利亞隨著兒子上升到淨火天，使得這重天因而更加光輝燦爛。

17 指第九重天，即原動天，它像一件王袍包裹著旋轉的另外那八重天；原動天直接接受到上帝的靈感和運動規律，因此轉速最快。

18 但丁這時處在第九重天內側邊沿下，和它相距極其遙遠，從他所在之處還看不見它。

19 但丁無法望著被大天使加冕、跟在其子後面升上淨火天的瑪利亞的光焰。

20 那無數的發光體齊唱「*Regina celi*」（天后），歌聲之美令我至今仍陶醉，猶如當時。

21 「最豐富的箱子」：這裡是比喻眾聖徒的靈魂，他們在人間曾是優秀的播種者。詩句使人想起聖保羅的《新約．加拉太書》第六章第八節：「順著聖靈撒種的，必從聖靈收永生。」

22 「生活在這裡」：指在天國。幸福的靈魂在此享受著他們在人間鄙視物質利益，經受苦難而獲得的精神財富。在基督徒眼中，天國才是真正的故鄉，人間則是自己被放逐之地。「巴比倫的流放」：原指猶太人被巴比倫王尼布甲尼撒流放在巴比倫，這裡象徵人類被放逐地球上。

23 指聖彼得與其他《舊約》和《新約》中提到的聖徒。

第二十四章

「啊，獲選定參加有福的羔羊為滿足汝願所舉行的豐盛晚宴的眾聖徒哪[1]，此人由於蒙受上帝恩澤，能在大限之前預先嘗到你們桌上掉下的碎渣，請考慮他無限的求知欲，賜其些許甘露，以你們常飲的泉水稍微滋潤他吧；因為他一心探求的真理，正來自你們經常汲飲的泉源[2]。」貝雅特麗齊這麼說。於是，那些喜悅的靈魂圍成圈，繞著固定的中心旋轉起來，同時像彗星般閃耀著強烈光芒。正如時鐘結構中的齒輪各以相異的速度轉動，使得在觀者看來第一個齒輪似乎靜止不動，最後一個卻飛也似地旋轉；同樣地，那一圈圈跳舞的靈魂也都以互不相同的節奏舞蹈著，有的快，有的慢，使得我能推斷出其幸福程度。我看到，一個異常燦爛的火焰從我認為最美的那一圈裡走出來，在他離開的那圈子裡，無一的亮度甚過他[3]；他圍繞貝雅特麗齊旋轉三圈，還唱出一首歌，這首歌神妙異常，即便想像力也無法使之在我心中重現。因此我的筆跳過它，不做描寫；對於描繪如此的皺襞，我們的想像和語言實難企及，因為那色彩太鮮豔[4]。

「啊，我聖潔的姊妹呀，你的請求如此真誠，感情如此熱烈，促使我離開了那美麗的舞蹈圈子。」那有福的火焰停下舞蹈後，向我那位聖女發出聲音，說出我轉述的這些話。

她說：「啊，偉人的永恆之光，吾主將祂帶到下界、開啟這不可思議至福之門的那兩把鑰匙交給了你，你曾靠信仰行走海面[5]，現在，還請隨意測試一下此人對信仰的次要及主要問題的理解。他是否具備信、望、愛三德，對你並非隱祕之事，因為你的目光常觀照萬物皆被明晰繪出之處；既然這個王國已令許多人透過真實信仰成為其公民，那麼，為了讚揚這個信仰，給他機會來談這個問題也是適宜的。」

如同應考的學士在老師提問之前一直不語，作好準備以提出論證，而非妄下斷語，同樣地，在她說話之際，我也備妥各種論據，好對主考應答如流，表明自己信奉如此信仰。

「說話吧，良善的基督徒，表明你的思想吧：信仰是什麼？」我抬起頭望了一下說話的火光，而後轉身向著貝雅特麗齊，她立即對我示意，讓我將水從內心泉源處傾瀉而出。

我開始說：「願上帝的恩澤允許我能向崇高的百夫長[6]清楚表達我對信仰的理解。」隨後繼續說：「父親哪，正如那位與你一起讓羅馬走上正途的親愛兄弟的誠實之筆所寫的，信仰就是所望之事的實底，是未見之事的確據；我認為這是信仰的實質[7]。」那時我聽到：「理解正確，如果你明白祂為何先將信仰放在實體中，而後又放於憑據裡。」於是，我說：「由於神恩在此向我顯現的那些深奧事物，下界凡人之眼是無法看到的，因而它們在下界就只存在於人的信仰當中，在信仰的基礎上建立崇高希望；因此信仰具有實旨之意。既然沒有其他可見的事物為根據，我們就必須從這種信仰進行推論：因此信仰又具有論證之意[8]。」

那時，我聽到：「世上所有透過教育習得的知識，若是都為人理解得這般透徹，那裡就再無詭辯家賣弄才智的餘地。」這些話從那燃燒的愛之光芒中發出；它繼而又說：「這種貨幣的合金成分與重量都已經過檢驗合格；但是，告訴我，你的錢袋內是否有這種貨幣？」我說：「有，我這枚貨幣澄亮溜圓，在鑄造上沒有任何令我懷疑之處。」

於是，那閃耀的光輝深處發出這句話：「你是從何處得來這塊所有美德皆建立其上的珍貴寶石？」我說：「傾注於《舊約》和《新約》羊皮紙上的那豐沛聖靈之雨，就是向我銳利證明了信仰的三段論法；在我看來，所有論證與它相比，皆顯鈍拙[9]。」

隨後，我就聽到：「那令你得出這個結論的舊前提和新前提，為何你認為它們是神的言語[10]？」我說：「那向我揭示真理之證明的，就是那些隨之出現的奇蹟。為了造成這些奇蹟，自然從未將鐵燒熱，也從未以錘子擊打鐵砧[11]。」

他回道：「告訴我，是誰向你保證那些奇蹟曾經出現？向你保證此事的並非別的，正是那些自身還需證明的經文[12]。」我說：「如果世界不需要什麼奇蹟就改信基督，那就是最大的奇蹟，其他所有奇蹟的總合都不及其百分之一[13]：因為你當初一無所有地走進田園播種那優良的植物，這植物原為葡萄樹，如今已成荊棘[14]。」

這話剛說完，那崇高神聖的宮廷旋即以天上的曲調齊聲唱出「*Te Deum Laudamus*[15]」這首頌歌，歌聲在各個圈子中迴盪。

那位宮廷重臣[16]進行考試時，就這樣將我從一根樹枝引到了另一根上，直到我們接近最後一根樹枝，他又說：「那與你心智息息相通的恩澤，讓你至此的回答都非常確切，因此我讚許出自你口中的話。但現在你應表明你的信仰，以及它是從哪裡提供給你的。」我說：「啊，神聖的父親哪，你對我們的主如此堅信，以至於向他的墳墓跑去時，你比那位年輕者還先踏進他的墳裡[17]。你要我在此表明我那堅定信仰的形式，還問此信仰的來源。於是我回答：我信仰一神，唯一和永恆的上帝；祂自身不動，而以愛和意願令諸天轉動；對此信仰，我不僅有物理學及形而上學的證明[18]，而且從天而降的真理形成的摩西五書、諸先知書和詩篇，以及你們在火焰般的聖靈使你成聖後所寫的各本書中的真理，皆讓我為它提供了證明。我信仰那永恆的三位，信仰三位是一體，因此其動詞謂語同時既容許用複數 sono，又容許用單數 este[19]。《福音書》的教義多次將這個深奧神聖的觀念印於我心[20]。這就是那根源，這就是那後來擴張為火焰、如同天上星晨般在我心中閃耀的那顆火星。」

猶如傾聽僕人報告某件喜訊的主人，待僕人語畢便擁抱他，和他同為這件喜訊而歡欣；同樣地，我聽命說了話的那位使徒的光焰，待我一沉默，便圍繞我轉了三圈，同時唱著歌為我祝福。我的話令他如此喜悅。

---

1 「有福的羔羊」：指耶穌基督。「晚宴」：指耶穌在天上設的永久喜筵（見《新約．啟示錄》第十九章：「羔羊的婚宴」）。

2 貝雅特麗齊祈求賜予但丁些許甘露，也就是聖徒常飲用的神的智慧泉水。

3 指使徒聖彼得的靈魂。

4 但丁無法以想像和語言描繪那優美歌聲的微妙，正如畫家無法以精細的皺襞表現出織物的層次深淺。

5 門徒坐在船上，耶穌從海面上朝他們走來，彼得見此情景，就在耶穌許可下，從水面走向耶穌（詳見《新約．馬太福音》第十四章：耶穌在海面上走）。

6 但丁向聖彼得講述自己對信仰的認識。他稱聖彼得為古代羅馬軍中的百人隊隊長（百夫長），以表明聖彼得是眾使徒的領袖及主考信仰的權威。

7 那位與你一起讓羅馬走上正途的「親愛兄弟」，指聖保羅，他論信仰說：「信仰就是所望之事的實底，是未見之事的確據。」（見《新約．希伯來書》第十一章第一節）

8 這段話的大意是：「這裡讓我透徹瞭解的偉大真理，凡人視而不見，以至於它的存在不過是被人相信、但不被人認識。而且在這種信念上就具有實旨意義，也就是說，信仰因此是所希望之事物的實質。」（戴爾．隆格的注釋）

9 聖彼得將信仰比作合金與重量都合格的貨幣，問但丁他錢袋中的這種貨幣（信仰）從何得來。對此，但丁答說是從閱讀《舊約》和《新約》得來的（這二者是在聖靈啟示下，由聖徒與使徒流傳下來，抄寫在羊皮紙上）。在但丁看來，浸透《舊約》與《新約》的聖靈所啟示的真理，是證明信仰的邏輯三段論法，而所有其他論證與之相比，無不顯得鈍拙。

10 隨後，聖彼得說：「那令你得出這一結論的舊前提和新前提，你為何認為它們是神的言語？」在這裡，他繼續用上句「三段論法」的比喻，以舊前提和新前提指《舊約》和《新約》。

11 向我證明《舊約》和《新約》是神的言語的那些奇蹟，「為造成這些奇蹟，自然從未將鐵燒熱，也從未用錘子擊打鐵砧」：後句意謂對於創造這些奇蹟，自然本身是無能為力的，就像鐵匠在打造某件物品時，不動手燒熱原料，也未依所要樣式打造出成品。

12 聖彼得追問但丁：「誰向你保證那些奇蹟曾經出現？向你保證此事的並非別的，正是那些自身還需證明的經文。」這些話使得但丁的回答陷入惡性循環。

13 為了打破這樣的惡性循環，但丁成功提出了這個最有力的回答：事實是「世界無須什麼奇蹟就改信了基督教，這就是最大的奇蹟，所有其他奇蹟的總和，都不及這百分之一」。

14 但丁還舉出聖彼得自己成功在羅馬傳播耶穌基督的教義的事實，作為令他信服的證明。「你當初一無所有地走進田園播種那優良的植物，這植物原為葡萄樹，如今已成荊棘」：大意是，你聖彼得當初沒有任何物質手段，就成功播種了基督信仰這優良的植物，它從前是茂盛的葡萄樹，如今卻因為教士腐敗，已變成不結果實的荊棘。

15 「*Te Deum Laudamus*——上帝，我們讚美你」：這首感恩頌歌是教堂中在莊嚴時刻所唱的曲子（見《舊約．詩篇》第九篇）。

16 「那位宮廷重臣」：指聖彼得。此處用封建等級中的男爵表明聖彼得是天國宮廷重臣，上帝則是天國皇帝。

17 抹大拉的瑪利亞告訴聖彼得和聖約翰，耶穌的墓穴是空的。二人聽後立刻奔向墓地。約翰年輕，腿腳快，先到了墓地，但不敢入內；彼得隨後趕到，進入墓穴（見《新約．約翰福音》第二十章）。

18 指亞里斯多德的《物理學》和《形而上學》有關上帝是「原動者」的理論（見第一章注1）。

19 以聖父、聖子和聖靈「三位一體」說明上帝，其詞謂語可用第一人稱複數（sono），也可用第三人稱單數（è），詩中的「este」是托斯卡那地區古謂語的單數形式。

20 例如在《新約．馬太福音》第二十八章第十九節中，耶穌對門徒們說：「你們要去使萬民作我的門徒，奉父、子、聖靈的名給他們施洗。」

第二十五章

如果天與地一同插手，讓我為創作它而已消瘦多年的這部聖詩，有朝一日戰勝將我關在那美好羊圈之外的殘忍之情——我曾作為羔羊睡在那裡，被那群對它宣戰的狼視為仇敵，屆時，我將帶著另一種聲音、另一種毛髮，作為詩人回去，在我領禮的洗禮盆邊戴上桂冠[1]；因為我正是在那裡進入那使人為上帝所知的信仰之門[2]，後來，又因此信仰之故，彼得在我額前那樣轉圈。

於是，另一個發光體從基督留下的首位代理人[3]走出的那圈子朝我們走來；我那位聖女充滿喜悅之情對我說：「你看！你看！這就是那位百夫長；因為他，下界的人朝拜加里齊亞[4]。」

如同落在伴侶身邊的鴿子，此圍繞著彼轉，一面咕咕叫，向牠示愛，同樣地，我看到這位偉大而光榮的親王甚受那一位的歡迎，他們一同讚美上天供予的吃食[5]。但在相互祝賀過後，他們便在我面前停下，默默無語，同時閃耀著強烈光芒，令我不得不低頭。那時，貝雅特麗齊微笑著說：「曾在書中述說我們天宮之慷慨的輝煌靈魂哪，請你讓『希望』這一超德之名響徹這高處吧。你是熟知此德的，因為每逢耶穌對你們三位使徒表示更大的愛時，你都象徵『希望』[6]。」

「你抬起頭，鼓起勇氣吧。凡是從人間來到這上界的，都必須鍛煉自己的視覺，適應我們的光。」

這番鼓勵由第二個火焰來到我耳邊；因此，我抬眼望著那兩座先前曾以太大的重量壓得我垂下眼睛的高山[7]。「既然吾皇出於恩澤，特許你在死之前與他的重臣在最祕密的廳堂中見面[8]，進而讓你在見到這宮廷的真相後，能增強你和他人心中那在下界燃起世人對真福之愛的希望。你說說，希望是什麼，它在你心中綻放到何等程度[9]，你說說，它是從哪裡來到你心中。」那第二個光焰繼續這麼說。

那位引導我的羽翅飛得如此之高的慈悲聖女，搶先代我回答[10]：「如同普照我們全軍的太陽心中所寫的那樣，戰鬥教會[11]之子所懷的希望，無一人多過於他，因而他獲允在他的戰鬥生活結束之前，從埃及到耶路撒冷來看[12]。那另外兩點——你並非為了自己想知道而問，而是為了讓他能告訴世人，你是多麼喜愛這一超德——我就讓他自己回答，因為這兩點對他並不困難，也不會讓他有機會自誇。就讓他來答吧，願上帝的恩澤允許他這麼做。」

如同學生欣然敏捷地回答老師所提出、自己又熟悉的問題，以顯示自己的才能，我說：「希望，就是對未來的天國之福確實有把握的期待，如此期待是神的恩澤與先前功德所產生，此一真理之光是從諸多星辰來到我心中[13]；但最初讓它透射至我心中的，是那最高領袖的最高歌手[14]。他在他的頌神曲中說，『讓知道祢名字的人寄希望於祢』：和我有同樣信仰的人，誰人不知此名？後來，你又在你的書信中將希望滴入我心中，和他滴入的加在一起[15]；因此我充滿希望，又將你們的希望之雨傾注於別人心裡。」

當我說這些話時，那火焰內部的光就像閃電般迅速、頻繁地閃動著。後來，它發出聲音說：「如今，我心中對伴隨我直至我得勝退出戰場的那種美德依然燃燒著的愛，要求我再和你這同樣深愛此德的人談論一下；我願意聽你說明，希望許諾給你的是什麼。」我說：「《新約》和《舊約》經文揭示上帝選中的靈魂所要達到的目標[16]，這目標向我指出了它是什麼。以賽亞說，每個獲選之人都將在自己的家鄉穿上雙重衣服：他的家鄉即是這天國；對於這個啟示，你的兄弟在說到那些白衣的地方為我們提供了更明確的敘述[17]。」

這些話剛說完，我就先聽到上方有聲音說「*Sperent in te*[18]」；對此，那些圈子裡所有正在舞蹈的靈魂全都一齊回應；隨後，其中之一的光變得燦爛，燦爛到巨蟹宮中若是有這樣的水晶體，冬天便會有不夜的一個月[19]。如同一位少女欣然起身去跳舞，只是為了給新嫁娘爭光，而非出於任何虛榮，同樣地，我看到變得更加燦爛的那火光，朝正依著與其熱烈之愛相應的歌曲節拍舞蹈的另外兩個火光而去。他在那裡加入他們的歌舞；我那位聖女凝眸注視著，如同一位沉默、不動的新娘。「這是靠在我們的鵜鶘胸膛上的那位，這是被祂在十字架上選定擔任偉大職務的那位[20]。」那位聖女這麼說，但她沒有因為說話而轉移一直集中於三位使徒之光上的視線。

如同人定睛用力看日偏蝕，卻因為用力，反而什麼都看不見；當我凝眸注視那最後來到的火光時，我也變成這樣，直到那火光說：「你為什麼要看這裡沒有的東西，使得自己雙眼昏花？我的肉體已在土中俱為塵土，而且將和所有其他肉體一起留在那裡，直到我們的人數和永恆神意確定的數目相等為止[21]。穿著雙重衣服升上那幸福的修道院的只有那兩個光焰；你要將這消息帶回你們人間[22]。」

這話一開始，他們三位光輝的靈魂正跳著的圓舞，連同三人的嗓音混合成的那美妙歌聲全都一齊停止，一如船夫為了避免疲勞或危險，一聽見哨聲，手中一直在水中蕩著的槳便全立刻停止。

啊，儘管我在貝雅特麗齊旁邊，而且身處幸福世界，當我轉身卻不見她時，我心中是多麼惶恐不安哪！

1　「美好的羊圈」：指但丁的故鄉佛羅倫斯。這段著名的詩句再次表達了但丁在第一章所提的願望，他日後將因嘔心瀝血寫成《神曲》而頭戴桂冠榮歸故里。在此，詩人對遙遠的故鄉懷有深切眷念。他渴望在鄉音已改、鬢髮轉白時，能回到他曾受洗禮的教堂榮獲桂冠。

2　但丁是在佛羅倫斯的聖約翰教堂受洗，他就是在這裡跨入信仰基督之門。聖彼得在其額前繞三圈，表示讚賞他在前章中對信仰的論述。

3　「第一位代理人」：指聖彼得，他是第一任教皇，即基督之代理人。

4　指聖雅各。他死後葬於西班牙西北部加里齊亞省。他的聖堂在中世紀成為歐洲繼羅馬之後最大的朝聖地。

5　指聖雅各和聖彼得，他們共同讚美上帝將精神營養給予他們幸福的靈魂。

6　《新約．雅各書》第一章第五節：「如果你們當中有缺少智慧的，應該向上帝祈求，他會賜智慧給你們，因為他樂意豐豐富富地賜給每一個人。」

耶穌對他的三大門徒彼得、雅各和約翰表示偏愛，是指在最重大的傳教活動中，總選他們三人前往：耶穌帶著他們三人到會堂主管葉魯家，使他女兒死後復生；耶穌領著他們三人悄悄上了高山，在他們面前改變了形象；耶穌在客西馬尼的三次禱告，表露出他被出賣前的憂傷。耶穌想特別以神學上的三美德啟示他們，因此但丁及許多《聖經》注釋家認為：彼得表示「信」，雅各表示「望」，約翰表示「愛」。他們以此方式得到救世主特別的確認和證實。

7　「第二個火焰」：指雅各，「那兩座……高山」：指二使徒。《舊約．詩篇》第一百二十一篇第一至二節：「我要向高山舉目，我的幫助從何而來？我的幫助從造天地的耶和華而來。」

8　「吾皇」：即上帝。「他的重臣」：即幸福的眾靈魂。「最祕密的廳堂」：指天國。

9　聖雅各與聖彼得均就「信」和「望」之德向但丁提出三個問題，只在第二個問題的提法上有所不同：彼得只是問但丁是否有信仰，而雅各則問他心中的希望到達何種程度。

10　貝雅特麗齊搶先代但丁回答了第二個問題，其他兩個問題則由但丁自己回答，此舉是怕但丁可能會表現出驕傲心態，說自己具有很高的希望。

11「太陽」：指上帝。「戰鬥教會」：指在地上生活的全體信徒。這與在天上的全體幸福靈魂組成的「凱旋教會」相對應。

12「埃及」：指地上的流放地，如以色列人在埃及受苦役。「耶路撒冷」：指天上的城市，象徵靈魂脫離肉體的束縛，進入耶路撒冷象徵盡善盡美的天國生活。

13「希望」：專指天國的幸福。但丁關於「希望」的定義，直接引自彼得．倫巴多的《箴言錄》（參見本篇第十章注16）。「諸多星辰」：指教義作家們。

14「歌手」：指大衛。下面引頌的神歌，即是大衛所著的《詩篇》第九篇第十節：「耶和華啊，認識你名的人，要依靠你，因你沒有離棄尋求你的人。」

15「你的書信」：指《新約．雅各書》第一章第十二節：「遭受試煉而忍耐到底的人有福了；因為通過考驗之後，他將領受上帝所應許那生命的冠冕。」「他所滴入的」：指大衛的教訓。

16「所要達到的目標」：指但丁所在的天國。

17《舊約．以賽亞書》第六十一章第十節：「我因耶和華大大歡喜，我的心靠上帝快樂；因為他以拯救為衣給我穿上，以公義為袍給我披上，好像新郎戴上禮帽，又像新娘佩戴首飾。」

「你的兄弟」：指雅各之弟約翰在其書《新約．啟示錄》第七章第九節中說：「此後，我看見一大群人，數目難以計算。他們是從各國家、各部落、各民族、各語言來的，都站在寶座和羔羊面前，穿著白袍，手上拿著棕樹枝。」

18「*Sperent in te*」：意謂「讓他寄希望於你」。

19 指約翰的靈魂變得異常燦爛。在黃道帶上，巨蟹宮和摩羯宮是遙遙相對的，因此太陽在一個星座升起，在另一個星座落下，如此反覆運轉。冬季太陽在摩羯宮的時間為十二月二十一日至一月二十一日。若是按但丁的離奇想像，這期間，要是在巨蟹宮有約翰那麼亮的星辰（即水晶體），那麼光就會不間斷，這一個月就會沒有黑夜，只有白晝。

20 據傳，鵜鶘會以自己的血哺養幼鳥，故常被比作耶穌的象徵。《新約．約翰福音》第十三章第二十三節說「門徒中有耶穌所鍾愛的一個人，他坐在耶穌身邊」。在十字架上時，耶穌將母親瑪利亞託付給這個門徒，要他照顧，這個門徒就是約翰（見《新約．約翰福音》第十九章第二十七節）。

21《新約．約翰福音》第二十一章第二十一至二十三節記載耶穌對門徒彼得所說的一句話，在門徒間產生一種錯誤的認知，認為約翰永遠不死，而且是以肉體登天。但丁在此用力要看這是否屬實；而約翰告訴但丁，他的身體留在地上已成塵土，待幸福靈魂的數目與遭天國驅逐的叛逆天使數目相等的那天，也就是在末日審判後，他才將按神命復活。

22 那兩個光焰指耶穌和聖母，只有祂們的靈魂與肉體是一同登上天國（即幸福的修道院）

第二十六章

當我因失去視力而疑懼時，那令我失去視力的燦爛火焰中發出了引起我注意的聲音：「在等待因注視我而失去的視力完全恢復之際，對你而言，最好是運用理性彌補這個缺點。現在就開始吧。你說說，什麼是你靈魂想企及的終極目的。要知道，你是暫時眼花，而非永久失明：因為引導你遊歷這個聖域的那位聖女，其眼具有亞拿尼亞之手所具備的能力[1]。」我說：「或早或遲，讓她隨意來醫治我的眼睛吧，這雙眼睛是她帶著我一直在燃燒的那種火進來時的門口。那使這個宮廷得到滿足的善，是『愛』以低聲或高聲向我講授的所有感情的阿爾法和俄梅戛[2]。」消除了我因為突然眼花而心生恐懼的那同一聲音，又促使我重新講話；他說：「但你該用更細的篩子篩過你的思想：你必須說明，是誰使你拉彎你的愛之弓，射向如此鵠的[3]。」

我說：「根據哲學的論證[4]，根據這裡對下界啟示的真理之權威，這種愛必然印在我心中：因為善一獲得人理解為善，便在人心裡燃起對它的愛，善越大，人對它的愛也就越大。因此，洞察如此論斷所根據的各個真理者之心，必然都愛那至高無上的實體，甚過愛其他事物[5]，因為在這本體之外的每一種善，都不過是其光輝的一種反射而已。向我的心智闡明此真理者，即是向我指明所有永恆本體所愛的首要對象的那位哲人[6]。那位作為真理本體的聲音，明白說明了這一點。說到自己時，祂對摩西說：『我

「現在就開始吧。你說說，什麼是你靈魂想企及的終極目的。要知道，你是暫時眼花，而非永久失明。」

要向你顯示一切善行』[7]。你也在你那崇高的宣告開頭對我說明過，相較所有其他信息，這崇高的宣告更是高聲對下界啟示了更多此處的奧祕[8]。」

我聽到：「根據人心智的論證，根據與此論證一致的經文權威，你的愛當中最崇高的愛，是以上帝為其對象。但是你還得告訴我，你是否感覺到另有其他繩索[9]將你拉向祂，使得你能說明這種愛用多少牙齒咬住了你。」

對我而言，基督的鷹[10]這番話的神聖意圖並非隱而不見；相反的，我明白他要將我的話題引往何處。因此我又說：「所有能將人咬住，使其心轉向上帝的那些牙齒，皆對我的愛產生作用：因為宇宙的存在，我的存在，祂為讓我得以永生，因而自己忍受死[11]，以及每位信徒都和我同樣希望的天國之福，連同我前面說過的那正確的認識[12]，這一切因素已將我從謬誤的愛之海中拖出，置於正確的愛的岸上[13]。長滿那永恆的園丁花園中的繁茂枝葉，我無一不愛[14]，程度取決於它們各自得自於祂的善之程度。」

我一沉默，一種極其美妙的歌聲就響徹天上，那位聖女和其他聖徒齊聲說：「聖哉，聖哉，聖哉！」如同熟睡之人一受強光刺激便突然驚醒，因為他的視神經奔上前去迎接那透過層層眼球內膜射來的光，這個突然驚醒之人分辨不出所見事物，仍處於這種不自覺的狀態，直至覺察力前來幫助為止；貝雅特麗齊以她明眸中閃耀到千里之外皆可見的光芒，從我眼上除去所有鱗屑，我因而看得較先前更加清楚：當我看到第四個光焰[15]和我們同在，我就像至感驚奇之人，對此提出疑問。我那位聖女說：「在這個光焰內，本原力量所創造的第一個靈魂懷著愛慕之情觀照著他的創造者。」

猶如樹在風吹過時樹梢向下彎曲，隨後便憑自身彈力挺立起來，同樣地，我在她說話時因為驚奇而垂下頭，但心中急於說話的灼灼願望隨即令我恢復了勇氣，復又抬起頭來。我說：「啊，唯一生來就已成熟的果子呀[16]，啊，每個新娘皆是你女兒和你兒媳的古老父親哪，我懷著至大的虔誠懇求你對我說話：你明白我的願望，為了儘快聽到你的話，我不將之說出。」

有時，被蓋住的動物躁動起來，使得牠的情緒必然顯露，因為覆蓋物會隨其一起動彈；同樣地，那第一個靈魂透過遮蓋著他的光芒，也讓我看出他是多麼喜悅前來滿足我的願望。於是，他說：「雖然你並未向我表現，但我已洞見你的願望，比任何你認為最真實的事物還清楚，因為我已在那面真實的明鏡中看到它，這面明鏡照出了所有其他事物的形象，而任何事物皆顯示不出它的全貌[17]。你想從我這裡知道，自上帝將我安置於這位聖女讓你準備好去登天的長梯之處的那座極高花園內，至今已有多久，花園美景令我賞心悅目又已有多久[18]，當初使上帝震怒的真正原因是什麼[19]，以及我所用和所造的又是什麼語言[20]。我的兒子啊，現在我告訴你，影響如此深遠的那次放逐，其真正原因並非吃下那棵樹的果子，而是如此行為超過了限度[21]。我在那位聖女促使維吉爾前去搭救你的地方渴望這個集會已如此之久，太陽共計運轉了四千三百零二次；當我在世上時，我看到它回到它軌道上的所有星座間，共計九百三十次[22]。在寧錄的人民還未致力於那不可能完成的工程之前，我所說的語言就已徹底死亡[23]；因為任何理性的產物從來不可能永久存在，這是因為人的愛好會隨天體的不同影響而不斷變化[24]。人要說話，是自然的作用；但應該這樣說或那樣說，自然由你們隨意決定。在我下往地獄之苦之前，作為包裹著的喜悅之光的來源的那至善，在世上之名為 I[25]；後來，其名為 El[26]：這是必然的變化，因為人的語言其慣用法就好似樹上枝葉，此片脫落，彼片生出。我在聳立海中的那座最高山上，在純潔的狀態和有罪的狀態中，從第一個時辰一直住到第六個時辰之末，當時太陽移動了圓周的四分之一[27]。」

---

1 聖約翰問但丁關於愛的問題，愛的最高目的是什麼？貝雅特麗齊將如亞拿尼亞（Anania）那樣，幫助但丁恢復視力。亞拿尼亞是大馬士革的基督徒，他受耶穌差遣，將手按在一度失明的掃羅（Saulo）身上，立刻有魚鱗狀的東西從掃羅的眼睛落下，他又恢復了視覺（見《新約．使徒行傳》第九章第十至十八節）。

2 希臘文的第一個字母為阿爾法，最末一個字母為俄梅戛，這裡意謂但丁始終都愛著至善（上帝），聖女貝雅特麗齊總是帶著愛映入但丁的眼簾。

3 聖約翰認為但丁回答得太一般，因此問他是什麼促使他生出對上帝的愛，要求他在回答愛的來源時要更加詳盡。

4 「哲學的論證」：指亞里斯多德的學說，他認為世界是由造物主上帝的渴望所推動。

5 凡認知上帝為至善者，就會愛上帝，愛到最高程度。

6 「哲人」：指亞里斯多德。他在《形而上學》中寫道：「上帝是愛的第一個對象，欲望和理性在這愛當中統一。」

7 《舊約．出埃及記》第三十三章第十九節上帝對摩西說：「我要使我所有的光輝在你面前經過，並宣告我的聖名。我是耶和華；我向我所揀選的人顯示慈悲憐憫。」

8 「崇高的宣告」：指《新約．約翰福音》的第一章講述有關生命之道，即道就是上帝，道就是生命的根源，這生命將光賜給了人類。光明照射黑暗，黑暗從未勝過光。又見《新約．啟示錄》第一章第八節載：昔在、今在、將來永在的主——全能的上帝說：「我是阿爾法，就是開始，是俄梅戛，就是終結！」
9 「其他的繩索」：指其他理由能激起對上帝的愛。
10 「基督的鷹」：指聖約翰。有關聖約翰為「飛鷹」的比喻，見《煉獄篇》第二十九章注24。
11 指耶穌的死。《新約．約翰一書》第四章第九節說：「上帝差他的獨生子到世上來，使我們藉著他得到生命。」
12 「正確的認識」：即上帝的愛是至高無上的，因此是值得愛的。這種認識有哲學論證和經文權威。
13 本章有關愛的所有論述，讓但丁修正了過去對於愛的錯誤認知，也就是追求那些表面、虛妄、塵世利益的蜃景，這屬於次善，而但丁此時了解了唯有上帝才是善的本質，作為善之本質的造物主上帝，是所有善的緣由和來源（參見《煉獄篇》第三十章注26和第十七章注34）。
14 「永恆的園丁」：指上帝。「花園」：指大地。「枝葉」：指上帝的一切創造物。這裡指但丁對上帝所造之物的愛，即仁愛或博愛。
15 「第四個光焰」：是亞當。亞當是上帝繼創造天使後，首先創造的第一個人類。
16 亞當一被造成，就已是成人階段，沒有經過人類通常的成長過程。
17 「真實的明鏡」：指上帝。意謂亞當從上帝的明鏡已明白但丁要問的問題。
18 但丁的第一個問題：上帝創造出亞當，並將他置於山頂的地上樂園，也就是伊甸園，直到當時，這經過了多久時間？亞當沒有直接回答這個問題。第二個問題：亞當在地上樂園住了多久？
19 第三個問題：亞當使得上帝震怒，因而被逐出伊甸園的真正原因是什麼？
20 第四個問題：亞當所使用和創造的語言是什麼？
21 亞當沒有依序回答，而是根據問題的重要性，先是回答第三個問題。亞當說：讓上帝將我趕出伊甸園，讓我的後代長時間都得不到幸福的原因，並非是偷嘗禁果本身，而是違背上帝對人的限令，因此那並非嘴饞之罪，而是驕傲之過。
22 貝雅特麗齊請維吉爾營救但丁那時，亞當在林勃已待了四千三百零二年。亞當在地上活了九百三十年（《舊約．創世記》第五章）。因此兩者相加共為五千二百三十二年，從耶穌之死到一三〇〇年為一千二百六十六年，總共是六千四百九十八年。該數字符合亞當出世到但丁寫詩的時間，這正是但丁想知道的時間。
23 亞當所使用的語言，也就是他所有後代所用的語言，這個語言延續到寧錄建造巴別塔之前。上帝亂了建築工人的語言，讓彼此思想無法交流，讓巴別塔造不成（見《地獄篇》第三十一章注13）。

24 此話有兩種解釋：一、人類的愛好，因星球的影響而不斷變化；二、注釋家齊門茲否認第一種說法。因為根據《筵席》第一篇第九章，語言是因為人性的不穩定，地方和時間的相距而有所變化，從來就不受星球影響；這種影響不是指方言的變化，而是指人性的影響；人性的不穩定自然會影響語言的變化。

25 「I」：是人間稱上帝的名字，但也可能是但丁自己創造、最初稱呼上帝的符號。

26 「El」（依爾）：是希伯來語稱呼上帝的第一個名字。「後來」：指亞當死後。但丁未明確指出這是在建造巴別塔之前或是之後。

27 亞當在伊甸園共待了六個時辰，因為太陽按圓形旋轉，從一日的第一時到第六時，即從早晨六點待到中午十二點，剛好是太陽移動圓周的四分之一。

第二十七章

「榮耀歸於聖父，歸於聖子，歸於聖靈！」全天國唱起這首頌歌，那美妙的歌聲令我沉醉。我覺得，我所見的景象似乎是全宇宙都現出一副笑容：因為我這種沉醉狀態是既由聽覺又由視覺進入內心。啊，喜悅呀！啊，無法表達的歡樂呀！啊，愛與平和構成的完美圓滿生活呀！啊，令人再無渴望、穩固可靠的財富啊！

那四枝燃燒的火炬站在我眼前，當初最先來的那枝[1]逐漸變得益發明亮，他的面貌變得如同木星，假使他和火星都是鳥，互相交換了羽毛[2]。當在天上決定任務分配和動靜的交替天命已令各處有福的合唱沉默之後，我聽見最先來的火炬說：「如果我變色，你莫驚訝，因為，在我說話時，你將看到所有聖徒都要變色。在世間篡奪我座位的那人——我的座位，在上帝的兒子面前仍舊空著——他使我的墓地成了血腥和發臭的陰溝[3]；那個從這上界墜落的邪惡者因而在地獄裡感到高興[4]。」

當時，我看到滿天染成那種顏色，如同傍晚和清晨時分從對面射來的日光將雲層染成的那樣[5]。猶如意識到自己清白的貞潔淑女，僅僅聽到別人的過錯就害羞起來，貝雅特麗齊就那樣改變了面色[6]；我想，當初那至高無上的權力受難時，天上的日頭變黑就是這樣[7]。

於是，他繼續說，聲音變得和原本大不相同，就連面色變化的程度都不比這種變化大：「基督的新

「榮耀歸於聖父，歸於聖子，歸於聖靈！」全天國唱起這首頌歌，那美妙的歌聲令我沉醉。

娘被我的血、黎努斯的血和克雷圖斯的血養活，不是為了獲取黃金[8]，而是為了獲得這種幸福生活，西克斯圖斯、庇烏斯、卡利克斯圖斯和烏爾班在蒙受迫害流過許多淚水之後，最終流血犧牲[9]。我的意圖不是要讓一部分的基督教人民坐在我們的後繼者右邊，一部分坐在其左邊[10]；也不是要讓我獲賜的那兩把鑰匙成為對受過洗禮的人作戰的軍旗標誌[11]；也不是要讓我成為刻在印璽上的形象，透過蓋上這種印璽的文件，讓販售、虛假的種種特權生效[12]，為了這種行為，我經常臉紅而且冒火。從天上這裡看見，所有牧場上都有穿著牧人衣服的貪婪之狼：啊，上帝的救助啊，你為何遲遲不行動[13]？卡奧爾人和加斯科涅人準備喝下我們的血[14]：啊，良好的開端哪，你的結局勢必落得多麼惡劣！但是，那曾使西庇阿為羅馬保衛世界光榮的崇高天命[15]，正如我所知的那樣，將迅速提供援助；兒子啊，由於你仍有肉體重負，還得回返下界，屆時你必須開口述說，切莫隱諱我不隱諱的話。」

正如天上摩羯座的角被太陽觸及時[16]，大氣層使那由蒸氣凝結而成的雪花紛紛飄下，同樣，我看到那裡的天被那些曾與我們同在那裡逗留的凱旋靈魂之光裝飾起來，他們如雪片般紛紛朝上飄去[17]。我目送他們的形象，直到我和他們之間的距離大得無法再向上遠望。那位聖女見我不再向上望，便對我說：「垂下眼睛，看看你已隨這重天轉了多大空間[18]。」

我看到，自從我初次俯視下界以來，我已從第一氣候帶所形成的整個弧線正中，移動到了它的終點[19]。所以，我一方面看到當初尤利西斯越過加的斯所走的那條瘋狂冒險航路[20]，另一方面也看到歐羅巴成為愉快的負擔的那個海岸附近一帶[21]。這個打穀場還會有更多地面映入我眼簾；但是太陽已在我腳下運行，朝前走了一個星座之遠[22]。

當時，我那經常樂於注視那位聖女、滿懷愛慕的心，比之前任何時候都更渴望將目光移到她身上。當我轉身凝視她的笑容時，那些魅力足以穿透悅目而令人賞心的人體自然之美或是人體畫的藝術之美，這些美倘若全數加總，相較於她那向我閃耀光芒的笑容的神聖之美，似乎仍等於零。她目光給予我的力量，將我從勒達的美麗巢中拖去，直推到運轉最速的那重天中[23]。

這重天距離地球最近和最遠部分如此相同，我因而說不出貝雅特麗齊為我選擇在什麼地方停下。但是，她看出我的願望，面帶那喜悅的笑容，彷彿上帝就在她臉上表現出欣喜，開始說：「那令作為其中心的地球靜止不動、而使地球周圍其他諸天運轉不息的宇宙的性質，正以這重天為起點，正從這裡開始[24]。這重天不在別處，而在神的心中，就在那裡燃起轉動它的愛，產生它降下的影響力[25]。光和愛合為一圈包圍著它，正如同它包圍其他諸天；至於此圈是什麼，唯有包圍它的那一位知道[26]。這重天的運行不由另一重天的運行測定，但其他諸天的運行卻是由這重天的運行測定，正如同十是由其一半和其五分之一測定那般。現在你應該明白，時間的根在這樣的花盆中，而其葉則在其他那些花盆裡[27]。

「啊，貪心哪，你令世人沉沒到你的水下，深至無人能從你的波浪中抬起眼睛[28]！為善的願望當然還會在世人心中綻放；但接連陰雨使得結成的李子變成蟲蛀的李子。信仰和純潔只見於兒童；爾後，在他們兩頰長滿鬍鬚之前，這兩種美德便都消失。有些孩子在說話仍口齒不清的時期守齋，爾後，當舌頭發音變得流利無阻，他就不管在什麼月、面對什麼食物，都狼吞虎嚥；有些孩子在說話仍口齒不清時深愛且聽從於他的母親，爾後學會能言善道時，就渴望見她被埋葬。正如同美麗女兒的白皙皮膚一見到那帶來清晨和離開夜晚者的面就變黑一樣[29]。為了讓你對此不至於驚異，你要想想，如今世上無人治理[30]，人類因而步入歧途。但是，由於下界忽略的那每年一天的百分之一，使得元月完全超出冬季[31]，這一重高天將放射出它們的影響力，促使受人期待已久的時運到來，將船尾轉向船頭所在，進而使船隊朝正確航向駛去，並且讓花開後結出完好的果實[32]。」

1 指聖彼得，另外三位是聖雅各、聖約翰和亞當。

2 聖彼得像水星一樣發出銀白色光輝，由於對教會腐敗深惡痛絕，他在譴責教會時，光由白色變成血紅，聽他說話的眾靈魂的光也變為紅色。在天國，白色代表歡樂，而紅色則象徵憤怒和憂傷。

3 聖彼得譴責波尼法斯八世篡奪了教皇聖職，因為他誘迫當選不久、能力弱的教皇策肋定五世聲明將聖職讓給自己（見《地獄篇》第三章注11）。但丁在《地獄篇》和《煉獄篇》中曾多次提到這位他憎恨、造成他永遠流放異鄉的教皇，但抨擊這個死敵的語言從來沒有如這裡猛烈和尖刻。在《地獄篇》第十九章，但丁只用諷刺和蔑視的語言，並未否定波尼法斯八世的教皇地位合法性。但在《天國篇》此處，他採用了「篡奪」一詞，算是對波尼法斯的徹底否定。

4 據傳，聖彼得在羅馬殉道，並葬於羅馬。由於教皇波尼法斯八世在教派中挑起爭端，羅馬教廷成了充滿血腥和罪惡的地方。「邪惡者」指地獄裡的魔王撒旦。

5 但丁見到當時的天空變成紅色，猶如朝霞和晚霞映紅了雲層。

6 貝雅特麗齊因為害羞而垂下眼睛，這一瞬間，她的臉色與其熱烈的眼光也就變得暗淡而陰沉。

7 此處指耶穌受難時的情景。《新約．路加福音》第二十三章記載：「那時約有午正，遍地都黑暗了，直到申初，日頭變黑了。」

8 「基督的新娘」指教會。「黎努斯」（Linus）：是羅馬首位主教（66-78），聖彼得的繼承人，於七八年九月二十三日殉難。「克雷圖斯」（Cletus）即阿納克雷圖斯（Anacletus），羅馬教士，是聖黎努斯的繼承人，後殉教。這些聖彼得的最早繼承人都為了教會流血犧牲，直至獻出生命，但後來的教皇們卻是利用教會中飽私囊。

9 「西克斯圖斯、庇烏斯、卡利克斯圖斯」為第二和第三世紀的羅馬主教，後來殉教。「烏爾班」（Urbanus）於二二二年至二三〇年間任羅馬教皇，後來殉教。

10 聖彼得不希望教民分成兩派，一部分人站在上帝的選民、受寵者（教皇）一邊，一部分人站在上帝擯棄、受審判者一邊（見《新約・馬太福音》第二十五章：論最後的審判）。此處的兩派，暗指但丁時代的貴爾弗黨和吉伯林黨。

11 貴爾弗派打著教皇的旗幟，該旗上繪有聖彼得的鑰匙。

12 教皇的印璽上印有聖彼得像，蓋上此印璽的文件即使是假的，也具有合法性。

13 買賣和造假特權的結果，就是教會普遍腐敗，主教和教士透過買賣得到神職。這些聖職成為他們攫取無數財富和權勢的泉源。因此，牧羊人的形象遂成為貪婪的惡狼。見《新約・馬太福音》第七章第十五節：「你們要防備假先知。他們到你們那裡來，外面披著羊皮，裡面卻是殘暴的狼。」「牧場」顯然是指神職人員掌管的教區（主教區，高級教士的教區），這裡暗指這不是真放牧羊群的草場，而是虛假牧羊人的牧場。

14 指約翰二十二世（1316-1334 在位）和克萊孟五世（1305-1314 在位）；前者生於法國南部城市卡奧爾，在中世紀，該城居民中有許多重利盤剝者，時人因而常稱高利貸者為卡奧爾人；後者是加斯科涅人，這兩位教皇的教廷均在亞維農。

15 古羅馬帝國將軍西庇阿在公元前二〇二年的扎瑪之戰中打敗漢尼拔，迦太基被迫求和，第二次布匿戰爭以羅馬成為西地中海霸主而告終（見第六章注15）。

16 太陽在摩羯星座應是冬季十二月二十一日至一月二十一日。

17 與冬季寒冷的雪花往下飄落的方向相反，眾聖靈之光紛紛朝上飄去。

18 貝雅特麗齊發現但丁不再往上望，於是要他往腳下看，讓他看看已隨第九重天運行了多遠。

19 「第一氣候帶」：指由印度的恆河到西班牙的加的斯（Cadice），在這之間有耶路撒冷；但丁第一次從雙子座往下俯瞰時（見本篇第二十二章），他見到的地面是自恆河至耶路撒冷，而這次往下看，所見的地面則是從耶路撒冷至加的斯，但丁在天上已隨雙子座移動了四分之一圓周。

20 尤利西斯的航程是越過直布羅陀海峽進入大西洋（見《地獄篇》第二十六章注32）。

21 「那個海岸」：指腓尼基。在希臘神話中，眾神之王朱比特變成一頭白牛，將腓尼基王阿萊諾耳的女兒歐羅巴（Europa）劫持到克里特島。一些注釋家認為，但丁見到的「那個海岸」實際上是朱比特劫歐羅巴後去到的克里特島，而不是出發地腓尼基，因為但丁當時所走的位置，不可能看到在黑暗中的腓尼基。

22 但丁在雙子星座，因此太陽在其腳下。太陽此時在白羊座，它們之間隔著兩個星座的部分和金牛星座的全部，因此但丁說他能看到「這個打穀場」（地球）的大部分地面。

23 「勒達」（Leda）：是變為天鵝的朱比特的情人，他們生下了卡斯托和波路克斯這對孿生兄弟，後來朱比特讓他們升為星宿，也就是雙子座（見《煉獄篇》第四章注14）。此處意謂但丁由恆星天上升到了原動天。

24 「中心的地球靜止……其他諸天運轉」：根據托勒密的「地靜說」，地球居於宇宙中心，靜止不動，而太陽、月球及其他星球皆繞著地球運行。這個學說在哥白尼提出「日心說」之前占據統治地位，原動天包圍所有其他天體在其當中，因此是宇宙空間的起始。

25 淨火天是為所有其他諸天點燃愛，並降下影響的源頭。

26 淨火天的光與愛圍繞著原動天，只有上帝知悉其內容。

27 但丁在這裡將時間比喻為植物，其根在原動天，而其枝葉則在其他天體內。儘管原動天的運行不可見，但時間的根在此天體裡，而其他天體的運行是可見的。原動天是時間的度量。

28 貝雅特麗齊指出，世人受到凡間財富誘惑，即使想抬起雙眼，也已無能為力，因為周圍腐敗的環境阻止他們這麼做。

29 「那帶來清晨和離開夜晚者」：指太陽，太陽為一切生物之父。「美麗女兒」：指人類，人類的皮膚由原本的白色變黑，說明了人類由起初的正直清白，而後變得腐敗墮落。

30 世間人墮落是因教會無教皇，國家無皇帝君臨義大利，但丁在《煉獄篇》第六章提到：「義大利是暴風雨中無舵手的船」，因此強調由皇帝掌舵，義大利才能得救。

31 公元前四十六年羅馬使用儒略曆，以當時羅馬統帥儒略．凱撒之名命名，在天文學家索西吉內（Sosigeno）的建議下，決定採用此年曆。這個年曆即是我們目前所用的陽曆的前身，它每年有三百六十五天零六小時，每四年有一閏日，而實際上比回歸年（太陽年）長十一分四十秒（但丁稱之為一日的百分之一）：這麼算下來，儒略年要比實際季節的日期推遲數日。幾個世紀後，年曆所標的月分已與季節到來的真實情況不相吻合，因此但丁說元月已出了冬季，他認為修改年曆勢在必行。到了十六世紀末，春分日由三月二十一日提早到三月十一日。羅馬教皇葛利果十三世（Gregorius XIII）於一五八二年命人加以修訂，因而成為了現今通用的公曆。

32 此處隱喻神意，人類將完全改變航程，走上正道，回到本章前面所說的為善的願望：它在人們心中當然還會開花，結成真正的李子，而不是蟲蛀的李子。

第二十八章

在那位讓我得以進入天國的聖女揭露可憐人類的現實生活和啟示真理之後，接著，如同一個人在沒看到或沒想到之前，忽然在鏡中瞥見在背後為他照明的雙枝燭臺的燭火，轉身去看鏡中火焰形象是否如同實物，看到前者和後者如同歌詞和與之配合的樂譜那樣一致；同樣，我的記憶力現在想起，在我凝視那位聖女被愛神作為俘獲我的繩索的那雙美麗明眸時，我也曾見到同樣情景。當我轉身向後，出現在旋轉的那重天中的事物觸及我的眼睛時，每次在其圓圈中凝視，我都看到一點放射著強烈光芒，強烈到其照射的眼睛也因此不得不閉上；那一點如此之小，小到任何一顆從地球上看似最微小的星，若是像天上一顆星和另一顆並列似地放在這一點旁邊，都會大得像個月亮[1]。

大約距離這一點如同霧最濃時產生的暈圈[2]和它圍繞的那顆為它著色的行星那樣近，一個火環圍繞它飛快旋轉，其速度之高，超過圍繞宇宙運轉最快的那重天[3]。這個火環被另一個圍繞，另一個又被第三個，第三個被第四個，第四個被第五個，第五個則被第六個圍繞。第六個外面是第七個，它已擴展得如此廣大，倘若朱諾的使者彩虹呈現圓形，也會顯得狹小，無法將之容納[4]。第八和第九個都是這樣；各個火環在數目上距離發光點越遠，轉動得就越是緩慢；和這純淨的火花相距最近的火環發出的火焰最是明亮，我相信，那是因為它從這純淨的發光點獲得更多真理之光[5]。

見我的心懸在難以解決的疑團中，那位聖女便說：「天和整個自然都仰賴這一發光點[6]。你看距離它最近的那個火環；要知道，它轉動得如此之快，是因為受熾熱的愛所刺激。」我對她說：「假若宇宙是依我所見的那些火環當中的秩序安排，那麼，擺在我面前的那種精神食糧就會令我滿足；但是，在我們感知的世界中可看到，離宇宙中心越遠的天，具有越多的神性[7]。因此，如果在這座僅以愛和光構成的天為邊界、奇妙的天使殿堂中，我的願望應該達到其目的，我還須聆聽你闡明何為原型和摹本[8]，因為我單靠自己的智力去探索這個問題，將會徒勞無功。「你的手指若是解不開這個結，那也不足為奇，因為一直無人試圖將之解開，它已變得更緊。」我那位聖女這麼說；接著又說：「若想完全滿足求知欲，你要全數接受我將對你說的話，而且還要殫精竭慮去理解。由於這九重天各自含有的能量不同，面積因而不同。較大的善必然產生較大的福祉；倘若較大的天其各部分均同樣完美，便含有較大的福祉[9]。因此，這重帶動宇宙其餘部分與它一同運轉的天，與那個具有最熱烈的愛和最多智慧的火環相對應[10]。因此，如果衡量你所見的那些呈環形的實體能力多寡，而非衡量其外形大小，你就會看到各重天和主管它的天使之間那種神奇的對應，亦即較大的天對應較大的天使，較小的天對應較小的天使[11]。」

如同波瑞阿斯鼓起他那吹出較柔和輕風的面頰時[12]，天穹變得明亮而晴朗，原先令它陰沉的雲層被清除、驅散，天空因而呈現出各部分的美，對我們微笑；我那位聖女向我提供她的明確解答後，我也是那樣，看到了真理如同天上的一顆明星。

她的話終止後，那些火環全數散發出火星，與熔化的鐵被錘子擊打時迸發火星無異。每粒火星都隨著它所在的火環旋轉，為數之多，多過棋盤上所有方格加倍總和幾千位數[13]。我聽見一個個合唱隊都向

那些火環全數散發出火星，與熔化的鐵被錘子擊打時迸發火星無異。

保持著他們、而且亦將永久保持他們在各自原來 ubi[14] 的那固定不動的發光點唱頌著和撒那。她看出我心中疑念，便說：「那頭兩個火環向你顯示的是撒拉弗和基路伯，他們依據對上帝之愛的紐帶迅速旋轉，因為他們在最大可能的限度內和那個發光點相似；他們能和它相似，因為他們對它的觀照達到最高深的限度。那些圍繞著他們轉的其他天使稱作上帝的寶座，他們是第一品級的三級體的終結[15]；你應該知道，所有天使的福祉是和各自對那讓每個心靈從中得到平靜的真理觀照的深度成正比的。由此可知，福祉建立在觀照的行動上，而非建立於隨後產生的愛的行動上[16]；觀照的深度取決於上帝恩澤和被造物的善意所產生的功德：就這樣一層層推演下去。

「第二品級的三級體在這不受夜間升起的白羊座剝奪的永恆春天裡那樣萌芽綻放，它用三種旋律永久不斷地唱著和撒那[17]，這三種旋律就迴盪在由三級歡樂的天使形成的三級體中。這第二品級的三級體中有三級天使：第一是權德，第二是德能，第三是威力[18]。其後，在倒數第二的兩個歡樂的火環中，統權天使和大天使在旋轉；最後一個火環中都是歡樂的天使[19]。這些品級的天使全都懷著仰慕之情向上觀照，同時向下施加影響，吸引那些較低的品級，因此，他們全都被吸引向著上帝，而且也都在吸引[20]。丟尼修[21]懷著極大的願望開始思考這些天使的品級，進而得以如我所說的那樣，為其命名和區分。但後來葛利果與他意見分歧；因此，他來到天國一看到事實，就對自己的錯誤失笑[22]。如果一個凡人在世上揭示如此奧祕的真理，願你莫感驚奇，因為有一位在這裡看到事實者向他啟示了這個真理，還有諸多關於這些火環的其他真理[23]。」

1 在貝雅特麗齊剛譴責完人類的腐敗後，但丁轉向她，看到她眼中反射出一點強光，而且看到九個火環。那光點表示上帝本體之光。此光點無物質的大小，相較於從地球上看見的最小星，它大如月亮。這讓人想到，但丁曾從貝雅特麗齊眼中看到格利豐與耶穌的雙重性（人性和神性，參見《煉獄篇》第三十一章注20）。這裡顯然說明，透過神學（以貝雅特麗齊為代表）有可能在某種標誌上識得神的奧祕，即在《煉獄篇》中瞭解耶穌的兩重性，在本章中認識上帝和天使的品級。

2 指日暈或月暈。

3 「圍繞宇宙運轉最快的天」：指原動天的運行。

4 女神伊里斯是陶瑪斯之女、朱諾及眾神的使者，她象徵彩虹；這裡意謂火環不斷擴大，到了第七圈，就連彩虹弧呈圓形也圈不住它。

5 意即離純光點越遠，旋轉速度就越慢，得到的真理之光就越少。

6 但丁在此引用了亞里斯多德的話：天和整個自然都依靠這一原則，但丁用「這一發光點」取代抽象的「原則」。這個發光點具有神祕意義，揭示了上帝本身的存在。

7 貝雅特麗齊解釋說：那一發光點為上帝。但丁直覺感到圍繞發光點運轉的九個火環，正是讓諸天運動的天使排列秩序，因此發光點與火環共同成為了宇宙秩序原型之光的發射，而但丁眼前見到的火環（天使世界）離中心越近，運轉也就越迅速的現象，與他在感知世界（物質世界）中見到的相反（即離宇宙中心越遠，神性越大）。

8 但丁想從貝雅特麗齊的回答中，瞭解天使世界和感知世界（原型和摹本）之間的關係。他本人無法解釋這個問題。

9 闡明問題的總前提是：諸天的大或小，是根據其包含的德性（善）大小而定，因此，大德（善）產生大愛，大愛是包含在大實體中的，所以最大實體的天就是具有大德性的天。天使世界與感知世界之間的關係不應以其大小衡量，而是要看德性多寡而定。

10 原動天相當於天使圈最小的，此圈主管天使為撒拉弗級，因它離上帝（第一原因）最近，德性也就最大。

11 天使環由內向外，諸天由高向下，它們的德性大小是成比例的。

12 在地圖上以人的面部表示四個基本方位的風，這個方法延用到十八世紀。風是從嘴中央（北面）脹頰鼓氣，吹向三方面。波瑞阿斯（Borea）代表北風，其左邊的是東北風（Grecale），右邊是西北風（Maestrale）。在義大利，西北風為最柔和。

13 但丁在此用了一個古代傳說，說明組成火環的天使（火星）不計其數。據傳，波斯國王問六十四格棋戲的發明者想要什麼報酬時，那發明者回答說，只要麥粒：即第一格一粒麥，第二格兩粒麥，第三格四粒麥，第四格八粒麥，以此類推，實際上為二的六十四次方。國王起初以為很容易滿足這個要求，但經過計算後，發現全國一年收的麥子數量也遠遠不夠。若地上全種麥子，也要八年後才能產出那麼多麥子。

14 「ubi」：即拉丁語的「空間」。此處強調圍繞發光點的天使軌道永久不變地在各自空間運行，就像各行星圍繞太陽運行。

15 天使分為三個品級，每個品級再由三級體組成。頭兩個火環名為撒拉弗（Seraphim）和基路伯（Cherubim），它們離「發光點」最近。這一品級的第三級體為寶座（Troni）。撒拉弗以翼高舉而到達上帝，基路伯以眼力深入到上帝，則象徵上帝的權力，上帝判斷的明鏡。

16 意即天使享有的幸福與他們對上帝的認識成正比。

17 秋分之後，經過冬至到春分，傍晚時可在天空看到白羊宮，因此天國是沒有秋天、也沒有冬天的地方。

18 第二品級的三級體天使為治權天使（Dominazioni），德性天使（Virtù）和權勢天使（Podestà）。

19 第三品級的三級體天使為王國天使（Principatà），大天使（Archangeli）和天使（Angeli）。

20 即這些品級的天使全都定睛仰望上帝，被吸引到上帝身邊，他們向下讓低於他們品級的天使受其影響，將之吸引到自己身邊，所以天使們同時處於被吸引及吸引的地位。

21 丟尼修（Dionigi l'Areopagita）是聖保羅的信徒，他正確地命名和區分了天使品級。

22 教皇大葛利果一世（他拯救古羅馬圖拉真皇帝的靈魂「取得偉大的勝利」）對天使的分級法與丟尼修不同；當他到了天國親眼見到那裡的實情時，才對自己錯誤的分類感到好笑。按照他的排列：第一品級：撒拉弗，寶座；第二品級：治權，王國，權勢；第三品級：德性，大天使，天使。

23 貝雅特麗齊最後說，這沒什麼奇怪的，丟尼修能夠無誤地瞭解如此奧秘的真相，是因為他受到聖保羅的啟示，聖保羅生前曾到過第三層天（見《地獄篇》第二章注9）。

第二十九章

當拉托娜的兩個孩子，一個在白羊座下方，一個在天秤座下方，同時都以地平線為腰帶時，天頂使他們保持平衡，但二者剎那間就都脫離了那條腰帶，各自轉到相反的半球，因而失去平衡，那時貝雅特麗齊面帶笑容，凝望曾照得我不得不闔眼的那一發光點，她就沉默了那麼一剎那[1]。於是，她說：「我不必問，就能說出你想聽到什麼，因為我在一切空間和時間集中之點看到了你的願望[2]。不是為給自己獲得善，這是不可能的，而是為使反射祂的光的被造物在反射時能說 *Subsisto*（我存在），永恆的愛在其永恆中超越時間，超越所有其他空間限制，出於自願，開放出新的愛[3]。祂在這之前也不像無所事事似地躺著；因為上帝運行在這水面上，既非以前、也非以後進行[4]。本質與物質，結合的與單純的，同時從上帝心中創造而出，完美無缺，好似三支箭從一張三弦弓齊發。猶如光線映射在鏡子、琥珀或水晶上，直至完全滲入當中，毫無間歇，同樣，這三種創造成果各自作為完全的實體，從其主的心中如光線般齊射而出，也無先後之分[5]。和這三種實體一起被創造和建立的實體是其秩序；那些被創造為純粹行動的實體是宇宙的最高峰[6]；純粹潛能占了最低部分；中間部分是永不解開的紐帶繫在一起的潛能和行動[7]。杰羅姆為你們所寫的關於天使的書中稱說，創造天使遠早於創造宇宙其餘部分許多世紀[8]；但我所述的這一真理，可見於受聖靈啟示的眾著者的書中多處[9]，你若是好好注意，便能發現；而且理性對此真理也看到幾分，它不能承認，那些原動力會這麼久尚無諸天以使其完美無缺[10]。現在你知道，這些愛是在何處、何時、如何創造：因此你願望中的三道火焰已經熄滅[11]。

「隨後，在人從一未及數到二十之前的時間，一部分天使就從天上落下，擾亂你們四大要素的下層[12]。另一部分則留在天國，開始以如此喜悅去盡你看見的這種職責，因而旋轉永不終止[13]。那部分天使墮落的根源，是那個你曾見過、被宇宙所有重量壓住者被詛咒的驕傲[14]。你在此處所見的天使是謙卑的，他們承認自己源於令他們生來即有如此偉大智慧的至善。因此，其靈見得到上帝的啟迪恩澤和自己的功德提高，使得他們具有完全的堅定意志。我不要你懷疑，而要你深信，接受恩澤也是功德，功德和接受恩澤的願望成正比例。

「現在，我的話你若是已領會，你便能思考出有關天使這個集體的狀況，無需他人之助。不過，既然世上的學校講授稱天使的本性也如人類一樣具有心智、記憶和意志[15]，我還要再說一些，好讓你能看清受到下界講授所用的雙關語混淆的純正真理。這些實體自從初見上帝容顏因而喜悅以來，目光從未離開他們在其中洞見一切的容顏。因此，其目光不受新事物阻斷，因此不必因為思路被打斷而去回憶什麼[16]；所以，下界那些稱天使具有記憶的人是在睜眼做夢，當中有的相信自己所言屬實，有的不然；然而後者的過錯和恥辱更大。你們下界探究哲學的人不走同一途徑，總愛炫示個人的虛榮和思想，因而驅使你們遠離正途！然而天上對此種炫示自己行為的憤怒，要比對《聖經》遭忽視或被曲解時要小。世人不想想，那些為了在世上傳播《聖經》付出多少血的代價，謙卑遵循《聖經》教義者多麼為上帝所喜。人人設法炫示自己，製造自己獨特的說法；佈道者大肆宣述這些說法，宣講《福音》的聲音沉寂了。有人稱說，基督受難之際，月亮退於太陽和地球之間，太陽光因而照不到下界，他這是在撒謊，因為太陽光是自行隱避的：所以如此遍地黑暗的日蝕，西班牙人和印度人都如猶太人一樣能看到[17]。每年各地佈道壇上都宣講著這類神話，其數之多，還多過佛羅倫斯所有名為拉波和賓多之人[18]。無知的羊群因而飽食了滿肚子的風，從牧場上回來，不知所食之物的害處，也不足以令其得到寬恕。基督沒有對他最初的使徒說：「去向世界傳布空話」，而是為他們講述真理的基礎。從他們口中只聽到他所講述的真理，所以在為燃起信仰而進行的戰鬥中，他們以《福音》作為矛和盾。如今世人以俏皮話和打諢講道，只要能引起哄堂大笑，講道者所戴的風帽便會得意地膨脹，不再對聽眾有所要求。然而那風帽尖裡有這樣的鳥[19]做窩，倘若老百姓看見牠，就會明瞭他們相信的贖罪券有何價值：由於盲目相信贖罪券的心理，世人的愚蠢行為大大增加，眾人因而無不急於設法弄到各種贖罪券，而不問其有無教會權威的證明。安東尼會修士便是利用世人這種輕信贖罪券的心理，將無印記的偽造貨幣付給他們，以養肥聖安東尼的豬和許多比豬更骯髒的人[20]。

「由於我們的話已離題甚遠，現在，你將眼睛轉向正路，以便談論的進程能依我們可用的時間縮短。這一級級的天使數目極大，絕非凡人言語和思想能及；如果你細看但以理啟示的夢中異象，就會知道他所說的千千萬萬中，藏有確定的數目[21]。本原的光普照著所有天使，以各種不同方式為其接受，方式多得如同光照耀的所有天使。因此，既然對上帝的愛是隨對祂的觀照而生，這種愛的幸福在當中相應地也有熱與溫的程度之別。現在，看這永恆之善的崇高和偉大，因為祂讓自己形成這麼多面反射祂的光的鏡子，而祂本身依然如同先前那樣渾然一體[22]。」

1 貝雅特麗齊沉默片刻，目不轉睛地望著「那一發光點」，但丁卻用一種複雜天文現象的變化說明這一瞬間之短暫。「拉托娜的兩個孩子」指日神阿波羅和月神狄安娜（見《煉獄篇》第二十章注44）。晝夜平分時，太陽落山而月亮升空。這時天頂使日與月在地平線上處於平衡狀態。這平衡在一瞬間後被打破，日與月各自朝相反的半球運轉。

2 貝雅特麗齊從「那一發光點」的光照，已明白但丁心中的疑問。她指出，上帝是一切空間和時間的集合點，也就是無所不在、無時不在。她以此解釋但丁對「天使是如何被造出」的疑問。

3 上帝（永恆的愛）創造天使，目的不是為自己增添其他的愛（善），這是不可能的，因為祂本身就是至高無上、無窮盡的愛。上帝這種創造是出於自願，是為了讓被造物反射祂的光輝，而造物因發揚光輝，而有「自我存在」的感覺。

4 時間本身也是一種創造物。在上帝創造了天地，尤其是原動天時，時間才開始。創造顯然是超越時間及空間的，永恆既無以前，也無以後。但丁用這個委婉的表達，說明造物過程是模仿《聖經》的說法。《舊約．創世記》中說：「起初上帝創造天地。……上帝的靈運行在水面上。」

5 純粹形式（天使），純粹能量（第一物質）和形式與物質的結合（物質世界即諸天體）三者是上帝同時在一瞬間創造出來的。這三種創造物同時射出，就如同光線映射、並且滲入透明體中，沒有時間先後。在但丁的時代，世人相信光線的散布是瞬時的，據亞里斯多德物理學的理論：光在半透明體裡散布自己時並不占時間。

6 創造純粹行動的實體（天使）的地方是在天頂。

7 純粹潛能在最低的地方，也就是在地球上；形式和物質的結合（天體）則是介於地球和天頂之間。這個宇宙秩序的建立，是中世紀思想最偉大的想像之一。

8 「杰羅姆／耶柔米」（San Girolamo）是拉丁教會著名神學家，曾將《舊約》從希伯來文譯為拉丁文。他的觀點是上帝創造天使要比創造物質世界早遠許久。聖托馬斯等人不同意這個觀點，但丁在此引用《聖經》說明自己的觀點。

9 許多宗教書籍曾多次提到天使與物質世界是同時被創造出來的。在基督教《舊約．傳道書》中說：「誰永久活著，就同時創造一切物質。」《舊約．創世記》第一章開頭說：「起初上帝創造天地。」均證明天使並未先造成。

10 天使的職責是推動諸天運行，因此，長期沒有天體存在，天使就無法完成所負使命。

11 貝雅特麗齊結束了有關天使的第一部分論述，解答了但丁的三個疑問：天使是在何處、何時及如何創造出來的。

12 天使分為叛逆的和忠誠的。在上帝創造天使之後不久，有部分天使就從天上墜入地球中心（地獄）（見《地獄篇》第三章注4）。但丁的另一個疑問是：那些天使從造出到叛變，經過了多久時間。這也是神學家和教士爭論的問題。他們各持己見，但幾乎一致的意見是這時間極為短暫。但丁認為不超過從一數到二十的時間，也就是不超過一分鐘。這些叛變天使與對叛變持中立的天使加總，不超過所有天使數的十分之一。

13 留在天國的忠誠天使開始完成他們的職責，也就是圍繞發光點不止息地旋轉，以推動諸天體運行。

14 盧奇菲羅（魔王撒旦）墜落的原因是他驕傲自大，藐視上帝。他曾想：「我要與至上者同等。」

15 此處談論天使的本性問題。據說，人死後，人性的能力與感覺能力便會停止活動，但來自於神的理性靈魂的能力——記憶，智力和意志——雖然與肉體分離，但不消失（參見《煉獄篇》第二十五章注22）。雖然天使也具有和人類一樣的智力和意志，但對他們是否具有記憶的說法不一，頗有爭議。

16 天使不需要記憶力，因為沒有東西使他們的眼光離開「上帝的容顏」，進而出現中斷。為了想起中斷之前的事，才需要回憶。

17 貝雅特麗齊譴責哲學家和教士的虛榮炫耀。他們編造出種種無益的說教，誇誇其談，卻將傳播基督真理的《聖經》拋諸腦後。此處提到的：「基督受難時……遍地都黑暗」正是他們編造的「神話」例證之一。

18 在但丁時代的佛羅倫斯，名為拉波和賓多的人為數甚多。

19 「鳥」：指惡鬼，以黑鳥形象出現，表示說教者心術不正。在《地獄篇》第二十二章，第三十四章皆以鳥形容魔鬼；而在《煉獄篇》的第二章、第八章則以鳥形容天使，稱之為「神鳥」、「鷹」。但《天國篇》沒有這類的形容。

20 「聖安東尼」（Sant Antonio）：是修道院院長。據傳，有魔鬼幻化成豬，環繞其腳前，聖安東尼戰勝了魔鬼的企圖，因此被視為豬的保護神。在中世紀，安東尼教派的名聲極壞，農民稱之為募捐者，教士用受贈的物資在修道院周圍養豬，到處亂竄的豬還被視為聖物。此處意謂安東尼會教士就像豬一樣被養肥了，還用偽幣愚弄相信贖罪券的教民，因此這些教士比豬更骯髒、更惡劣。

21 天使的數目無窮無盡，超過人能想像。《舊約．但以理書》第七章第十節說：「事奉祂有千千，在祂面前侍立的有萬萬。」但這不是確定數目，僅表示超乎人類想像而已。

22 「本原的光」、「永恆的善」即上帝。上帝的光普照在無數天使身上，這些天使以多種多樣的方式接受此光。祂的光反射到這些無數面的鏡子（天使）上。上帝的偉大在於祂雖將自己的光分散給諸天使，但自身永遠完整如一。

第三十章

第六時辰在距離我們或許六千哩處炎熱如焚，這個世界已將它的影子幾乎投到地平線上，在此同時，上方高高的天空開始發生這般變化：一些星星在這宇宙底部看不到了；當太陽最輝煌的侍女逐漸前進時，天就將一顆顆的星直到那顆最美的全都閉上[1]。同樣，永遠環繞那個光芒、照得我睜不開眼的發光點，歡迎凱旋的、看似包圍這發光點、實而被它包圍的九級天使的光環，都如那些星星般逐漸從我眼前消失：因此，一無所見的情況和愛迫使我的目光回到貝雅特麗齊身上[2]。倘若將我直到這裡曾說過的所有關於她的話綜合成一句讚語，都會顯得太輕微，不足以完成目前這一任務。我見到的美不僅超越人的心智所能理解的限度，而且我確信，唯有創造如此之美者，才能完全欣賞它。我承認，我在這一難關遭遇的失敗，超過任何喜劇或悲劇詩人[3]在其主題難點上所曾遭遇；因為，猶如太陽光芒射在它使之晃動最甚的眼睛上，回憶她那甜蜜的微笑，也令我的心智失去功能[4]。自從今生在世上初見她的容顏那天起，到這回在此處看到她，我對她的歌頌從未被困難阻斷；然而此刻我必須如同每個藝術家能力達到極限時那樣，停止作詩歌頌她那不斷增加的美。

我將她的超絕之美留予比我的號角更大的聲音去宣揚，因為我的詩表現的主題如今將要完結[5]；那時，她以一位完成任務的嚮導之姿和聲音又開始說：「我們已走出最大的天體，來到純粹由光形成的天，這光是心智之光，當中充滿愛；這愛是對真善之愛，充滿喜悅，這喜悅超過一切快樂。在這裡，你將見到天國的兩支軍隊[6]，其中一隊會以你將在最後審判日見到的形象出現[7]。」

如同突如其來的閃電奪去了視覺能力，致使眼睛看不見光度更強的物體，同樣，在我周圍發出一片強烈光輝，這片光輝以它極其耀眼的紗幕包起，使得我看不見任何物體[8]。

「那令這重天靜止不動的愛，總是以如此歡迎方式接納靈魂來到它跟前，為了讓蠟燭得以適應它的火焰[9]。」這些簡短的話一進入我內心，我便立即感受到自己超乎原有能力以上，一種新視力重新在我心中點燃，使得我的雙眼對何等燦爛的光都能經受[10]；我見到一條狀如河般的光，在由彷彿春季盛開的神奇繁花薈成的兩岸之間，閃耀著金黃顏色。一顆顆活潑燦爛的火星從這條河中飛出，落入河兩邊的花裡，好似鑲嵌在黃金裡的紅寶石；而後，它們似乎被香氣薰醉，復又跳進神奇的河流，一顆進入，另一顆從中飛出。

「此刻令你心情激動、急於瞭解所見事物的深切願望越是高漲，就越令我欣喜；但你必須先喝下這水，才能解你心中這種焦渴。」我眼睛的太陽對我這麼說。她還補充道：「這條河，這些跳入和跳出的黃玉，這些草的微笑，都是隱含其真相的序言。這些事物並非本身有缺陷，缺陷在於你這方，因為你還沒有那麼強的視力[11]。」

沒有任何比平常醒得晚時急速將臉撲向母親雙乳的嬰孩如我當時那樣，為了讓眼睛成為更佳的鏡子，我俯身面向那奔流的波浪，好讓視力在那裡得以改善。睫毛一觸及河中水，我就看到這條長河變為圓形。隨後，猶如戴著面具之人摘去掩蓋面貌的假面，樣子便和先前不同，同樣，那些花和火星在我眼前全都變成了更盛大的節日景象，讓我看到天國的兩班宮廷臣屬出現[12]。啊，神的光輝呀，在你的照耀下，我看到了這真實王國崇高的凱旋，請賜我力量，讓我敘述我是如何看到它的吧！

那重天上有一種令在觀照造物主中得享至福的被造物能看到祂的光。這光擴展成廣大的圓，大到其圓周即使充作太陽的腰帶，也會顯得太大。它呈現的所有形象是由神的光被原動天的表面反射出來所形成，原動天的生命和力量正源自於它。如同一座小山在綠草和鮮花繁茂時倒映在山麓水面，好像俯視著自己的盛裝那般，同樣，我看到所有從人間返回天上的靈魂，就在那片光上方四周一千多排圍成圓形的席位上，倒映光中[13]。如果最低一排席位的圓周能容納如此之大的光，這朵玫瑰最外圍的那些花瓣會是多麼大呀！在這圓形露天劇場的廣度和高度中，我並未眼花撩亂，反而完全領會到那些靈魂所享之福的量與質。在那裡，距離近不能增加、距離遠也不會減少事物的能見度：因為在上帝直接統治之處，自然法則毫無作用。貝雅特麗齊將當時欲言又止的我拉到那朵永恆玫瑰的黃色中心，那朵玫瑰逐漸擴大，而且向造成永久春天的太陽散發讚美的芳香[14]；她說：「你看，那穿白衣的團體多麼大[15]！你看，我們城市的範圍多麼廣大；你看，我們的席位已如此盈滿，如今那裡虛位以待的人為數很少了。

「由於上面已放著那頂皇冠，因而令你注目的那把大椅上，將在你來赴這場喜筵之前，坐著那位在下界將居皇帝之尊的亨利的崇高靈魂，他將在義大利尚未準備接受整頓時前來整頓她[16]。蠱惑你們的那種盲目貪欲令你變得如同就快餓死、卻還趕走自己乳母的小孩。那時，這樣一個公然和暗中不與他走同一條路的人，將是那神聖宮廷的最高長官[17]。然而上帝不會容許他日後久留在此聖職：因為他很快就將被打入術士西門罪有應得的受苦之處，並使那個來自阿南尼的人陷入更深處[18]。」

1　「哩」（miglia）：是古羅馬的度量名，合一千步。但丁認為地球周長為二十餘萬哩；由義大利向東方走六萬哩，正好與義大利相距四分之一圓周，所以那地方的中午（即第六時，因為一日間分十二時，以早晨為第一時），為這個世界即義大利的黎明，其時物影與地平線平行。「太陽的……侍女」：指晨光（Aurora），晨光出現，眾星就一一隱沒。

2　但丁用一日之間的天時變化，描述上帝和九級天使在淨火天中凱旋，消失在他視野之外的狀況。詩句的「那個發光點」是指上帝。看似是上帝被九級天使圍繞，實際上是九級天使被祂包圍，因為上帝包圍著一切。由於上帝和九級天使不見了，一無所見的情況和心中的愛使得但丁又將目光移回貝雅特麗齊身上。

3　這裡的喜劇和悲劇並無戲劇涵義。中世紀慣於依題材內容和語言風格不同，而將敘事體的文學作品也稱為悲劇或喜劇；以拉丁文寫成的華貴典雅者為悲劇，以義大利俗語寫成、風格平易樸素者則是喜劇。

4　意謂就像我們直視太陽，眼睛會被照得睜不開，因而一無所見，同樣，但丁試圖回想貝雅特麗齊的微笑，反而使得記憶失去功能。

5　貝雅特麗齊說，她和但丁已經走出原動天這個最大的天體，來到了淨火天，也就是他的詩表現的主題就快完結了。淨火天是純粹由光形成，這光是心智之光，因而能為賦有理性的所有被創造物（即諸天使及人類）理解。這光充滿愛，而這愛即是對真善的愛，對真善之愛的這感覺是一種不可思議的快樂。

6　「兩支軍隊」：指眾天使和眾聖徒，也就是幸福的眾靈魂。

7　但丁將會看到這些由地球升至淨火天的聖徒面貌，以及最後審判日所有靈魂與其肉體重新結合時所具有的面貌一樣。

8　貝雅特麗齊才剛說完，一道強光就像突如其來的電光般包圍但丁，讓他什麼都看不見；她急忙要他放心，說那是所有進入淨火天者都會發生的事。因為上帝自身使得這重天受歡迎，用此方式接受靈魂，讓眾靈魂傾向觀照上帝。

9　「愛」：指上帝，愛充滿淨火天，這重天是永恆不動的。「蠟燭」：指新來到淨火天的靈魂，「火焰」：指這重天無比輝煌的光焰。

10　在貝雅特麗齊說這些話時，但丁感覺自己得到了一種超自然視力，能承受所有強大到令人無法睜眼的光。

11　但丁恢復了視力，定睛朝天上望去，看到一條狀似河流的光，這條河彷彿是由春季盛開的繁花匯聚兩岸，中間閃耀著金黃。一顆顆燦爛的火星從河裡飛出，落進河兩邊的花中，好似鑲嵌在黃金中的紅寶石。接著，它們似乎被香氣薰醉，又跳進那神奇的河流，一顆跳入，另一顆就從中飛出。

「我眼睛的太陽」：指貝雅特麗齊。「序言」：源於拉丁文，有「影子」之意。但丁看不到這些事物的真相，因為他沒有這樣強的視力。

12 但丁的眼睫毛一觸及河水，河片刻前曾呈現長形，此刻則呈現圓形，那些花和點點火星分別變成了聖徒和天使，如此盛大景象使得但丁清楚看到天國的兩班宮廷臣屬——天使們和聖徒們——出現。他們的座位排列成圓形，因為圓形沒有起點，也沒有終點，最能表示永恆之意。

13 但丁將一座小山在春暖花開、綠草如茵的時節倒映在山麓水面上的景象作為比喻，說明從人間回到天國的所有靈魂，都在那片光上方四周一千多排圍成圓形的席位上，倒映在光中。

14 貝雅特麗齊將但丁拉到那朵永恆玫瑰的黃色中心，也就是上文所說的那一圓形劇場中心。這朵玫瑰逐漸擴大，而且朝造成永久春天的太陽（即上帝）散發讚美的馨香。

15 她說：「你看，那穿白衣的團體多麼大！」這句是有其根據，因為《新約．啟示錄》第四章說：「寶座的周圍又有二十四個座位，其上坐著二十四位長老，身穿白衣，頭上戴著金冠冕。」第七章說：「我觀看，見有許多的人，沒有人能數過來，是從各國各族各民各方來的，站在寶座羔羊面前，身穿白衣，手拿棕樹枝。」

16 但丁看到眾多椅子當中有一張空著，其上放有一頂皇冠，他甚為驚訝。貝雅特麗齊說，那張空椅是保留給崇高的皇帝亨利七世的。他原是盧森堡伯爵，一三〇八年被選為神聖羅馬帝國皇帝。他南下義大利加冕，聲稱要伸張正義，消除各城市、各黨派的爭端，讓所有流亡者返回故鄉，還要重新建立帝國和教會之間的良好關係，實現持久和平。

得知此消息的但丁對亨利七世寄予厚望，寫了《致義大利諸侯和人民書》，號召群眾對皇帝表示愛戴和歡迎。然而，對於亨利七世南下義大利加冕，佛羅倫斯竟聯合貴爾弗黨諸侯和城市首先起來武裝反抗。為此，但丁在一三一一年三月三十一日憤怒地寫下《致窮凶極惡的佛羅倫斯人的信》，聲討他們的罪行，又在四月十六日上書皇帝，敦促他從速進軍討伐。亨利七世並未向佛羅倫斯進軍，而是在一三一二年前往羅馬加冕。但那不勒斯國王羅伯特公然與他為敵，否認他的權力，還預先占領梵蒂岡，阻止皇帝在聖彼得教堂加冕，使得加冕禮被迫改在拉特蘭的聖約翰教堂舉行。

17 此人指教皇克萊孟五世（1305-1314 在位），「神聖宮廷的最高長官」：指教廷的最高首領教皇。

克萊孟五世將教廷從羅馬遷至亞維農後，害怕法王腓力四世的權力太大，企圖以神聖羅馬帝國皇帝為外援，因此曾贊助亨利七世來義大利，但後來在腓力四世的壓力下改變態度，唆使當地貴爾弗黨起來反對皇帝，並警告亨利七世不得進攻那不勒斯王國。在此情況下，亨利七世於是離開羅馬，揮師北上包圍佛羅倫斯，不久後逝於比薩。但丁認為亨利七世是義大利的救星，在這段時間以拉丁文寫出《帝制論》，目的就是從理論上捍衛皇帝的權力。

18　「因為他很快就將被打入術士西門罪有應得的受苦之處，並使那個來自阿南尼的人陷入更深處」：克萊孟五世和其前任波尼法斯八世都是犯了買賣聖職罪的教皇，死後靈魂都被打入地獄的第三惡囊當中的同一孔洞裡受苦。克萊孟五世的靈魂後被打入，因此將已在孔洞內的波尼法斯靈魂壓得更靠下。波尼法斯八世因為腓力四世向教會徵稅，因而開除了他的教籍。腓力四世為了報復，於是派親信諾加雷前往羅馬，聯合波尼法斯八世的宿敵科隆納家族的薩拉．科隆納一同逮捕教皇。教皇被囚禁三天後，被阿南尼的市民群眾救出；波尼法斯八世遭受這個奇恥大辱後羞憤成疾而死，因此詩中說他是從阿南尼來到地獄中的受苦之處（詳見《煉獄篇》第二十章注29）。

第三十一章

如同前面所說的那樣，基督以自己的血使之成為祂新娘的那支神聖軍隊，以純白玫瑰花形顯現在我眼前；但另一支軍隊，在飛行之際觀照且歌頌那令它愛慕者的榮耀，歌頌那令它如此光榮的至善，好像一群時而進入花叢、時而返回其勞動成果化為甘甜之蜜所在處的蜜蜂，正降落到那朵由如此眾多的花瓣裝飾而成的巨大花朵中，從那裡復又向上飛回它的永久停留之處[1]。他們的臉全都像是燦爛火焰，翅膀色如黃金，其餘部分如此潔白，潔白到連雪都不及。當他們降落到那朵巨大的花中，就將兩脅振翅搧風時所獲得的平安和熱愛，傳送給那一級級座位上的靈魂。一群數量如此眾多，在上方和那朵花之間飛來飛去的天使，並無妨礙那些靈魂看見上帝的光，也不妨礙祂的光照射那些花瓣：因為神的光按各部分所配接受的程度普照著全宇宙，令任何事物都無法阻礙。在這太平及歡樂王國的席位上，坐滿《舊約》和《新約》當中的人物，他們的目光和愛都集中於唯一目標[2]。

啊，三位一體的光啊，您作為整一的星，在他們眼中閃耀，令其願望如此滿足！請您俯視一下我們下界的暴風雨吧[3]！

來自每天都被艾麗綺和其愛子一同運轉的光照射的地帶的野蠻人，若是在拉泰蘭宮凌駕所有人間事物的年代，見到羅馬及其高大建築，必然目瞪口呆[4]；更何況我從人間來到天國，從時間來到永恆，從

基督以自己的血使之成為祂新娘的那支神聖軍隊，以純白玫瑰花形顯現在我眼前。

佛羅倫斯來到正直健全的人民中間，心中又該是何等驚奇！如此驚喜交集的心情確實令我樂得不聆聽、也不說什麼。一如朝聖者來到自己許願去朝拜的聖殿內仔細觀看，因而解除了長途疲勞，渴望回家重述聖殿是何種情況[5]，同樣，我借助那強烈的光，舉目順著那圓形劇場內的一級級座位慢慢看去，視線時而向上，時而向下，時而轉向周圍。我看到他們那些浮泛著另一位的光，和其各自微笑而引起愛慕的面容[6]，看到他們那種種體現一切尊嚴的姿態。

我已將天國概貌盡收眼底，但尚未定睛注視其中任何部分；現在，我懷著重新燃起的求知欲，轉身向那位聖女提問心中懸而未決的問題。我期待著一種情形，發生的卻是另一種：我本以為會看到貝雅特麗齊，看到的卻是一位穿著和那些聖徒同樣衣服的長者。他的眼睛和臉上都流露祥和的喜悅，態度十分親切，與仁慈的父親相稱。「她在哪兒？」我立刻說。於是他說：「為了讓你的願望終結，貝雅特麗齊促使我離開了我的座位；你若是朝由最高那一級下數第三環內仰望，會看到她就坐在她的功德讓她獲得的寶座上。」

我沒回答就舉目仰望，看見她反射著永恆的光輝為自己形成一個光環。任何一個凡人，即使潛入海中最深處，其眼光距離那發出雷聲的大氣層最高處，都不及我的目光與貝雅特麗齊相距那般遙遠；但這對我毫無影響，因為她的形象直接由上方朝下映入我眼簾，其間無任何物體令它模糊不清[7]。

「啊，聖女呀，我的希望在你身上得到了生命力，為了拯救我，你不惜在地獄裡留下足跡，我承認，我獲得了恩澤和能力，讓我能夠看到途中所見一切，全是因為你的力量和好心。你在有權做到的範圍內，藉由所有途徑，透過一切方法，將我從奴隸的境地引到了自由。願你守護你賜予我的慷慨贈禮，使我經你教誨已臻至純潔的靈魂能在令你欣慰的狀況下脫離肉體。」我如此禱告；她，在看似如此遙遠之處向我微笑，凝望著我，而後就將目光重新轉向那永恆的源泉。

那位神聖的長者說：「為了圓滿完成你最終的旅程——她的祈求和神聖之愛促使我前來——你就舉目環視這座花園吧；因為注視它，將令你的目光更能透過神的光朝上觀照[8]。我對她完全燃燒著愛的天國女王將賜我一切恩澤，因為我是她忠誠的伯納德[9]。」

如同一個或許由克羅地亞前來瞻仰韋羅尼卡的人[10]，由於那是他多年夙願，他在這聖物展出時間總是看不夠，心想：「我主耶穌基督，真正的神哪，您的相貌就是這樣嗎？」在注視這位在世上於默想中曾嘗到那種福者面上表露的熱烈之愛時，心情也像他那樣[11]。

他開始說：「蒙恩的兒子啊，你的眼睛若是只注視這下面，就無從認識這至福的情況；你要向上看那一排排座位，直至最遠一排，在那兒，你會看到那位寶座上的女王，這個王國全臣服於她，忠於她。」

我抬起眼；如同清晨時分地平線上東方的天空比日沒處更亮，同樣，當我舉目猶如自山谷向山頂望去時，我看到最高的邊緣上一處發出的光勝過其餘各處。又如在人間，我們等待那輛法厄同駕馭不了的車出現之處發出最強的光[12]，而在它這邊和那邊光的強度卻逐漸減少，同樣，那面和平的金色火焰旗在正中閃閃發光[13]，左右兩旁，光均以相等程度減弱。在那正中，我看到一千多名展翅歡慶的天使，各個的光和職務都不相同[14]。我看到一位美人對他們的歡慶表現和歌聲顯露微笑，在所有聖徒眼中，她都映出喜悅之情[15]；假若我有和我的想像力同樣豐富的表現力，我也不敢試圖對她的美所引起的喜悅形容

我看到一位美人對他們的歡慶表現和歌聲顯露微笑，在所有聖徒眼中，她都映出喜悅之情。

萬一。看到我凝眸注視他熱烈愛慕的對象，伯納德面帶深情將目光轉向她，使得我的目光更為熱情地注視她。

1 「基督以自己的血使之成為祂新娘的那支神聖軍隊」：指基督與之永不可分、相互結合的眾聖徒；它以純白的玫瑰花形顯現在但丁眼前，因為他們都身著白袍。「那另一支軍隊」：即眾天使，他們像一群蜜蜂般，時而降入那朵巨大亮白的玫瑰當中，時而又從那裡往上飛，飛回永久停留之所，也就是上帝周圍。

2 至福至樂的天國席位上坐滿《舊約》和《新約》中的人物，他們都將目光和愛集中於唯一目標——上帝。

3 但丁看到如此情景後，請求三位一體的上帝，能將目光轉向如暴風雨般動亂紛爭的人世間。

4 但丁用了一個比喻，形容當時心中如何驚奇：他將自己比作是來自東北的野蠻人，初見羅馬拉泰蘭宮的心情。拉泰蘭宮原為皇宮，在但丁的時代已成為教皇宮廷。此處的「艾麗綺和其愛子」是指仙女艾麗綺和她與朱比特生下的兒子阿爾卡斯。朱比特將他們放在天上，成為大熊星座和小熊星座（見《煉獄篇》第二十五章注35）。

5 在以比喻描述自己的驚奇之後，但丁開始專心將所見情景印刻在心中。他再次運用明喻，講述此時的心態：他說，他就像一個朝聖者抵達朝拜的聖殿時，一則是為了透過觀賞每件事物以消除長途疲勞，二則是為了預先品嘗回鄉後能向親友講述旅遊所見的樂趣。

6 但丁看不夠聖殿中眾聖徒充滿愛的面容，那是他們各自的微笑引起的愛之面容。

7 藉由上述兩個明喻，但丁說明他雖看到了天國的概況，但尚未瞭解其細節，因而轉向貝雅特麗齊，請求解答。但此時她已經不在了，出現的卻是一位身穿白衣，態度和藹，如同慈父般的長者。他是聖伯納德（San Bernardo, 1091-1153），保衛基督教教義的英勇戰士，克萊爾沃修道院的創建人，第二次十字軍東征的鼓動者，他對聖母瑪利亞的虔誠崇拜就表現在他的講道集中。聖伯納德告訴但丁，貝雅特麗齊為了讓但丁的天國之行得以終結，於是請他前來代替她充當嚮導。如果但丁想看到她此刻在何處，那麼在這巨大、亮白玫瑰花朵中，從座位最高一級往下數的第三環中就能望見她，她就坐在按功德排列的寶座上。但丁舉目仰望，清楚看見了貝雅特麗齊的形象，因為他們之間並無任何物體遮擋。

8 聖伯納德要求但丁仰視這座花園，也就是這朵巨大亮白的玫瑰花，因為這麼一來將使他的眼睛更能適應於透過上帝之光朝上觀照。

9 此句意謂聖伯納德是最崇拜和仰慕聖母瑪利亞的默想者。

10 「克羅地亞」（Croazia）：當時是南斯拉夫的一部分。「維羅尼卡」（Veronica）本義為「真容」。傳說當年耶穌基督被押往刑場時，有一名婦人維羅尼卡曾以布巾擦拭他的臉，他的面容因而在布巾上留下印跡。此布巾作為聖物珍藏在羅馬聖彼得教堂中，每年新年及復活節會向公眾展示。

11 但丁注視聖伯納德當時的心情，就猶如克羅地亞人來到羅馬瞻仰韋羅尼卡聖跡時的驚奇：他心想，眼前這位聖徒果真就是聖伯納德？

12 指太陽將出之處。

13 「那面和平的金色火焰旗」（Oridfiamma）：這原是天使加百列賜給古時法蘭西王的軍旗。用此旗征伐，則戰無不勝。在天上，金色旗不是為了戰爭，而是為了和平。這裡表示聖母瑪利亞所在之處最是明亮。

14 中世紀研究「天使學」者稱每個天使為一種類，各不相同，每個天使的光彩及姿態各有特殊之美。

15 「一位美人對他們的歡慶表現和歌聲都顯露微笑」：這位美人即聖母瑪利亞。

第三十二章

全神貫注於他的愛的對象，那位默想者自動擔任導師職務，開始講出這番話：「當初弄破、刺穿了瑪利亞醫治得癒合、塗上油的創傷的人，是那位坐在她腳下如此之美的女性[1]。在她下面，拉結同貝雅特麗齊一起坐在那第三排座位[2]。如同你所見的那樣。接著，你可以看到撒拉、利百加、猶滴，和作為因悔恨自己的罪而喊「*Miserere mei*」的那位歌手的曾祖母的婦人，她們依次由上而下，坐在一排低於一排的座位上[3]，如同我依她們在玫瑰花瓣中座位高低，由上而下指出每個名字那樣。從第七排起往下數，正如從第一排數到第七排那樣，接連不斷坐著的全都是希伯來婦女，她們這條直線將這朵玫瑰所有的花瓣垂直分成兩半。因為，根據她們信仰基督的眼光對著什麼方向，她們就形成一道將那些神聖階梯分開的牆壁。這一邊，這朵玫瑰所有的花瓣都已成熟，坐的是那些信仰未來基督的人；那一邊，兩個半圓間或被一些空位打斷，坐的是那些將信仰眼光對著已來基督的人。如同在這邊，天國女王的光榮座位及其下面的其他座位形成了一條如此重要的分界線，同樣，在對面，那位向來神聖、忍受曠野和殉道之苦，而後又在地獄忍受了兩年的偉大的約翰，也像她一樣；在他下面，方濟各、本篤、奧古斯丁和其他聖徒，注定形成另一條由上而下、一級一級、直到此處的分界線[4]。現在，且讚嘆神的高深預見吧：因為眼光朝這個方向看基督的眾信徒和朝另一方向看基督的眾信徒，將同樣坐滿各自在此花園裡的座位。

你要知道，從這一道將那兩條分界線攔腰截斷的橫線起往下，坐的都是並非因自己有什麼功德、而是在某些條件下因他人的功德而得救的靈魂：因為，這些全都是在具有真正選擇能力之前就已解脫的靈魂[5]。如果仔細看，仔細聽，你就能從他們的臉、也可從他們的幼兒聲音覺察到這一點。

「你現在感到困惑，因而在困惑中沉默；但我要解開這條捆綁你和你微妙思想的繩索的死結。在這個王國的廣大疆域內，偶然的事物，如同悲哀或飢渴，毫無存在餘地；因為你所見的一切皆是永恆法則所定，致使彼此得以完全適合，正如指環適合手指。因此這些急忙早來獲得真正生命之人，他們之間彼此相比在這裡所享的福，或多或少並非 *sine causa*。那位使這王國沐浴在如此之大的愛和福中，因而無人膽敢再有冀求的國王，祂在創造所有靈魂時，眼光都流露著喜色，祂隨自己的意思賜予它們程度不同的恩澤；關於這一點，就滿足於知道事實吧[6]。這一點在《聖經》關於那兩個孿生兄弟動怒相爭的敘述中，就已為你們清楚記載。因此那至高無上的光必然依祂所賜予的恩澤不同而發色，恰如其分地為其加上光環。所以他們被安排在不同等級的座位，不是因為自己行為建立的功德，而僅是因為生來具有的觀照力敏銳程度有別[7]。在創世後最初的數世紀間，他們單靠父母的信仰，連同自身無罪，就足以得救；在那些最初時代終結後，男孩必須透過受割禮，以使他們無罪的翅膀獲得力量；但是在蒙受神恩時代到來後，未曾領受基督完善洗禮的小孩，就被留在底下那個去處[8]。

「你現在注視上方那個和基督最相像的面孔吧，因為只有這個面孔的光輝能使你得以經受觀照基督[9]。」我看到由那些被創造出來、飛越那高處的天使心中帶來的至大喜悅降落在她的面孔上，與之相比，我以前看到所有事物都不曾令我持續處於如此驚奇狀態，也不曾向我顯示和上帝如此相似的形象。

先前降臨她那裡，歌唱著「*Ave Maria, gratia plena*」的那位天使，此刻正在她面前展開翅膀[10]。那享真福的朝廷從四面八方應和著這首聖歌，所有朝臣因而都更加容光煥發。

「啊，神聖的父親哪，因為我，您屈尊離開那由永恆命運注定你所坐的美好地方，來到這底下，請問，您面帶如此喜悅的表情凝視我們女王的眼睛，內心對她的愛慕如此熱烈，致使他看似火焰的那位天使是誰？」我這樣重新向那位如同啟明星從太陽獲得美一樣，從瑪利亞獲得美的導師求教。他對我說：「但凡天使或靈魂可能具有的自信與歡樂，他都具備；我們都願他這樣，因為當神的兒子願意擔負我們肉體的重荷時，將棕櫚葉帶至下界給瑪利亞的就是他[11]。

「但是，你現在用目光隨著我要對你說的話，注視這最正義、最慈悲的帝國當中的偉大貴族們吧。坐在那高處、因為和皇后相距最近因而最幸福的那兩位，可說是這朵玫瑰的兩個根子[12]：在她左邊挨著她坐的，是因為膽敢嘗那禁果，使得人類嘗到至大苦果的那位父親；在她右邊，你能看到那位當初基督將這美麗花朵的鑰匙交給他的聖教會年高望重的父親。坐在他旁邊的，是在死前預見基督經受槍扎和釘子釘而獲得的美麗新娘將要經歷苦難時代的那位使徒[13]，在亞當左旁是領導那群忘恩負義、反復無常、執拗不遵命的人在曠野中吃嗎哪充飢的那位首領[14]。你可以看到安娜[15]就坐在彼得對面，注視著她女兒，流露滿意神色，以至於唱著「和撒那」時，都未移動她的眼睛；坐在全人類始祖對面的是盧齊亞[16]，當你垂下眼睛，正要向下退回毀滅之路時，推動你那位聖女前去救助你的即是她。

「然而許可你以凡人身分遊歷此處的時間過得飛快，因此我們要像好裁縫依其現有布料多寡來製衣一樣，就此停止[17]；我們要將眼光轉向那本原的愛，好讓你在注視祂時可盡你視力所能及，深入觀照其榮光的本質。但為了避免你會在振翅飛向祂時以為自己在前進，實際卻是後退，因此必須透過禱告求得恩澤，這恩澤正來自能幫助你的那位皇后；你要以你的感情依隨我祈禱，令你的心不離開我的話。」

於是，他開始這神聖的禱告。

---

1 聖伯納德全神貫注於其仰慕的聖母瑪利亞，開始向但丁說明玫瑰花中各聖徒的座位。他指出，瑪利亞生育耶穌，後來透過他的自我犧牲，除去了人類的原罪，而那原罪正是坐在她腳下、無比美麗的夏娃所造成。

2 在夏娃之下，拉結與貝雅特麗齊同坐在第三排座位。拉結為雅各之妻（見《地獄篇》第二章注19）。

3 「撒拉」為亞伯拉罕之妻（見《舊約．創世記》第十七章第十五節）。「利百加」（Rebecca）為以撒之妻（見《舊約．創世記》第二十四章第六十七節）。「猶滴」為刺殺亞述將軍奧洛費爾內的年輕寡婦（見《煉獄篇》第十二章注21）。那位喊「*Miserere mei*」（願上帝憐憫我）者的曾祖母路得（Ruth）為波阿斯之妻，波阿斯生俄備得，俄備得生耶西，耶西生大衛（見《舊約．路得記》第四章末）。大衛因與烏利亞之妻拔示巴犯姦淫，又將烏利亞謀殺（見《舊約．撒母耳記下》第十一章）；後作懺悔詩，即《舊約．詩篇》第五十一篇（參看《煉獄篇》第五章注5）。「那位歌手」：指大衛。

4 如同瑪利亞（天國的女王）及其下其他座位形成了一條重要的分界線，同樣的，偉大的施洗者約翰也在對面形成一條重要的分界線。他是耶穌的先驅，耶穌曾說：「凡婦人所生的，沒有一個興起來大過施洗約翰的。」他是「從母腹裡被聖靈充滿了」；他曾吃蝗蟲、野蜜在曠野傳道；他因責備希律王而被殺；死後兩年，耶穌入地獄林勃中救出施洗約翰的靈魂，升上天國（見《地獄篇》第四章）。「方濟各」：全稱阿西西的聖方濟各，創建了著名的方濟各修士會。

「本篤」：即聖本篤，他創建了以積極和沉思默想為宗旨的本篤修士會。
「奧古斯丁」：中世紀教義神學的集大成者，為天主教中四大教義思想體系決定者之首。

5 經過這兩條分界線中點的圈子以下，坐著那些自身無功德的靈魂，他們是在一定條件下仰賴別人的力量才得以到此；因為他們在死亡之際還無法作出真正的選擇。他們就是那些夭折的天真孩童，得到上帝的恩澤而升入天國。因而這些孩童在這裡所享的福多少並非 *sine causa*（拉丁文，意謂「沒有緣故的」）。

6 「那位使這王國沐浴在如此之大的愛和福中」指上帝。

7 《舊約．創世記》第二十五章記載以撒之妻利百加懷孕，胎兒在腹中活動，隨後生以掃及雅各，為兩族的起源，這就說明了同一胎所生者，各自命運也有別。

8 在創世後的最初數世紀間，單靠他們父母的信仰，連同他們自身無罪，就足以使他們得救。在那些最初時代終結之後，男孩們就必須透過受割禮，才能使天真無罪的力量上升天國。但是，在蒙受上帝恩澤的時代，也就是耶穌降世為人的時代，未領受完善洗禮就夭折的小孩，就得留在地獄的林勃當中。
「在那些最初時代終結後，男孩必須透過受割禮，以使他們無罪的翅膀獲得力量」：意謂在最初的數世紀中，也就是從亞當到亞伯拉罕，兒童除了天真無罪外，其父母的信仰就足以使之得救。但是，托馬斯．阿奎那在《神學大全》第三卷第七十章中說，在亞伯拉罕時代，信仰已經減少，因為許多人都崇拜偶像，天生的宗教心被淫欲所蔽，因此當時制定了割禮，以作為信仰的表示。他還在《神學大全》第一至二卷中說，割禮只限於男子，因為「原罪的造成在父親，不在母親」。

9 意謂那個和基督最相像的面孔的光輝，是指聖母瑪利亞面容的光輝，只有她面孔的光輝能讓但丁得以承受，觀照基督。

10 指大天使加百列下降到瑪利亞面前，他所唱的是：「*Ave Maria, gratia plena*——福哉，瑪利亞，你為神恩所充滿」。

11 意謂聖伯納德反射聖母瑪利亞之美，一如啟明星從太陽獲得美。「當神的兒子願意擔負我們肉體的重荷時」：意謂耶穌願降世為人時。「棕櫚葉」：古時，使者會拿著棕櫚葉表示勝利。

12 「這朵玫瑰的兩個根子」：指在瑪利亞左邊，挨著她坐著的是因為膽敢嘗禁果，因而使得人類嘗到莫大苦果的亞當，以及挨坐在她右邊的聖彼得。

13 坐在聖彼得旁邊的，「是在死前……的那位使徒」，即聖約翰。他在《新約．啟示錄》中預言了教會日後將要遭遇迫害。在座位中，聖約翰處於聖彼得之右。

14 坐在亞當左邊的是摩西，他引導以色列人出埃及，經過曠野時天降糧食嗎哪。
15 指聖安娜（Sant Anna），是瑪利亞的母親。
16 指人類的始祖亞當的對面，坐的是聖盧齊亞。
17 上帝規定遊歷天國的時間將盡，因此但丁得像個好裁縫一樣，剪裁現有的極少布料，將若干聖徒的名字略去不提。

第三十三章

「童貞的母親，你兒子的女兒，卑微與崇高超過一切創造物，永恆天意的固定目標，你使得人性如此高貴，以致它的創造者都肯讓自己成為它的創造物[1]。在你的子宮中，愛被重新燃起，這種愛的溫暖使得這朵花在永恆的平安中發芽、綻放[2]。你在這裡之於我們是愛的正午火炬，你在下界凡人中間，是希望的活水源泉。聖母啊，你那樣偉大，那樣有力量，誰若是想得神恩澤卻不向你求助，誰的願望就如同企圖無翼而飛。你的慈悲不只對祈求者必應，而且屢屢在祈求之前先應。你心中充滿憐憫，你心中充滿同情，你心中充滿慷慨施捨的意願，凡是創造物的所有美德皆集聚於你心裡。此人從宇宙最低的深坑直到這裡，已看到一個個靈魂的狀況[3]，現在祈求你恩賜他至大的力量，讓他能將眼睛抬得更高，直接仰望終極拯救的幸福目標。我先前渴望見到上帝從未甚過我現在渴望他，我向你奉上我所有的禱告，願我的禱告足以令你感動，以你的禱告促使最高的福顯示予他。我還向你祈禱，能做到你所欲做的女王啊，在他獲得如此偉大的靈見後，願你使他的感情保持健全[4]。願你的保佑讓他克服作為凡人的種種感情衝動：請看貝雅特麗齊和多少聖徒同為我的禱告向你合掌！」

那雙為神敬愛的眼睛凝望著那位祈禱者，向我們流露出虔誠的禱告令她何等喜悅；隨後就轉向那永恆之光，我們確信，任何創造物的眼光都無法如此深入其中，將之看得那麼清楚[5]。我正在接近所有心願的目的，我渴望的熱烈程度已自然而然達到極點。伯納德以微笑示意我向上看，但我已自動做出他願我做的動作；因為我的視力變得越來越純淨，對那自身即真實的崇高之光觀照得也越來越深入。自此以後，我所見的一切超過我們語言表達力的極限，我們的語言對之無能為力，而且記憶對所見繁多的情景也無能為力。猶如夢見什麼的人，夢醒後，夢中經歷印象猶存，卻回想不起其他一切，我就是這樣，因為我所見的一切幾乎完全消失，從中產生的甜蜜之感卻還滴在我心中。雪在日光下消融就是這樣；西比拉寫在單薄葉片上的神諭隨風散失就是這樣[6]。

啊，至高無上的光呀，你如此超乎凡人思想極限，請重新讓你當時對我顯現的形象稍微浮現在我腦海，讓我的語言表達力強到能將你榮光的丁點火星留傳給後人；因為，如果我靈見的一星半點兒能回到我記憶當中，而且有幾分能在這些詩句裡得到反響，世人將更清楚理解你的勝利。

我相信，由於我忍受的活生生的光極其強烈，假如當時我的眼睛離開它，我必然會迷失在一片茫茫黑暗中[7]。我記得，因此之故，我更勇敢地忍受下去，直到我使得我的觀照與無限的善合而為一[8]。

啊，浩蕩神恩哪，依靠你，我才敢定睛如此深入地觀照永恆之光，因而為此竭盡了視力！

在那光的深處，我看到分散全宇宙的一切全都結集在一起，被愛裝訂成一卷[9]：各實體和各偶然性以及其間的相互關係，似乎就以如此不可思議的方式熔合在一起，使得我在這裡所說的不過是真理的一線微光[10]。我確信我見到了將宇宙間的一切熔合成和諧整體的這個結子[11]，因為我在說這話時更感快樂。

僅僅一瞬就讓我忘記我看到了什麼，程度更甚二十五個世紀令人淡忘了令涅普圖努斯對阿爾戈的船影驚奇不置的那起冒險之舉[12]。我的心就這麼全神貫注、堅定不移、固定不動、視線集中觀照著，越是觀照，就越燃起觀照的欲望。面對那光，人變得如此幸福，幸福到永遠不肯轉移視線去看其他事物；因為善作為意志的對象，全集中在那光當中，凡在其中的皆是完美，在其外的則都有缺陷[13]。

現在我的語言甚至對於表述我所記得的情景，都要比仍以舌舔舐乳頭的嬰兒的語言還不足。並非因為我觀照的那活生生的光不只有一種外貌而已，相反，它的外貌一直如同先前；而是因為我的視力在觀照進程中逐漸增強，由於我自身發生的變化，它唯一的外貌，在我看來，因而不斷變化[14]。

在那崇高之光深奧且明澈的本性中，我看到具有三種不同顏色和同一容積的三個圓圈顯現眼前；一個似乎是由另一個反射而成，猶如彩虹的一條弧形彩帶是由另一條弧形彩帶反射，第三個似乎是由那兩個同樣發出的火焰[15]。

啊，我的語言與我的概念相比是多麼不足，多麼無力呀！我的概念與我所見相比，相差如此之多，說它「微不足道」都還不夠。

啊，永恆的光呀，只有你在你自身當中，只有你知道你自身，你為自身所知道，而且知道你自身，你愛你自身，並對你自身微笑[16]！

那個這麼作為反射的光產生的、顯現在你當中的圓圈，經我的眼睛細看了稍久，我發現，它自身裡似乎顯現著一個以與它相同的顏色畫成的人像[17]：我的視線因此完全集中於那人像上面。

如同一位幾何學家專心致志地測量圓周，為了將圓化為等積正方形，反覆思索都找不出需要的原理，對於我看到的新形象，我也是如此：我想知道那人像如何與那個圓圈吻合，它如何在那當中有其位置；然而我自身的翅膀飛不了那麼高[18]：忽然，我的心被一道閃光照亮，在那道閃光中，心的願望得以滿足[19]。至此，我崇高的想像力已缺乏能力[20]；然而我的欲望和意志在愛的作用啟動下，各部分好似受到相等動力轉動的輪子似地轉動起來，這愛推動著太陽和其他群星[21]。

1　詩句前三個詞組都由對立的詞構成：瑪利亞是童貞女，又是生育聖子耶穌基督的母親，她既卑微又崇高，超過上帝創造的一切，她是永恆天意所選定的拯救人類的固定目標。聖母瑪利亞使人性無比高貴，於是創造人性的上帝都肯降世為人，成為她的兒子。

2　意謂因聖母瑪利亞子宮受孕而誕生的聖子耶穌，重新燃起上帝對人類的愛。由於這股愛的力量，淨火天永恆的至福中因而形成這朵潔白的玫瑰。

3　「這個人」：指但丁，他從地獄來到了淨火天，已見到處於各種不同情況的靈魂的真相。

4　意謂在但丁觀照上帝後，願你保護他，讓他的感情健全而純潔，永不再犯罪。

5　「那雙為神所敬愛的眼睛」：指聖母瑪利亞的眼睛。「永恆的光」：指上帝。詩句意謂任何創造物的眼光都不像她的眼光那般深入、明確、透徹地觀照上帝。

6　「西比拉」（Sibilla）：是古代的女巫和預言家，她將掌握的神諭寫在單薄的樹葉上，風一吹，就散失了（見《埃涅阿斯紀》卷三第四四三行至四五〇行）。

7　意謂但丁在心靈直接觀照上帝時，一直忍受的上帝之光，其極大的力量是這樣：觀照者透過直覺知道，如果他一移開目光便會迷茫，迷失在一片茫茫深黑的海洋中。

8　因此，但丁堅持繼續觀照，直到視力與上帝無限之善的本質合一。

9 萬物如同一頁頁的紙那般分散在宇宙當中，被愛，也就是上帝，裝訂成一卷書。

10 對於宇宙，但丁已能窺見全體。

11 但丁確信他已經洞徹了，將宇宙間的一切熔合為和諧整體的就是上帝。

12 意謂但丁能回憶起內心的快樂，但無法回憶起看見了什麼：一剎那就足以令他忘卻所見的一切，忘卻的程度超過他在二十五個世紀後（即在公元一三〇〇年他遊天國時）對古時伊阿宋和其夥伴乘坐名為阿爾戈的大船，去取金羊毛的故事忘卻的程度。（關於伊阿宋和他乘坐的阿爾戈船，參看《地獄篇》第十八章注17）。阿爾戈號是自古以來航行海上的第一艘船，因此海神涅普圖努斯看見阿耳戈號的船影，驚奇不已。

13 因為善作為意志的對象，完全集中於上帝，而在上帝之外，就只有不完美、有缺陷的東西。

14 「我觀照的活生生的光……」：上帝之光不動、不變，然而但丁的視力在觀照進程中逐漸增強，由於但丁自身的變化，上帝的光始終不變的外貌，在他看來也就不斷有變。

15 在越來越深入觀照上帝之光時，但丁記得在當中看到三個具有三種不同顏色和同一大小的圓圈；第二個圈似乎是第一個的反射，如同一道彩虹是由另一道彩虹反射的，而第三個圈似乎是那兩個一起發出的火焰。這三個圓圈代表三位一體的三位，三種顏色代表它們的特徵，同一大小代表它們的平等；反射者的圓圈代表聖父，被反射的圓圈代表聖子，由第一與第二個共同發出火焰的圓圈則代表聖靈。

16 此詩句意謂聖父只有其自身知道其自身，而且瞭解其自身的光：即聖子，愛其自身、並且對其自身微笑的光：指聖靈。

17 聖子的光圈內現出人像：表示降世為人的耶穌基督同時具有人性和神性。

18 如同幾何學家專心測量圓周，為了把圓化為等積正方形作法而不得其法，同樣的，但丁想知道那個人像如何與那圓圈相吻合，如何在當中有其位置。但這個問題超乎他凡人理解能力的極限。

19 「我的心被一道閃光照亮」意謂但丁受上帝的恩澤之光啟發，得以滿足心中的願望。

20 「至此，我崇高的想像力已缺乏能力」意謂但丁將自己的想像力提高到描寫上帝的高度，至此再無力量了。

21 指但丁的欲望和意志至此已被上帝之愛轉動，好像各部分都像受到相等動力推動的輪子那般，而這份愛也推動著太陽和其他的群星。這裡要指出，《地獄篇》、《煉獄篇》和《天國篇》最後一章最後一行皆以「群星」押韻，目的在於去除現世人類生活的悲慘狀態，引導世人達到幸福光明的境界。這是但丁創作這部新型史詩的主旨。

經典文學

神曲 III. 天國篇
La Divina Commedia : Paradiso

作者　但丁・阿利吉耶里 Dante Alighieri
譯者　田德望
副社長　陳瀅如
總編輯　戴偉傑
編輯　林家任
行銷　陳雅雯、張詠晶、趙鴻祐
封面設計　井十二設計研究室
排版　宸遠彩藝有限公司
印刷　通南彩色印刷股份有限公司

出版　木馬文化事業股份有限公司
發行　遠足文化事業股份有限公司（讀書共和國出版集團）
地址　231 新北市新店區民權路 108-4 號 8 樓
電話　(02) 2218 1417
傳真　(02) 8667 1891
客服專線　0800 221 029
信箱　service@bookrep.com.tw
法律顧問　華洋法律事務所 蘇文生律師

出版日期　2025 年 8 月 4 日
定價　1480 元
（全書共 I. 地獄篇 II. 煉獄篇 III. 天國篇三冊，不分售）

ISBN　978-626-314-828-4（紙本）
978-626-314-829-1（EPUB）
978-626-314-830-7（PDF）

本書譯文由中國北京人民文學出版社授權使用。
原文依 Umberto Bosco 與 Giovanni Reggio 合注本，參考 Sapegno 等注釋本譯出
This edition is published by arrangement with 北京人民文學出版社 through CA-LINK International LLC
Complex Chinese translation © 2025 by ECUS Publishing House Co.

版權所有，翻印必究 ALL RIGHTS RESERVED
本書中言論內容，不代表本公司 / 出版集團之立場與意見，文責由作者自行承擔。

國家圖書館出版品預行編目

神曲 / 但丁 . 阿利吉耶里 (Dante Alighieri) 著 ; 田德望譯 . –
新北市 : 木馬文化事業股份有限公司出版 : 遠足文化事業股份有限公司發行 , 2025.08
1016 面 ; 14.8 X 21 公分
譯自 : La Divina Commedia.
ISBN 978-626-314-828-4(平裝)

877.51 114005253